NOX

Tome 1

« Ici-bas »

SYROS

À Françoise

Ce roman a reçu
le Prix Utopiales Européen Jeunesse 2013

ISBN : 978-2-74-851289-2

25, avenue Pierre-de-Coubertin, 75013 Paris

Il est plus de trois heures. Des cris percent la nuit. Ce sont les charognards qui répètent en hurlant la « grande menace » :

– Planquez vos carcasses, citoyens poltrons ! Sinon elles rejoindront les autres dans la charrette des viandes pourries !

On entend aussi le grincement des roues d'un véhicule qui monte vers les hauteurs, tiré et poussé par une dizaine d'hommes. Les parias font leur tournée. Ils sont armés de grandes piques avec lesquelles ils cognent sur les portes et les volets. Ils récupèrent les cadavres d'animaux ou ceux des malheureux sans maison qui meurent de froid ou de fièvre dans la rue. En période d'épidémie, ils passent toutes les nuits. Pour se protéger des insectes et des miasmes, ils couvrent leur tête avec un sac en toile de jute sur lequel est dessiné à gros traits de peinture un visage grimaçant. Ils brandissent des torches qu'ils agitent en l'air. Il y a quelques années, je me suis collé contre la vitre et j'ai entrouvert les rideaux pour les regarder. L'un d'eux m'a sans doute repéré car il est venu cogner violemment sa tête contre le carreau. Le verre a résisté au choc mais la brute n'était qu'à quelques millimètres de moi. J'étais pétrifié.

Quand ils passent, chaque membre de la famille a son rituel. Mon père se lève pour aller vérifier que les issues sont bouclées puis reste planté au milieu de la pièce jusqu'à la fin de l'épreuve en se bouchant les oreilles. Ma mère joint les mains et se met à prier. Ma sœur s'enfonce sous les draps et vient se serrer contre moi. Moi, je me force à respirer profondément en ouvrant grand la bouche car j'ai peur que mon cœur s'arrête de battre. Plus petit, il m'arrivait de mouiller mon pyjama. Qui sont ces hommes? De quoi sont-ils faits?

CHAPITRE I

J'ai pris l'habitude d'écrire les yeux fermés parce que ici l'énergie est rare et qu'on la garde pour la survie. Je me sers d'une règle plate que je place presque en haut de la page en faisant correspondre ses bords avec ceux de la feuille. Mon stylo effleure l'instrument et mes lignes sont quasiment droites. Quand je parviens au bout, je descends la règle d'environ cinq millimètres et je continue.

– Mais qu'est-ce que tu écris encore, Lucen? demande ma mère.

Comme je me concentre sur mon activité, elle insiste:

– Alors?

Je relève la tête et lui adresse un signe de la main pour lui faire comprendre qu'elle doit patienter encore quelques secondes avant que j'accède à sa demande. Je lis en détachant les syllabes.

– *Pourquoi faut-il accepter sa condition sociale?* C'est ça le sujet de mon devoir de morale. En clair, pourquoi faut-il accepter d'être pauvre?

– Nous ne sommes pas si misérables, Lucen. Nous sommes dans la moyenne. Lis-moi ce que tu as déjà écrit.

– Je n'ai pas écrit grand-chose parce que je trouve cette question idiote: *Pourquoi faut-il...?* A-t-on le choix? Donc, j'ai écrit: *Il faut accepter sa condition parce qu'on ne peut pas faire autrement*, c'est tout. Le problème, c'est que je suis censé remplir toute la feuille.

Ma mère semble réfléchir vraiment. Je l'entends qui chuchote comme si elle préparait ses phrases. Elle se lance:

– Lucen, si tu réponds comme ça, tu vas nous attirer des ennuis. Ce qu'on te demande, c'est de chercher les avantages qu'il y a à «rester à sa place», à ne pas «essayer de devenir un autre». Tu dois marquer: *Premièrement, parce que ne pas avoir à faire des choix, ça évite d'en faire des mauvais. Deuxièmement, parce que c'est plus simple de faire le même métier que ses parents, puisqu'on baigne dedans depuis tout petit et qu'ils peuvent nous former et nous aider. Et enfin, troisièmement,* mais il y en a sans doute d'autres, *parce qu'un monde où personne ne désire la place de l'autre est un monde sans conflit.*

C'est bien? Qu'est-ce que tu en penses? Arand, j'ai raison, non?

– Absolument, approuve mon père que je n'avais pas entendu entrer. C'est exactement ce que les professeurs veulent entendre, et tu le sais bien, Lucen, ils veulent juste que tu récites le cours. N'essaie pas de te distinguer des autres. Reste dans la norme, tu éviteras les problèmes.

Je n'ajoute rien. Ils ont raison et c'est ça que je vais écrire. Je le savais d'ailleurs depuis le début mais, une nouvelle fois, je voulais tenter de les faire réagir. J'estime être en âge d'apprendre ce qu'ils pensent vraiment. Je ne peux pas me résigner à croire que le fond de leur pensée se résume à des maximes apprises par cœur depuis l'enfance. Aurai-je un jour une vraie discussion avec mes parents?

Je pédale en écrivant pour alimenter la plaque chauffante et la petite ampoule qui éclaire les casseroles. Ici, dans la ville basse, la seule énergie dépensée est celle que nous produisons nous-mêmes à la force de nos muscles. Là-haut, chez les riches, les lampes s'allument quand on appuie sur un bouton et brillent sans qu'on s'en occupe. On nous l'a expliqué à l'école professionnelle. Y en a qui ont de la chance.

Ici les rues sont obscures même dans la journée car un brouillard noir et opaque enveloppe la ville basse en permanence. On appelle ça la nox. Depuis qu'on sait marcher, on est tous équipés de chenillettes sous les chaussures. Leur frottement sur le sol entraîne un mécanisme qui conduit l'énergie produite jusqu'à une dynamo qui elle-même convertit notre force motrice en éclairage. C'est le fonctionnement en mode lumière. On peut aussi, quand on sait se diriger dans le noir, se mettre en mode stockage et remplir des piles-réserves que l'on utilisera par exemple pour alimenter le frigo familial. Nos muscles des jambes, travaillant sans arrêt sans qu'on y fasse d'ailleurs vraiment attention, se développent excessivement et sous la peau apparaissent de grosses veines violettes et disgracieuses. Les mollets sont donc la partie du corps dont tout le monde a honte ici.

Ce soir, ma sœur a des secrets à me confier. Nous partageons le même lit mais nous dormons tête-bêche. Aussi nous prenons soin de bien nous laver les pieds avant de dormir. Nous utilisons tous les quatre la même eau contenue dans une petite bassine, et ce sont les filles qui sont prioritaires. Cette fois, Katine m'attend de mon côté quand je grimpe pour me coucher. Mes parents dorment à quelques mètres de nous dans l'unique pièce de la maison. Ils tirent un rideau épais pour avoir un peu d'intimité.

– Lucen, chuchote-t-elle, toi et Firmie vous êtes amoureux depuis combien de temps?

– Depuis toujours. Enfin, au début, c'était juste ma meilleure amie. Le sentiment amoureux est venu petit à petit.

– Et aucun de vous deux n'a jamais été attiré par quelqu'un d'autre?

– Moi non. Elle, je ne pense pas non plus.

– Si vous ne doutez pas, pourquoi vous attendez?

– C'est quoi ces questions, Katine? Tu crois que c'est le rôle d'une petite sœur de se mêler des affaires de son aîné?

– Lucen, j'entends parler les parents et je m'inquiète...

– Taisez-vous, les enfants, grogne mon père, il est temps de dormir.

– D'accord, Papa, dit ma sœur en regagnant sa place.

Après m'avoir longuement embrassé, Firmie s'écarte, me prend les mains et frotte ses chenillettes en faisant du surplace. Elle est en mode éclairage. Elle aime me regarder quand on parle. Je l'imite. Comme les mécanismes sont assez bruyants, nous sommes obligés de bien articuler pour nous comprendre.

– Mes parents m'ont encore parlé de ce que tu sais, dit-elle d'un air grave.

– Et tu leur as dit quoi?

– Qu'est-ce que tu veux que je dise? Que quand je regarde ma mère avec son regard triste et résigné, son corps épuisé qui pèse des tonnes, je me vois moi dans quelque temps et que ça me fait horreur?

– Arrête de parler de ta mère. Tu es très différente.

– Tu n'as pas vu la photo de son mariage, on dirait moi aujourd'hui. Pour vous, les gars, ce n'est rien. Vous ne changez pas. Nous, on devient autre chose quand on se met à faire des gosses, et je n'en ai pas envie. Pendant plus de quinze ans ma mère a enchaîné les grossesses pour finalement n'avoir que mes deux frères et moi. Elle n'a jamais voulu me dire combien de petits sont morts dans ses bras à peine sortis de son ventre. Et elle voudrait que je vive ça à mon tour?

– Dimanche, on ira au cinéma, si tu veux.

Elle ne répond pas, arrête de remuer ses jambes et se penche vers moi. Je la prends dans mes bras. Elle pleure doucement dans le noir et me murmure à l'oreille:

– C'est si dur, Lucen. Et si on partait ailleurs tous les deux?

– Tu sais bien que ce n'est pas possible. Quand bien même ce serait permis, c'est partout le même enfer, sauf qu'ici c'est chez nous.

Tout le monde apprécie Firmie mais aucune fille ne voudrait lui ressembler et aucun garçon n'en voudrait pour femme. Elle est trop différente, trop directe peut-être. Elle n'hésite jamais à faire entendre sa voix et son opinion, et ici pour une fille c'est mal vu. Je la connais depuis l'enfance. C'est la seule personne à qui je n'ai jamais menti. Notre amour m'a toujours semblé naturel, comme allant de soi.

Je vais avoir dix-sept ans dans moins de trois mois. À cette date, je devrai être marié. C'est la loi ici. Mais pour avoir le droit de prêter les serments de fidélité éternelle, les deux candidats doivent au préalable avoir passé les tests de compatibilité. En clair, la future mariée doit être enceinte au moment du mariage. La vie est trop courte par chez nous pour perdre du temps à unir deux êtres qui ne pourraient assurer une descendance. Pour permettre aux «amoureux» d'être tranquilles, les maisons où vivent les filles sont systématiquement désertées par leurs parents entre quinze heures et dix-sept heures tous les dimanches. Mais pour l'instant, ma copine préfère aller au cinéma.

J'ai très envie de Firmie depuis des années, surtout depuis qu'on s'enlace et s'embrasse longuement, depuis qu'elle me permet de passer les mains sous ses vêtements et de caresser sa peau. J'ai comme une boule douloureuse au creux du ventre quand je la quitte et parfois je sens monter ma colère contre elle parce qu'elle complique tout avec sa peur de sauter le pas. C'est que dans le quartier beaucoup pensent que le problème vient de moi, que je suis un faible qui a peur de sa promise, qui ne sait pas s'imposer. «On voit bien qui portera la culotte s'ils se marient un jour, ces deux-là!» ou «C'est bien le fils de son père», disent certains. J'en ai même entendu qui se posaient des questions sur la réalité de mon attirance pour les filles.

Tout serait plus facile si c'était une autre, mais quand le calme revient en moi, je me rends à l'évidence: elle seule m'intéresse. Et si je veux être honnête, je dois avouer qu'à moi aussi le mariage fait peur, et surtout la paternité qui va avec. Mais avec Firmie, il va bien falloir qu'on le fasse dans les prochaines semaines, sinon mes parents m'en imposeront une autre. Ma mère cherche depuis des mois une bonne raison de nous faire rompre, et les hésitations de Firmie servent ses intérêts. Elle n'a jamais aimé ma copine. J'ai fini par comprendre que ce n'était pas sa personnalité qu'elle rejetait mais son statut social: Firmie habite presque cent mètres plus bas que nous. Dans notre cité bâtie sur les flancs d'une large colline, l'altitude de l'habitation détermine le rang dans la société.

Je sais qu'il existe des filles qui ne veulent, ou ne peuvent, pas être mères et qui quittent la ville, mais je ne sais pas ce qu'elles deviennent. Moi, je ne veux pas perdre Firmie.

CHAPITRE 2

Assise bien droite dans un épais fauteuil du grand salon, Martha boit son thé à petites gorgées. Aujourd'hui, je la sens préoccupée car son sourire manque de naturel. Elle n'écoute pas avec la même attention que d'habitude le récit quotidien de mes «exploits» au lycée.

Je l'observe un long moment en silence. Elle baisse la tête puis plaque sa main contre sa bouche comme si elle s'apprêtait à tousser. Je la connais par cœur, ma gouvernante. C'est un signe de son malaise. Elle me cache quelque chose. Avant que la crise ne se déclenche, je tente :

– Mon père a téléphoné, c'est ça ?

Elle fait mine de ne pas avoir entendu mais je ne la lâche pas du regard. Elle résiste encore un peu puis déclare d'une voix assourdie :

– Oui, Ludmilla. Il passera spécialement pour me rencontrer ce soir vers vingt-deux heures. Il m'a demandé de ne pas vous en parler.

– Et cela vous inquiète. Il n'a pas expliqué la raison de sa visite ?

– Non. Et quand je lui ai posé la question, il m'a dit sur un ton un peu brutal : « Cela devait bien arriver un jour, Martha ! » Je n'ai rien osé répliquer mais je ne vois pas du tout ce qu'il aurait à me reprocher.

– Il ne peut rien trouver à vous reprocher. Voulez-vous que je l'appelle, Martha ?

– Non, mais ce soir j'aimerais que vous écoutiez notre conversation. Je vais vous montrer un moyen de le faire discrètement. Si on ne se revoyait plus, sachez que...

– Que voulez-vous dire par « Si on ne se revoyait plus » ?

– Laissez-moi finir, Ludmilla. Sachez que... je vous ai aimée comme ma propre enfant.

Je la sens près d'éclater en sanglots et l'entoure de mes bras. Elle ne s'abandonne que quelques secondes avant de se raidir et de se détacher de moi. Elle me tend la main et m'entraîne au deuxième étage, dans la chambre qu'occupait autrefois ma mère. Elle s'agenouille près d'un tapis d'Orient qui borde le côté gauche du lit. Elle soulève la carpette puis appuie avec l'index sur l'extrémité d'une latte de parquet. Celle-ci se défait facilement et laisse apparaître un trou circulaire de deux centimètres de diamètre. Elle m'invite à regarder. Nous sommes à l'aplomb du fauteuil de mon père. Tout en remettant en place la latte de bois et le tapis, elle m'explique :

– Le parquet craque beaucoup dans cette zone de la maison à cause de l'humidité. Cette chambre n'a pas été chauffée depuis des années. Attendez que votre père quitte la pièce pour vous relever et rejoindre le couloir.

– C'est génial, ce truc !

– J'ai découvert ce poste d'observation tout à fait par hasard en faisant le ménage. Je ne l'ai d'ailleurs jamais utilisé.

– Et cette maison cache-t-elle d'autres secrets?

– Oui, par exemple, la commode de ma chambre est un peu spéciale... Mais passons, voulez-vous? Ludmilla, il est temps maintenant que vous fassiez vos devoirs.

Je descends chercher mon sac et m'enferme dans ma chambre. Je commence mon travail en m'interrompant à plusieurs reprises pour penser à Martha. Je ne vois pas pourquoi mon père la renverrait. Elle est à son service depuis près de dix ans et il n'a jamais eu à s'en plaindre. Je crois, enfin j'espère, qu'elle s'inquiète pour rien.

Martha est entrée dans ma vie lorsque j'avais à peine sept ans, juste après la mort de ma mère. Je me souviens de notre première rencontre dans le bureau de la directrice de l'école. Elle était venue à un rendez-vous fixé à mon père suite à un nouvel incident dont j'étais la cause. Ayant un empêchement de dernière minute, il avait envoyé cette inconnue à sa place. Cette fois-là, je n'avais pas vomi, je n'avais pas de fièvre, je n'étais pas blessée et je n'avais même pas pleuré. Pourtant la maîtresse avait pensé qu'il était préférable de m'éloigner des autres pour quelque temps. En réalité, j'étais chassée pour avoir fait pleurer mes meilleures copines à qui j'avais expliqué que «leur maman y passerait bientôt et que c'était normal». Je n'avais fait que reprendre avec mes mots les propos de mon père: «Tôt ou tard, les enfants voient mourir leurs parents, c'est dans l'ordre des choses. Pour toi, comme c'est en partie déjà fait, tu vas pouvoir penser à la suite de ta vie, tu vas prendre de l'avance sur les autres.» Ce jour-là, Martha ne m'avait pas souri. J'avais marché à côté d'elle sans lui donner la main. À la maison, elle m'avait préparé un goûter presque sans ouvrir la bouche. Comme je n'avais pas envie de lui parler non plus, cela ne m'avait pas gênée.

Le lendemain, je n'étais pas allée à l'école et Martha était revenue pour me surveiller et me préparer mon repas du midi. J'étais restée dans ma chambre toute la journée. La porte étant entrouverte, Martha faisait des rondes et surveillait de loin que je ne fasse pas de bêtises. J'étais bientôt retournée en classe après une curieuse discussion avec mon père. Il m'avait expliqué à cette occasion que je devais apprendre à faire semblant, à ne pas toujours dire ce que je pensais, voire à mentir. Il m'avait aussi mise en garde vis-à-vis des «autres», de tous ceux qui n'étaient pas nous. Ils nous jugeaient, nous condamnaient. Peu d'entre eux étaient gentils.

– De mon côté, avait-il précisé, je m'engage à t'aimer, à te protéger et à toujours te dire la vérité, même si parfois elle te fera mal. Je sais que tu es assez forte pour faire face.

En classe, tout rentra vite dans l'ordre. Je continuais à choquer mes camarades mais je le faisais toujours loin d'une oreille adulte. Et si quelqu'un répétait mes propos, je niais farouchement

À la maison, les rapports avec Martha devinrent petit à petit plus chaleureux, mais seulement quand mon père était absent. Comme elle me l'apprit plus tard, sa froideur apparente des débuts à mon égard ne s'expliquait que par les consignes de mon père qui lui avait ordonné de rester distante car il ne voulait pas que je m'attache à une autre femme que ma mère.

– Assurez-lui des repas équilibrés. Qu'elle soit propre et bien habillée chaque jour. Pour les sentiments, je m'en chargerai.

Notre relation affective avec Martha, peut-être parce qu'elle devait rester secrète, n'en fut que plus profonde.

Quand mon père revenait chaque samedi après-midi de ses voyages d'affaires, il s'isolait un instant avec ma gouvernante pour un bref interrogatoire qui commençait toujours par la même question :

– Tout s'est bien passé ?

– Oui, répondait invariablement Martha.

– Vous êtes certaine qu'elle n'a pas eu de problèmes en cours ou avec ses camarades ? Vous l'avez bien observée ? Rien dans son attitude qui puisse le révéler ?

– Non.

– Tant mieux. A-t-elle eu envie de vous parler, cette fois ?

– Non, le minimum pour la politesse, comme d'habitude, mentait Martha.

– Parfait, concluait toujours mon père.

Puis notre servante nous saluait et gagnait sa chambre au sous-sol où elle restait seule tout le week-end. Je n'avais pas conscience qu'elle vivait si près de nous quand elle disparaissait ainsi. Elle savait si bien se rendre invisible. Elle préparait ses repas à l'avance et les prenait en solitaire, utilisait la salle de bains et les toilettes de son niveau. Comme mon père ne voulait pas faire la cuisine, il m'emmenait dans de grands restaurants où l'on patientait souvent de longs moments entre les plats. J'en profitais pour lui raconter ma semaine mais en taisant tout ce qui aurait pu lui déplaire, autant dire que c'était vite fait et que le temps ne passait pas vite. Ce que j'aimais surtout, c'était qu'on prenne un dirigeable pour survoler les grandes plaines mauves qui nous séparaient des autres villes.

Un jour, j'avais demandé à mon père pourquoi on ne voyait jamais personne parcourir à pied ou en voiture ces espaces immenses.

– Le sol est trop instable, avait-il précisé avec un petit sourire qu'à l'époque je n'avais pas compris, on pourrait s'y enfoncer.

J'aimais aussi ces balades en ballon parce que mon père prenait soin de bien m'emmitoufler dans des plaids quand nous prenions de l'altitude. Il me serrait contre lui. Lorsque je fermais les yeux, j'avais presque l'impression de voir Maman.

Durant ses deux dernières années de vie, j'avais pratiquement toujours vu ma mère en position assise, au début dans des fauteuils ou des chaises longues et plus tard dans son lit. Elle lisait ou elle dormait. Parfois, elle m'accueillait sous ses couvertures et je restais ainsi contre elle des heures durant, la regardant dormir ou tourner les pages de son roman. Quand j'insistais, elle lisait à haute voix des histoires auxquelles je ne comprenais rien, mais la musique de sa voix me berçait et m'enchantait.

Les derniers temps de sa vie, le visage de ma mère exprimait la douleur même quand elle me souriait. Elle ne parlait presque plus, se contentait de me caresser les cheveux.

Le jour où elle mourut, mon père déclara :

– Ça va être pour nous tous un soulagement maintenant. Elle ne souffrira plus et nous non plus à la regarder souffrir. Au fond, c'est bien qu'elle soit morte enfin. Tu es d'accord ?

Comme je ne trouvais rien à lui répondre, il ajouta comme une recommandation :

– Ne te sens pas non plus obligée de pleurer. La mort est une chose naturelle et inévitable.

J'attendis donc la nuit, seule dans ma chambre, pour tenter de vider mon trop-plein de chagrin. Mais contrairement à ce que j'avais imaginé, pas une larme ne sortit. Mes yeux restèrent secs pendant plusieurs semaines, tandis qu'une douleur lancinante apparut au niveau de mon ventre. Je passais un temps infini aux toilettes à cacher mon mal.

Heureusement, grâce à Martha, mon corps finit par se débloquer. La première fois où les larmes inondèrent mon visage, c'était sur le chemin de la maison. Martha m'avait pris d'autorité la main pour traverser la rue et, fait exceptionnel, je ne m'étais pas débattue. Je ne m'étais même pas décrochée en arrivant sur le trottoir. Après quelques minutes de ce contact, l'effusion commença. Martha ne tourna pas les yeux vers moi alors qu'elle avait perçu les tremblements qui secouaient mes épaules. Je crois qu'elle respectait ma peine et voulait qu'elle s'exprime. Il m'avait surtout semblé à ce moment-là qu'elle ne voulait pas prendre la place de Maman.

CHAPITRE 3

Je quitte ma copine pour aller filer un coup de main à mon père. Il est rafistoleur et c'est le métier que j'apprends depuis toujours et que j'exercerai à sa place quand il sera mort. C'est une tâche complexe qui réclame une bonne faculté d'adaptation et de l'imagination. J'ai longtemps cru, enfant, que mon père était un magicien. Quand un objet passe par ses mains, il reprend vie. Il semble toujours pouvoir trouver une solution. Dans son atelier situé à l'étage de la maison sont stockés des quantités invraisemblables d'objets et de mécanismes. C'est rangé «à sa manière» dans de grands cartons. Il reçoit du travail de clients de la ville basse et, par divers intermédiaires, d'habitants de la ville haute pour des réparations. Il transforme ou restaure aussi des pièces apportées par

Taf, son fouineur, qui écume les poubelles. Les objets terminés sont ensuite livrés à des boutiques vers l'altitude 600. Certains de ses plus beaux modèles se retrouvent parfois dans les intérieurs des riches des hauteurs.

Je continue à aller à l'école professionnelle le matin car mes parents veulent qu'un jour je puisse devenir quelqu'un d'important.

– On ne sait jamais, dit mon père. Quand le grand nuage aura disparu, tu pourras peut-être faire autre chose et partir ailleurs. En attendant le « grand jour », il faut que tu t'instruises le plus possible.

Cette espérance, plus personne ne l'a vraiment mais tout le monde fait comme si. Lors des repas de famille, les plus vieux racontent qu'autrefois, du temps de leurs arrière-grands-parents, tout le monde avait accès au soleil. L'eau potable sortait des robinets et on s'en servait aussi pour le ménage et la toilette. Il existait même d'immenses bassins où les gens pouvaient nager, on appelait ça des piscines. Ce n'est qu'à la fin des repas de famille, quand les hommes ont bu plus qu'il ne faut, qu'on reparle de la « grande espérance » et du « retour de l'âge d'or ». Le lendemain, quand ils ont dessaoulé, tous retournent à leur triste vie.

Cet après-midi, mon père est soucieux. Si c'est à cause de moi, il n'en dira rien. Il évite les conflits autant que possible. Il préfère laisser ma mère causer.

– Je t'attendais, dit-il. J'ai besoin que tu alimentes la perceuse.

Je m'installe près de lui et tourne à la main une roue d'une cinquantaine de centimètres de rayon. Elle est reliée par une courroie à une série d'engrenages qui surmultiplient mes mouvements. Au bout de trente secondes, la machine produit un ronflement significatif qui indique qu'elle est prête. Mon père a sélectionné dans un petit panier différentes pièces à percer. Je maintiens mon effort pendant plus de vingt minutes.

– Merci, Lucen. Ta mère veut te parler.

– De quoi?

– Va la voir, tu sauras.

– Je préférerais que ce soit toi.

– Mais c'est pareil. Lucen, vas-y.

Comme je ne bouge pas, il redresse la tête et me regarde.

– Elle ou moi, qu'est-ce que ça change?

Je me lève sans plus insister et descends l'escalier. Je ferme la porte derrière moi pour lui éviter d'entendre les cris que je sens venir. Ma mère me fait face. Elle a plaqué ses mains sur ses hanches. Elle me lance d'une voix ferme.

– Alors, Firmie? C'est pour dimanche?

– Je ne sais pas. Peut-être.

– Arrête de mentir. Elle ne veut pas, c'est tout! Il est grand temps que tu réagisses. Il faut que tu te rendes à l'évidence, nous devons renoncer à elle.

– Maman, donnez-lui encore un peu de temps pour se décider. Je suis sûr que c'est...

– Elle en a déjà eu assez. Sache que nous lui avons trouvé une remplaçante. Ses parents passent nous rendre visite samedi. Elle s'appelle Mihelle et elle est obéissante, elle.

– Maman, s'il te plaît, laisse-nous jusqu'à la fin du mois. Si ça ne marche pas, j'accepterai d'en prendre une autre. S'il te plaît, Maman!

Elle marque une pause et déclare:

– Ce sera trop tard. On ne peut pas se permettre un échec. Pense à la réputation de ta famille, à ta sœur qui sera bientôt sur le marché.

– Mais c'est Firmie que je veux!

– Visiblement, c'est moins évident de son côté, sinon elle ne reculerait pas sans cesse l'heure de vérité. Pour samedi, tu n'as pas le choix et tu devras être présent. Ton père et moi nous nous y sommes engagés. Tu mesureras à cette occasion la chance qui s'offre à toi. Attends-toi à une bonne surprise. Lucen, tu m'as comprise?

– Je serai là.

Je m'esquive dans la rue. Je l'entends tousser quand elle referme la porte derrière moi, ce qui montre qu'elle est angoissée. Mais ça, je le sais déjà. Samedi, j'irai sans crainte car on ne prend jamais d'engagements définitifs dès la première rencontre.

Ma mère s'inquiète pour leur réputation dans le quartier. Quelle réputation, d'abord? Depuis déjà longtemps, mes parents ne fréquentent personne en dehors de leurs contacts professionnels. Ils sont mal vus à cause de mon père. Ses capacités reconnues font de lui un artisan à part dans la ville basse. Ce n'est un secret pour personne qu'il travaille souvent pour des richards et qu'il s'en sort financièrement plutôt mieux que les autres. Mon père laisse dire et planque ses économies dans son atelier en prévision des coups durs de l'existence. Il fait des envieux et on le suspecte d'être un traître à sa condition. Mais le pire, c'est cette réputation de lâcheté et de couardise qu'il traîne depuis toujours. Réputation injuste mais tenace. Avant tout, mon père nous aime et veut nous protéger comme tous les parents le font naturellement avec leur progéniture. Il vit dans la peur du lendemain, de la milice, des charognards, des mafias, mais pas plus que ses voisins. Il n'est pas différent de beaucoup d'habitants d'ici qui passent leur temps à faire le dos rond et à fuir le danger, détournant toujours la tête pour éviter le moindre ennui et se barricadant le soir venu. Aujourd'hui, je pense que cette étiquette collée sur son dos, il la doit essentiellement au fait qu'il suscite de la jalousie. Depuis que j'ai réussi à décrypter cette situation, je me sens mieux, même s'il arrive encore que cela me mette en colère, surtout quand les propos viennent de gens plus lâches qui sont bien contents qu'il serve de bouc émissaire. J'essaie de ne pas entendre ou de laisser dire. J'aime mon père et je connais sa valeur. Enfant, j'ai beaucoup souffert des quolibets entendus sur mon passage. Je n'en comprenais pas toujours le sens mais je sentais la haine qui transpirait des paroles prononcées. Mon père, quant à lui, s'est toujours refusé à répondre aux attaques, se contentant de déclarer qu'il n'avait pas le temps pour ce genre de conneries.

Ma sœur Katine, malgré ce que j'ai pu lui expliquer, ressent avec douleur cette animosité dont il est l'objet. Il lui arrive encore de se battre pour ça dans la cour de récréation.

Firmie ou bien mes vrais amis n'y font jamais allusion. Depuis toujours, nous nous apprécions pour nous-mêmes en mettant de côté ce que sont nos parents. Et puis Maurce, dont le père héroïque a disparu un beau matin sans laisser d'adresse, je suis persuadé qu'il préférerait l'avoir encore, même si c'était un spécimen moins glorieux.

Mes pas m'emmènent chez Firmie. Il faut absolument que je lui parle. Quand je frappe à la porte, personne ne m'entend. La machine à tricoter marche à fond. Elle est alimentée par une roue à écureuil dans laquelle tourne Pirre, le petit frère de ma copine. Il est encore à l'aise à l'intérieur mais d'ici un ou deux ans ils devront y mettre le plus jeune que je découvre endormi aux pieds de sa mère. Celle-ci tourne la tête sans esquisser le moindre sourire pour m'indiquer que sa fille est au sous-sol. Firmie détricote de vieux pulls troués et fait des bobines avec le fil qu'elle récupère. Elle est dans le noir complet. Elle n'allume sa lampe frontale que lorsqu'elle doit lier ensemble deux morceaux. Elle m'a senti venir car elle étend le bras vers moi quand je descends les escaliers. Elle m'attire contre elle et je lui embrasse le haut du crâne.

– Tu peux fermer la porte, on aura moins de bruit.

Elle se décale pour que je m'assoie près d'elle sur son banc. Je lui raconte ma conversation avec ma mère.

– Tu la connais, cette Mihelle?

– Non, mais je me fous complètement d'elle. Samedi, je sourirai pour sauver les apparences mais je ne décrocherai pas un mot. Je suis venu t'en parler pour que tu comprennes qu'il faut qu'on le fasse au plus vite, et pourquoi pas dimanche par exemple.

Ma copine ne dit rien. Je la sens partagée. Jusqu'à maintenant, j'ai toujours pris son parti face à mes parents, mais vu où nous en sommes aujourd'hui, il n'est plus temps de négocier. Son silence me déroute. Pour la première fois, j'ai envie de crier sur elle. Elle a posé sa pelote et m'a pris la main.

– Ne cédons pas trop tôt à leur ultimatum. Ils doivent comprendre que c'est nous qui décidons. Dimanche, on a prévu d'aller au cinéma, eh bien on ira au cinéma.

J'essaie de retirer ma main mais elle la serre fermement pour m'en empêcher. Je continue d'argumenter même si je suis conscient que cela ne porte pas vraiment.

– Regarde, Sionne, ta meilleure copine, ça fait des mois qu'elle a sauté le pas et elle est plus jeune que toi ! Maintenant, ses parents la laissent tranquille et elle me paraît heureuse.

– Je sais tout ça, je sais ce que tu ressens, mais fais-moi confiance. Je t'aime. Je ne te trahirai jamais.

Nous nous embrassons brièvement et je repars chez moi où du travail m'attend. Je règle au maximum le curseur d'effort sur mes chenillettes. Je suis alors obligé de forcer pour les faire rouler. Ça fait mal et ça ralentit l'allure : exactement ce qu'il me faut.

Mon père m'accueille d'un signe de la main et pointe son index vers un tas d'objets brillants que je n'identifie pas immédiatement. Je m'installe et allume ma lampe frontale. Je vais entièrement démonter une vingtaine d'appliques lumineuses toutes semblables. Ensuite, je classerai les éléments dans des boîtes, une pour la visserie, d'autres pour les fils électriques, les parties en plastique, celles en métal, une pour les douilles aussi. Je garde la lumière allumée pour les deux premières, ensuite je fais le reste à l'aveugle.

Comme d'habitude, pendant le repas, on entend surtout Katine qui raconte par le menu sa journée de classe. Elle se plaint d'avoir été obligée de pédaler pendant les cours pour éclairer le tableau alors que ce n'était pas son tour. La fille qui était en haut de la liste était absente. Le prof a tiré au sort celle qui devait la remplacer et c'est tombé sur elle.

– Normalement, dis-je, il doit prendre le nom inscrit en dessous et l'autre la remplace le jour suivant.

– On le lui a dit mais il a répondu qu'elle était peut-être malade pour plusieurs jours ou, pourquoi pas, morte. C'est plus simple comme ça d'après lui. Moi, j'étais folle de rage. Sur le chemin du retour, je me suis traînée, mes jambes ne me portaient plus. Comme ce n'était pas prévu, je n'avais que mes chenillettes, bien sûr.

– Tu aurais pu rentrer pieds nus.

– Comme une Moincent? Tu m'as regardée?

– Personne ne l'aurait remarqué.

Mon père claque sa main sur la table pour nous faire taire. Il ne se passe pas un jour sans que je me dispute avec ma sœur. C'est presque un plaisir.

CHAPITRE 4

– Bonsoir, Martha.

– Bonsoir, monsieur, dit-elle d'une voix timide avant d'être prise par une quinte de toux.

Elle presse son mouchoir sur sa bouche pour étouffer le bruit, mais le phénomène peine à se calmer. Mon père souffle ostensiblement pour marquer son agacement.

– Martha, je vous ai convoquée pour vous donner votre congé. Je vous remercie pour votre dévouement mais votre état physique ne s'améliore pas malgré les traitements que je vous rapporte. Le temps est venu pour vous de vous reposer et de retrouver votre famille. Vous savez, comme moi, qu'avec l'âge les symptômes vont s'accentuer.

Je vois Martha se recroqueviller sur son siège et baisser la tête. Elle respire fort pour tenter d'endiguer la nouvelle séquence de toussotements qu'elle sent poindre. Mon père ne la regarde pas.

– Je vais vous donner une somme d'argent conséquente pour vous aider à finir dignement votre vie. Vous avez, grâce à votre séjour dans la ville haute, augmenté votre longévité de façon significative et je m'en réjouis. Je ne veux pas que Ludmilla vous contemple dans les souffrances de vos derniers instants. Elle l'a déjà vécu avec sa mère autrefois. J'imagine que vous préférez vous aussi lui épargner la vision dégradante de votre déclin physique... De plus, je pense qu'il lui faut maintenant une personne plus jeune pour s'occuper d'elle.

Martha se remet à tousser violemment. Elle est écarlate. Elle cache ses yeux, peut-être pour pleurer.

– Vous allez quitter cette maison demain matin vers six heures. Un porteur vous accompagnera jusqu'à votre maison familiale. D'ici là, ne tentez pas d'approcher ma fille. Dès demain, je lui expliquerai la situation. Je vous ai préparé une lettre d'adieu pour elle. Vous la recopierez avant de partir. Je vous remercie de ne rien modifier ni ajouter. Sachez que j'ai apprécié votre professionnalisme. Vous avez su garder la bonne distance en ne sortant jamais de votre rôle de domestique. C'est une bonne chose que vous n'ayez pas tissé de liens affectifs avec Ludmilla. Il lui sera ainsi plus facile de supporter votre départ.

Au prix d'un gros effort, Martha parvient enfin à articuler :

– Laissez-moi la revoir une dernière fois, s'il vous plaît.

Mon père ne lui accorde pas un regard. Il se lève et lui tend un papier. Comme elle reste immobile, il le lui met de force dans la main droite. Son ton est plus dur :

– Ressaisissez-vous ! Vous savez bien que je ne change jamais d'avis. Vous n'avez pas le choix. Alors, faites ce que je vous demande.

De retour dans mon lit, je suis désemparée. Je ne sais que faire. Je n'ai jamais vu mon père revenir sur une décision. Intercéder pour Martha ne servirait donc à rien. Cela lui révélerait la profondeur de nos liens et le fait que nous lui avons joué la comédie durant dix ans. Si je veux revoir mon amie un jour, je ne pourrai pas compter sur son aide et devrai agir seule. J'entends des pas sur le palier, mon père aurait-il l'intention de venir me parler? Il glisse une clef dans la serrure de ma porte. Va-t-il entrer? Non, il me boucle à double tour et laisse la clef pour que je ne puisse pas y introduire la mienne.

Je ne reverrai donc pas Martha avant son départ mais je me fais le serment de la retrouver bientôt.

Je pourrais parler des heures de Martha qui fut pour moi une confidente bienveillante. Pendant très longtemps, nous avons vécu à l'écart des autres. Je ne cherchais pas d'amitié à l'extérieur et sa compagnie me suffisait. C'est vrai qu'elle était capable à certains moments de me prendre dans ses bras pour me consoler et me câliner comme une toute petite fille, mais à d'autres elle savait aussi me considérer comme une personne à part entière, capable de réflexion. Aussi répondait-elle à toutes mes questions sans aucune limite car elle savait que jamais je ne dévoilerais le contenu de ses propos à mon père. C'est elle qui me révéla l'existence des gens d'en bas, bien avant les autres enfants qui le plus souvent doivent attendre la première année de collège pour en être informés officiellement. Je me souviens de ce jour. Comme presque chaque matin, elle s'était levée pour contempler les premières lueurs du soleil. Cette fois-là, ainsi que cela m'arrivait parfois, je lui avais demandé de me réveiller pour partager ce moment avec elle. Alors que je la voyais fixer un point à l'horizon, je l'interrogeai sur ce qui attirait son regard.

– Ma maison d'autrefois se trouve dans cette direction.

– Mais personne n'habite sur les plaines mauves.

Elle éclata d'un rire nerveux. Je pris la mouche car j'avais vraiment l'impression qu'elle se fichait de moi.

– Les plaines mauves, répétait-elle en reprenant son souffle, les plaines mauves, mais...

Elle me rattrapa alors que je quittais la terrasse en boudant.

– Je ne me moquais pas de vous, Ludmilla. Mais ce mensonge est tellement gros qu'il me surprend toujours quand on l'évoque. Il n'y a pas de plaines mauves, ce sont des nuages de pollution si denses qu'ils empêchent toute lumière de les traverser. En dessous, c'est la nuit et des gens vivent là, dans la pénombre. Ce phénomène se nomme la nox. Tous les matins, je rêve que le nuage s'est enfin dissipé et que je vais apercevoir la maison de mes parents.

– Des gens vivent là-dessous? Des gens comme nous?

– Oui, comme moi surtout.

Ce jour-là, je découvris que mon père, contrairement à ce qu'il avait affirmé après la mort de ma mère, était capable de mensonges. Que me cachait-il d'autre?

Au cours de longues discussions, Martha me raconta la vie des gens dans le noir et les fumées, et j'en connais beaucoup plus que ce qu'on veut bien nous expliquer en classe.

Je sais qu'on les habitue dès la naissance à respirer doucement, à ne pas trop ouvrir la bouche pour ne pas avaler d'air vicié, à parler bas, à ne jamais crier. Depuis l'enfance, on leur répète que, pour leur propre bien, ceux du bas ne doivent jamais se mettre en colère ou se révolter car ils s'exposeraient eux-mêmes physiquement à un grave danger. Ils dépenseraient trop vite une grosse partie de l'énergie nécessaire à leur survie et mourraient prématurément. S'énerver entraîne chez eux systématiquement une quinte de toux, qui devient à la longue une «toux sanglante» annonçant la fin.

Même les bébés doivent apprendre à ne pas pleurer, comme si cela pouvait dépendre de leur volonté. Un bébé hurleur se condamne à des complications pulmonaires et dépasse rarement sa première année. Plus tard, on raconte aux «enfants survivants» des histoires qui prônent l'obéissance absolue à l'autorité des parents ou des institutions, des histoires de rebelles punis dans d'affreuses souffrances.

Les gens d'en bas travaillent beaucoup et ce dès leur plus jeune âge. Les jeunes aident leurs parents, apprennent le métier de leur père et doivent être prêts à le remplacer en cas de décès. Les filles s'exercent à tenir au mieux la maison. Elles se marient très jeunes car elles ne doivent pas gâcher des années de fécondité.

– Et vous, parlez-moi de votre famille, demandai-je un jour à Martha.

– Je suis née dans une famille d'artisans. Mes parents appartenaient à un milieu plutôt favorisé. Mon père était vannier et l'intégralité de sa production était vendue via des intermédiaires à une clientèle de la ville haute. Mes deux frères s'initiaient au tressage des paniers en alternance avec l'école professionnelle. Moi, je me consacrais à devenir une ménagère efficace, une fille « bonne à marier ».

– Racontez-moi comment vous vous êtes retrouvée à travailler chez mon père.

– Je n'aime pas parler de ça, répondit-elle d'une voix grave avant de m'embrasser sur le front et de quitter ma chambre.

Je suis seule ce matin à la maison. Je ne les ai pas entendus partir. Je découvre que ma porte a été déverrouillée. Dans la cuisine, je trouve la « lettre de Martha » et un petit mot de mon père :

Martha a dû partir. Tu comprendras en lisant sa lettre. Nous nous verrons ce soir.

Je saisis l'enveloppe et la décachette.

Mademoiselle Ludmilla,

J'ai demandé à votre père il y a déjà quelques semaines l'autorisation de quitter votre foyer. Mon état de santé s'aggravant, j'ai souhaité revenir dans ma famille pour partager avec les miens mes derniers mois de vie. Votre père m'a trouvé une remplaçante qui, j'en suis certaine, comblera vos attentes. Je garderai de ces dix années vécues à vos côtés un excellent souvenir.

Votre dévouée Martha

P.-S.: Ne cherchez pas à me revoir. Pensez à vous et à votre avenir.

Heureusement que Martha m'a fait assister à son limogeage car sinon je serais tombée dans le panneau, tout en ayant du mal à comprendre qu'elle ne m'ait pas parlé de sa volonté de rentrer auprès des siens. Mais je suis certaine que mon père aurait trouvé une raison plausible pour me faire admettre la situation.

Je pars pour le lycée où je retrouve Grisella, ma seule amie. Avant elle, je n'avais jamais noué de relations à l'extérieur de ma famille. Martha me suffisait et mon père m'avait toujours mise en garde contre les autres. Au début, les filles s'étonnaient que j'accepte que ma gouvernante vienne chaque jour me chercher à la sortie du collège. Comme je leur affirmais que je trouvais ça normal et même plaisant, elles me traitaient depuis avec condescendance. J'étais une fille «immature», «trop sage», en un mot «démodée».

Avec mon arrivée au lycée, cette année, c'est Martha qui a proposé que je fasse le trajet seule.

– Ne croyez pas que je veuille m'éloigner de vous, avait-elle précisé, mais je pense que vis-à-vis des autres vous devez vous montrer plus indépendante et vous faire enfin des amis.

Aujourd'hui, en y repensant, je me dis qu'elle pressentait son départ et qu'elle ne voulait pas que je me retrouve sans personne. J'ai eu de la chance de rencontrer Grisella. Elle arrivait d'ailleurs, et moi, qui connaissais pourtant pratiquement tous les visages de ma classe, j'étais un peu dans la même situation. C'est ce qui nous a rapprochées au début. Mon amie m'apprécie, me parle, et je suis heureuse qu'elle existe.

Ce matin, je lui raconte le départ précipité de ma gouvernante. Elle me prend la main en signe de compassion.

– Même si nos parents, commente-t-elle, nous disent de ne pas nous attacher à ces femmes-là, c'est plus fort que nous, pas vrai?

Je lui souris comme pour l'approuver mais je ne crois pas que les liens qui nous attachent à nos gouvernantes soient comparables. D'abord, j'ai peu connu ma mère, et mon père étant rarement présent, j'ai plus vécu avec Martha qu'avec mes parents. Ensuite, elle m'a très vite considérée comme une adulte et, grâce à elle, j'ai compris les réalités du monde bien avant les autres. Les gouvernantes de mes copines, au contraire, font tout pour ne pas évoquer leur vie d'avant et la situation des gens d'en bas. La plupart de mes amies n'ont été informées de leur existence que tardivement, souvent à leur arrivée au collège. Là, on nous explique d'abord que l'activité humaine a généré depuis le milieu du dix-neuvième siècle, c'est-à-dire durant plus de trois cents ans, une énorme quantité de gaz formant maintenant une couche hermétique autour de la Terre. Cette couche n'a cessé d'épaissir au cours des siècles. La photosynthèse ne se produisant plus sur de grands territoires, la végétation s'est mise à pourrir en dégageant du méthane, ce qui a encore aggravé le phénomène. On nous signale quand même à cette occasion l'existence de gens vivant sous le nuage mais en minimisant leur nombre. On précise surtout qu'il n'y en a pas près de chez nous et que, par conséquent, jamais nous n'entrerons au cours de notre vie en contact avec eux. Enfin, pour justifier qu'on les laisse vivre dans des zones malsaines, les gens du bas sont décrits comme appartenant à une espèce différente de la nôtre. Ils sont tout petits et robustes, et leur organisme est adapté à la pollution. Leurs poumons plus résistants leur permettent de vivre aisément dans des environnements trop dangereux pour nous. Ils sont arriérés intellectuellement, et très sales. Ils ont parfois des comportements violents. L'idée générale est que ce sont des êtres intermédiaires entre l'espèce humaine civilisée et les animaux.

À l'âge adulte, vers la fin du lycée, nous sommes censés tout savoir : qu'ils habitent à quelques centaines de mètres de nous, au-delà du *no man's land*, et que le fruit de leur exploitation nous permet de bien vivre, que leurs conditions d'existence entraînent pour eux une durée de vie très courte et une surmortalité des enfants en bas âge, mais que c'est ainsi depuis des générations et que rien ne justifie que cette situation change un jour.

Mon père est là quand je rentre et m'invite, la porte d'entrée à peine franchie, dans son bureau. Je ne peux m'empêcher de jeter un coup d'œil au plafond, à la recherche de l'emplacement du trou qui m'a permis de l'espionner la veille. Je repère difficilement ce qui ressemble à une tache grisâtre près d'une poutre. Mon père me jauge un long moment avant de parler. Depuis le temps, je suis habituée à cette manie désagréable.

– J'espère, commence-t-il enfin, que tu n'as pas été trop chagrinée par le départ de Martha. Je pourrais le comprendre. Lorsque j'étais enfant, j'ai vécu une expérience un peu similaire. Mes parents m'avaient acheté un petit chien et tu sais que ces animaux ont une durée de vie plus courte que la nôtre, comme les gens d'en bas. Pendant ses dix ans d'existence, je me suis attaché à cet animal et, crois-moi, j'ai souffert quand il a disparu. Pour revenir à Martha, tu as pu lire dans sa lettre que je n'ai fait qu'accéder à sa demande qui m'a semblé fondée. Je t'informe que la jeune fille que j'ai engagée pour la remplacer arrivera après-demain. Je serai absent et je te demande de lui réserver un bon accueil. As-tu des questions, Ludmilla?

– Je voudrais répondre au courrier de Martha. Il me paraît correct de la remercier à mon tour pour son service durant toutes ces années. Pourrais-tu me donner son adresse, s'il te plaît?

– Son adresse... répète mon père, visiblement décontenancé. Tu sais que je l'ai déjà remerciée pour toi...

– J'insiste, Papa.

– C'est très inhabituel comme demande et je ne crois pas que ce soit une bonne idée. Mais après tout, si c'est ton choix, écris-lui.

Il me regarde avec son air amusé qui me crispe. Il écarte les mains pour me signifier que l'entretien est fini. Comme je ne bouge pas, il me demande:

– Autre chose, Ludmilla?

– J'attends l'adresse.

– Confie-moi ta lettre quand tu l'auras écrite, je me chargerai de la lui faire parvenir.

– Tu repars quand?

– Demain matin vers six heures.

Je rejoins ma chambre avec le sentiment qu'il m'a bien eue. Je voulais uniquement connaître les coordonnées de ma gouvernante. Non seulement je ne les ai pas obtenues mais je suis maintenant obligée d'écrire une lettre que mon père lira avant de la faire suivre ou de la jeter. Je suis coincée. Si je reparle de l'adresse, il devinera mes intentions, et si je lui dis que j'ai renoncé à écrire, il essaiera de comprendre pourquoi.

Chère Martha,

J'ai regretté de ne pas avoir été là pour vous dire au revoir. J'espère sincèrement que vous êtes heureuse. Je vous remercie de votre dévouement.

Ludmilla

Je pose la lettre sur la table de la cuisine et remonte me coucher. Il doit bien y avoir une solution. Je repense aux dernières paroles de Martha, quand elle a évoqué sa « commode spéciale ». Peut-être voulait-elle m'indiquer une cache qu'elle utilisait. Je fouillerai sa chambre demain en revenant du lycée.

CHAPITRE 5

J'ai trois copains qui habitent comme moi à l'altitude 410. Nos maisons sont voisines et, depuis notre plus jeune âge, nous sommes inséparables. Nous nous retrouvons chaque soir contre le mur aveugle d'un entrepôt de confection, à quelques mètres du domicile de chacun. C'est un rituel quasi immuable, surtout maintenant que Maurce et Jea ont quitté l'école et que nous ne nous voyons plus durant la journée. Je suis le plus vieux de tous, j'ai six mois d'écart avec Gerges, un an avec Maurce et presque deux avec Jea. Nous parlons essentiellement des filles mais parfois des études, ou des combats d'animaux organisés dans les arrière-salles des cafés du port. Il n'y a qu'un sujet tabou, nos pères, si différents et parfois presque ennemis.

Nous résistons tant bien que mal aux pressions familiales qui depuis longtemps auraient dû faire exploser notre amitié.

En plus de son métier de policier, le père de Gerges est responsable de la milice locale des Caspistes (CASP, pour Chacun À Sa Place). C'est un parti raciste qui lutte contre tous ceux qui veulent remettre en cause l'ordre fondé sur la séparation des riches et des pauvres. Leurs partisans peuvent à l'occasion se montrer violents car ils jouissent auprès des autorités d'une totale impunité. Ils ont des droits comparables à ceux des policiers et peuvent contrôler et même arrêter qui ils veulent. Ils ne rendent de comptes qu'à leur chef.

Le père de Jea, pour sa part, appartient à l'autre camp. Même s'il n'est pas un activiste acharné, il participe à toutes les manifestations interdites pour faire libérer les prisonniers politiques, surtout depuis que son frère est en prison pour ses opinions coivistes. Les membres du parti coiviste (COIV, pour Chacun Où Il Veut) militent pour le droit de chacun à choisir son lieu de vie. Leurs opinions remettent en cause le bien-fondé du développement séparé des villes haute et basse.

Le père de Maurce, quant à lui, a disparu depuis bientôt trois ans. Il entretenait, selon les rumeurs, des liens étroits avec des terroristes proches des Coivistes radicaux. Cet engagement serait la cause de sa disparition.

Nous avons donc décidé d'un commun accord d'éviter toutes les discussions qui touchent aux convictions de nos parents, mais c'est de plus en plus dur car, en vieillissant, mes copains brûlent de s'engager à leur tour. Ils m'en parlent parfois en secret car ils savent que je suis fiable. Peut-être aussi me croient-ils tous neutre parce que mon père ne prend jamais parti.

Ce matin, c'est Gerges qui me fait des confidences. Les amis de son père le poussent depuis des semaines à rejoindre les rangs de la milice.

– Ils ont dit qu'après je serai vraiment un homme.

– Parce que être violent, pour toi, ça veut dire être un homme ?

– N'écoute pas ce qu'on raconte sur l'organisation. On défend parfois notre quartier par la force, mais ceux d'en face ne sont pas des enfants de chœur non plus. Je vais faire ma première ronde ce soir et je te raconterai. En attendant, tu n'en parles pas aux autres.

– J'avais compris.

Même si je ne suis pas vraiment étonné, je ne peux m'empêcher d'être déçu. Je sentais à des allusions dans nos conversations récentes qu'il allait sauter le pas, mais au fond de moi je gardais l'espoir qu'il ne le ferait jamais. Il fait semblant de ne pas s'en souvenir mais j'ai déjà eu affaire à « ses copains » et je sais de quoi ils sont capables.

Les miliciens sont les maîtres de la nuit et personne ne circule pour son plaisir après vingt heures dans les rues de peur de les croiser. Pour résister au froid et à l'ennui, ils picolent sec et «s'amusent» avec les passants qui tombent dans leurs filets. Une nuit, mon père m'avait envoyé chez son fouineur pour chercher des pièces électriques. Au retour, j'ai eu la peur de ma vie. J'avais pourtant rasé les murs pour les éviter mais j'ai eu le malheur de couper le faisceau puissant de leur torche lumineuse. Ils m'ont pris pour un de ces enfants des rues qui dorment dans les sous-sols et les canalisations souterraines.

– Les gars, j'ai attrapé un rat d'égout. On va le faire picoler et on y met le feu, d'accord? a hurlé une voix éraillée.

– Je suis le fils d'Arand en 410 et j'effectue une livraison pour mon père. Laissez-moi partir.

– On t'a pas permis de l'ouvrir!!! a gueulé un gars qui se rapprochait. On s'en fout de tes conneries. Un petit barbecue, ça va nous réchauffer.

Ils semblaient tous les deux saouls au dernier degré. Celui qui m'avait serré me secouait violemment comme s'il essayait de m'arracher un bras. J'ai bien cru que j'allais y passer, mais soudain il a lâché prise. J'ai roulé sur le sol et je me suis enfui. Le lendemain, j'ai raconté à Gerges ma mésaventure mais il n'a pas semblé y croire.

– Ils ne l'auraient jamais fait. Ils ont voulu te faire passer le goût de traîner le soir.

– Je t'assure qu'ils ne plaisantaient pas.

– Je les connais tous. Ils ne sont pas méchants. Et puis, la prochaine fois que ça t'arrive, pense à balancer le nom de mon père, Grégire, ils lui obéissent aveuglément.

Au moment de dormir, je ne peux m'empêcher de penser à Gerges qui se trouvera peut-être un jour face à Maurce dans une bagarre mortelle. Je m'inquiète pour ce dernier qui avait juré de tout me raconter. La dernière fois qu'on a eu une vraie conversation, c'était il y a dix jours environ. Il m'a déclaré qu'il était entré dans l'armée clandestine des Coivistes. Le connaissant, j'ai peur qu'il ne prenne des risques inconsidérés. L'exemple de son père ne lui a pas servi. Au contraire, il s'engage pour continuer son combat. Ce sont les membres de l'organisation qui sont venus le chercher. Ils étaient certains qu'il accepterait.

– Et si tu n'avais pas voulu? l'ai-je interrogé.

– Pourquoi je n'aurais pas été d'accord?

– Je te demande juste d'imaginer. Est-ce que tu aurais pu refuser?

Il a marqué un silence avant de me déclarer, un peu dérouté par mon insistance:

– Je ne sais pas, sans doute que oui.

Il m'a ensuite expliqué que pour l'instant il n'avait fait que s'entraîner physiquement, principalement au combat rapproché. Il retrouvait trois autres membres du groupe dans une cave vers 200. Il espérait prochainement participer à des actions de commando contre les locaux de la milice caspiste et le domicile de leurs responsables.

– Et Gerges?

– Ils ne cherchent pas à tuer des gens et surtout pas des civils, sa maison par contre fait partie des cibles potentielles. Ils m'ont promis pour le moment d'épargner le domicile de notre pote. Mais ils ont ajouté que bientôt c'est moi qui demanderai à aller poser personnellement des explosifs chez eux. Il paraît que notre amitié héritée de l'enfance vit ses derniers jours. Et que je suis le seul à ne pas encore l'admettre.

– Et t'en penses quoi?

– On verra. Je ne veux pas y penser. Pour l'instant, je ne change pas. Nous restons amis en souvenir de nos combats héroïques contre la bande de 518. Tu te rappelles?

– C'était le bon temps.

Hier encore, alors que nous étions seuls près de chez lui, j'ai essayé d'orienter la conversation sur ses activités illégales, mais il a détourné la tête puis a changé de sujet. À la réflexion, je pense qu'il est illusoire d'attendre des confidences maintenant. Il est, comme tout membre de parti clandestin, tenu au secret le plus absolu. Si je veux en savoir davantage, à moi de m'engager à mon tour. Longtemps, je me suis dit que je serais sur ce point différent de mon père, mais à l'heure où mes amis font des choix, je reste à l'écart. Je trouve que tout va trop vite en ce moment. Je vais être père dans moins d'un an et cela suffit déjà à me remplir la tête.

Ce soir, c'est Jea qui engage la discussion. Il a une déclaration à nous faire. Nous devinons qu'il va nous révéler le nom de sa nouvelle conquête en précisant que, cette fois-ci, il en est sûr, c'est bien la bonne. Comme d'habitude, nous faisons semblant d'être captivés. Jea est le grand séducteur du quartier. Il nous a, dans le passé, servi un peu de guide car il a fréquenté de manière plus ou moins poussée pratiquement toutes les filles possibles. Il tient même un carnet sur lequel il écrit notes et appréciations.

– Les gars, je crois que je l'ai trouvée, lance-t-il.

Je souris en imaginant que les autres font de même, car il nous annonce ça tous les trois jours.

– C'est une fille qui habite en 85.18. Elle s'appelle Drine.

– Une Moincent? Et tu crois que tes parents seront d'accord?

– On va mentir sur son adresse, elle a une tante qui vit en 318. C'est une fille extraordinaire. Elle a un parfum naturel de...

– De goudron ou d'huile de vidange, c'est ça? propose Maurce en rigolant.

– Non, répond-il, vexé. Même les Moincents se lavent chaque semaine comme nous. Le jour où je vous la présente, les gars, vous n'allez pas en revenir. C'est une telle beauté!

– Lucen, m'interroge Gerges, un peu gêné, j'ai entendu dire que tu allais renoncer à Firmie.

Je mets un temps à accuser le coup. À eux, je peux tout raconter. J'explique en essayant de maîtriser mon émotion les derniers épisodes de mon aventure avec ma promise. Je m'aperçois à cet instant que notre relation est devenue l'un des principaux sujets de discussion du quartier. Ma copine a connu la renommée il y a quelques mois, un jour où elle s'est battue avec son père pour protéger sa mère et qu'elle a eu le dessus. Il faut dire qu'à partir d'une certaine heure il est tellement imbibé, son vieux, qu'il tient à peine debout. Heureusement qu'il travaille tôt le matin comme docker, à ce moment-là de la journée il est encore un peu lucide.

Jea explique que Firmie est une des rares filles qu'il n'a jamais essayé de draguer. Il la trouve jolie avec une odeur très attirante, précise-t-il, mais elle l'impressionne.

Je tente de faire diversion car je n'apprécie pas la tournure que prend cette discussion.

– Et toi, Gerges? Tu as conclu avec Snia?

– Elle n'est pas un peu jeune? fait remarquer Jea.

– L'âge légal: quatorze ans dans un mois. Oui, les gars, je vous l'annonce. Nos parents se sont serré la main pendant le week-end. Mon père veut que j'aille m'entraîner dans une maison close près du port avant que nous ne commencions les tests.

– T'as les moyens, lâche Maurce.

Gerges préfère ne pas commenter cette remarque, et l'autre n'insiste pas. Nous savons tous que le statut de policier de jour et de milicien le soir offre à Grégire des passe-droits. Mais chacun sait qu'il est recommandé de ne pas l'évoquer. Maurce reprend la parole:

– Eh bien moi, les mecs, j'épouse Sionne le 10 du mois prochain. Voyez, les gars, je vous ai tous devancés.

– Et tu l'aimes pour la vie, demande Jea, tu en es sûr?

– C'est trop tard pour se poser la question. Tu sais, mes parents se connaissaient à peine quand ils se sont mariés. Leur union était avant tout économique. Mais les années passant, une vraie complicité est née entre eux et ma mère ne s'est toujours pas remise de la disparition de mon père.

– Sionne est enceinte de combien?

– Trois mois.

Ce matin, Gerges m'attend devant chez moi. Je comprends que je ne vais pas avoir à faire la conversation, il brûle de me raconter sa soirée.

– Pour ma première sortie, je n'avais d'autorisation que pour ce qu'on appelle la petite ronde, celle qui démarre au moment du couvre-feu et qui se termine vers une heure du matin. Un samedi sur deux ou pendant les périodes de vacances, je pourrai faire le second créneau qui va jusqu'à cinq heures trente. Nous étions trois. Les autres, Marcl et Hectr, sont des vieux amis de la famille et de joyeux lurons. Tu sais, j'ai repensé à ton histoire d'il y a quelques années, quand des miliciens t'avaient terrorisé en te disant qu'ils allaient te faire griller au barbecue. Des vannes comme ça, on en a fait toute la soirée. Dès qu'on chopait un passant, il en prenait pour son grade. Parce que, tu sais, les gens nous considèrent avec dégoût ou alors ils tournent la tête pour éviter notre regard. Les gars, ça les met en rogne, ils veulent se sentir reconnus et respectés, ce qui me semble normal.

– Et tu ne crois pas que ceux que vous contrôlez ont tout simplement la trouille d'y passer, comme moi autrefois, et qu'à ce moment-là c'est difficile de voir tes copains comme des personnes normales avec qui on peut parler?

– Tu ne les as pas vus, toi, mais les gens sont vraiment dédaigneux. Il y a une femme par exemple qui rentrait en courant chez elle. Elle n'avait pas ses papiers, alors Hectr lui a demandé de décliner son identité et de nous expliquer ce qu'elle faisait là à une heure pareille. Normalement, il aurait pu l'amener au poste, c'est la procédure, mais il a voulu être sympa, aussi parce qu'elle était assez jolie et élégante. Alors, au moment de la relâcher, il lui a demandé de lui faire un petit baiser pour qu'elle lui montre qu'elle n'était pas fâchée et qu'elle le trouvait gentil. Eh bien, elle s'est mise à hurler, la salope! Hectr a été obligé de la faire taire pour qu'elle ne réveille pas le quartier. Un petit baiser, c'était pas grand-chose quand même!

– Elle était effrayée, Gerges. Une femme seule la nuit avec trois inconnus qui lui demandent de les embrasser. Elle a paniqué, c'est normal. Est-ce qu'ils t'avaient fait boire?

– Juste un peu, et c'est vrai que je n'ai pas l'habitude.

– Méfie-toi de l'alcool, ça modifie tes perceptions et même ton jugement. Un matin, tu vas te réveiller en regrettant ce que tu auras fait la veille. Gerges, je n'aime pas te savoir avec ces gars-là.

– Tu préférerais que je pose des bombes comme ceux de l'autre camp?

– Je n'ai pas dit ça. Tu es mon ami et je m'inquiète pour toi.

– Je sais ce que je fais, je n'ai pas besoin d'une nounou.

Nous terminons le trajet sans nous parler. J'ai l'habitude avec lui. Quand il est contrarié, il boude. Mais cela ne dure jamais longtemps, nos liens d'amitié sont trop forts et il est clair qu'on doit être capables de tout se dire, même si cela peut blesser parfois. Je suis certain que son aventure nocturne lui a laissé un goût amer et qu'il avait besoin d'en parler ce matin. Il s'attendait à ce que je sois critique. Si j'avais ri avec lui, il aurait pensé que je ne l'avais pas bien écouté ou que je me foutais de ses histoires.

Nous n'avons pas classe ensemble ce matin, lui en tant que futur policier suit un cours de droit et moi un cours d'électricité. Avant qu'on ne se sépare, il me tape sur le dos, je lui réponds d'une pression de la main sur le bras. Je sais bien que, dans trois heures, il m'attendra à la sortie et que son sourire sera réapparu.

Notre professeur ne s'embarrasse pas pour préparer ses cours, il nous emmène à chaque fois «sur le terrain», réparer un engin ou un circuit défectueux. Nous devons d'abord nous mettre d'accord sur le diagnostic puis trouver comment venir à bout de la panne, évaluer le temps et le matériel nécessaires. Nous sommes déjà tous très compétents. En général, le travail n'est pas passionnant, mais il arrive qu'on se trouve devant de vrais défis et là enfin on s'amuse, malheureusement c'est rare. Aujourd'hui, c'est le frigo du directeur qui n'est plus alimenté. Nous vérifions d'abord tous les fils et les raccords. Le puni qui tournait la manivelle de secours depuis le matin peut s'octroyer un peu de repos.

– Prenez votre temps, les mecs, nous glisse-t-il, je ne suis pas pressé.

– Nous non plus, lui répond un copain. On préfère être en balade plutôt que de s'ennuyer en cours théorique à plancher sur des situations qu'on ne rencontrera jamais dans la ville basse.

Beaucoup rêvent d'aller affronter un jour les circuits électriques de la ville haute, avec des compteurs, des disjoncteurs, des fusibles et des lampes puissantes.

Comme prévu, la réparation dure le temps exact du cours et je retrouve Gerges à la sortie.

– Ce matin, je ne t'ai pas dit, m'annonce celui-ci, mais j'ai obtenu des laissez-passer pour la nuit de samedi. On peut aller tous les quatre assister à des combats de rats et de chiens au *Milord*. La « star » devrait combattre.

– C'est génial ! On passe voir les autres pour les prévenir.

Jea et Maurce ne vont plus à l'école professionnelle. Ce dernier, depuis que son père a disparu, a repris seul l'activité familiale de meunier de « poudre brune », celle qu'on produit à base d'insectes. Certaines espèces sont simplement séchées avant d'être réduites en grains dans un grand mixeur-hacheur, d'autres sont au préalable torréfiées sur de larges plaques de tôle car, sans cette opération, elles pourraient s'avérer toxiques. La poudre vendue par Maurce est ensuite ajoutée à diverses préparations alimentaires pour y apporter des protéines animales. Notre ami élève dans sa cave différentes espèces : ténébrions, mouches, blattes communes et blattes souffleuses. Il est aussi approvisionné par des cargos qui transitent dans le port ou par des Moincents qui pratiquent le piégeage d'insectes dans les taudis. Nous l'entendons chantonner quand nous pénétrons dans son atelier. Nous le surprenons en train de trier dans un grand panier des larves de ténébrions. Il retire celles qui ont commencé à muter en nymphes.

– Alors, les fainéants, on passe voir le travailleur?

Sans arrêter ses manipulations, il écoute Gerges lui faire part de son invitation. Il est enthousiaste à l'idée d'admirer enfin la « star » en action. Il en rêvait depuis des semaines.

Jea n'est pas dans la « cuisine à ratas » qui fournit en pâtés chauds les vendeurs des rues du quartier du port. Son père sort dès qu'il nous entend approcher, se plante devant la porte pour nous empêcher d'entrer. Il ne veut pas qu'on puisse percer le secret de ses préparations. La rumeur dit qu'il utilise parfois la viande des rats morts lors des combats, mais son fils l'a toujours démenti. Rymond cherche à connaître la raison de notre visite et insiste pour qu'on laisse un message à son fils. Gerges a décidé qu'il attendrait notre réunion du soir pour lui parler directement. En s'éloignant, il lâche :

– Je déteste ce mec et les gens de son espèce.

Je n'ajoute rien mais je sais que cette haine est réciproque.

CHAPITRE 6

— Bonsoir, Grégire.

Elle a répondu au salut de mon père, mais elle n'était pas sincère. C'est comme si elle avait dit à la place « Bonsoir, ordure » ou « Bonsoir, salaud ». Mon père n'est pas dupe mais il dit qu'il s'en fout. « L'important, répète-t-il, c'est qu'ils baissent les yeux pour montrer leur soumission et que tu sentes leur peur quand tu t'adresses à eux. »

Je suis donc le fils d'un homme qu'une grande partie de la communauté craint et déteste. À l'opposé, une minorité le considère comme une référence absolue et ne rêve que de lui ressembler.

« Ton père, c'est quelqu'un. » Combien de fois ai-je entendu cette phrase parmi les miliciens? Des centaines sans doute. Depuis, je fais tout pour être à la hauteur. Mon père est le chef de la milice caspiste du quartier. Mais il n'est pas seulement responsable politique. Dans la journée, il exerce un vrai métier. Il est policier au grade de brigadier. Au quotidien, il parcourt les rues avec ses hommes pour réprimer le crime. Quand arrive le soir ou le week-end, il endosse l'uniforme de la milice et continue autrement le combat auquel il croit.

Moi, son fils, je marche dans ses pas. Je suis déjà apprenti policier. Je n'ai pas le droit de porter d'arme mais j'accompagne les gars en mission. Les collègues de mon père, je les connais tous très bien, certains, il m'arrive encore de les appeler «tonton», même si maintenant je dois éviter ce genre de familiarité. Pour l'instant, ma mère s'oppose à mon incorporation dans le mouvement politique car elle pense que je suis trop jeune pour tenir le rythme de l'école, de l'apprentissage et des rondes de nuit.

Quand mon père revêt l'habit de la milice, il devient un autre homme, c'est soudain quelqu'un d'important. Là, c'est lui qui donne les ordres et il se sent respecté et reconnu à sa juste valeur.

Je suis fier de mon père depuis tout petit, de sa force et de sa puissance. J'ai toujours rêvé d'être comme lui, de porter un uniforme et une arme à la ceinture. Cet enthousiasme était partagé autrefois par mes amis.

Eux aussi étaient fascinés par les forces de l'ordre et le pouvoir qu'elles représentaient. Beaucoup enviaient le fait que je deviendrais policier à mon tour, alors que la loi les obligeait à exercer le métier de leur père. Qui rêve d'être charcutier ou rafistoleur? Les choses ont changé depuis quelques années. Nous comprenons mieux les enjeux du monde et les choix de nos parents. Je compte parmi mes meilleurs copains deux ennemis potentiels de la cause de mon paternel, Jea dont le père milite ouvertement dans des mouvements pacifistes qui combattent les méthodes de la milice et, pire, Maurce dont le père, ancien extrémiste, a disparu après une rafle, sans doute abattu par un copain du mien qui ne l'avouera jamais. Avec Lucen, c'est plus facile, son père est un trouillard qui préfère rester neutre.

Qu'ont-ils à reprocher à la milice? Nous assurons la sécurité la nuit, nous luttons efficacement contre les terroristes. (Je dis «nous», même si pour l'instant je n'agis pas directement, mais je le dis parce que je me sens tellement solidaire de leurs actions et en accord avec leurs convictions.) Bien sûr, nous sommes contraints d'employer des méthodes qui ne s'embarrassent pas de procédures, mais c'est pour ça que ça marche, bordel! Qu'est-ce qu'ils voudraient tous? Qu'on laisse faire les poseurs de bombes? Que ce soit l'anarchie et que des enfants meurent encore dans des attentats? Nous, au moins, on y va, on met les mains dans le cambouis, on n'a pas peur de se salir!

Mon père me pousse depuis des mois à me séparer de mes copains qui, dit-il, s'avéreront dangereux dans un avenir prochain. Il m'a assuré avoir déjà en main des éléments qui prouvent leur implication dans des mouvements coivistes plus ou moins violents.

Je refuse de le faire. Je leur dois tant. Je veux, à tout prix, rester fidèle à un passé où nous étions si proches, soudés par une amitié à la vie à la mort. Nous sommes voisins depuis toujours. Enfants, nous passions plus de temps ensemble qu'avec nos parents. Nous avions un repaire où notre petite bande se réunissait. On avait nos secrets. On y échafaudait nos plans d'attaque contre les autres groupes. On était bien. Et puis surtout, à la mort de mon grand frère, emporté subitement par un infarctus à l'âge de quinze ans, c'est eux qui m'ont aidé. Pas mes parents qui, envahis par le chagrin, semblaient avoir oublié jusqu'à mon existence. Ma mère pleurait sans cesse, ne se levait plus ni pour préparer mes vêtements ni pour me nourrir. Mon père, qui voyait en Kéin son digne successeur, s'est englouti dans le travail et plus encore dans sa vengeance. Il pense que son fils aîné a été victime d'un empoisonnement et que c'était lui qui était visé. Kéin venait juste d'être intégré dans la milice. Pendant plusieurs mois, mes copains m'ont complètement pris en charge, me refilant des habits à eux ou faisant laver les miens en cachette par leur mère. Ils m'ont nourri aussi quand mes parents avaient oublié. Et surtout, ils me soutenaient, me laissaient pleurer un peu, mais ensuite me changeaient les idées en me mêlant à leurs histoires. S'ils n'avaient pas été là, comment aurais-je survécu?

Quand, des mois plus tard, mes parents ont pris conscience de l'état d'abandon dans lequel ils m'avaient laissé, non seulement ils n'ont jamais songé à les remercier, eux et leurs parents, mais ils en ont conçu de la haine. Peut-être se sentaient-ils coupables ou honteux de leur négligence? Pendant près d'un an, ils m'ont même interdit de les fréquenter et puis heureusement l'étau s'est desserré et j'ai retrouvé mes amis.

Depuis, je sais que, même si je ne fais rien de compromettant avec Lucen et les deux autres, mes parents trouvent suspect que je puisse rigoler avec eux. Moi j'ai la conviction que je peux rester fidèle à mes amis d'enfance sans trahir ma famille. Et, à l'inverse, aimer profondément mes parents, mais laisser mes copains faire leurs choix personnels. Jamais je ne ferai rien contre eux et je sais que pour mes amis c'est pareil.

Je vais rentrer dans la milice. C'est imminent. Je me sens prêt et c'est dans l'ordre des choses. Mes parents en ont parlé hier soir et ma mère a plus ou moins donné son accord. Je vais l'annoncer à Lucen et je crains à l'avance le regard qu'il portera sur moi. Il va me ressortir son histoire de contrôle d'identité d'il y a trois ans, quand les gars se sont amusés à lui foutre la trouille. Il ne veut pas comprendre qu'ils déconnaient et qu'ils ne lui auraient jamais rien fait. S'il les connaissait comme moi je les connais, il ne serait pas si inquiet. Des fois, je rêve que tous mes copains font partie de la milice. On ferait les rondes ensemble et on se marrerait comme quand on était petits.

Ma mère a dit oui mais à condition que je commence à me mettre sur les rangs pour mon futur mariage.

– Quand on veut devenir un homme, il faut l'assumer complètement.

Je n'ai rien trouvé à objecter. C'est Snia ma promise. Je ne l'ai pas choisie. C'est plutôt un arrangement entre nos deux familles. J'ai de la chance, elle est jolie et gentille. Je me demande si j'aurais été capable d'en trouver une tout seul car je ne fréquente jamais les filles. Je ne me sens pas spécialement attiré par Snia. Il paraît que c'est normal, que, les mois passant, une intimité va se créer et que bientôt nous serons inséparables.

À la fin du mois, nous aurons notre premier rendez-vous sans les parents, je ne sais pas ce qu'on trouvera à se dire. C'est une fille et elle est plus jeune que moi.

On risque de s'ennuyer. Comme elle n'aura l'âge légal que d'ici quelques semaines, nous n'aurons pas le droit de commencer les tests de compatibilité. Tant mieux, je ne suis pas sûr de bien savoir comment m'y prendre et j'imagine que, de son côté, c'est pareil.

Snia appartient à une famille de négociants qui possèdent plusieurs bateaux de transport de marchandises. On peut dire que c'est un bon parti.

Lucen a Firmie depuis toujours. Quand nous étions plus jeunes, elle venait souvent jouer avec nous et participait à nos bagarres. Et elle était forte. Elle ne supportait pas qu'on sous-entende que quand elle avait eu le dessus, c'était parce qu'on l'avait laissée gagner. Mais c'était la seule excuse qu'on trouvait quand on avait perdu. Elle ne s'est toujours intéressée qu'à Lucen. Elle voulait être près de lui en toutes circonstances. Je ne leur ai jamais dit parce que ça ne se fait pas avec des amis, mais je les envie. J'envie surtout Lucen même si je sais que Firmie n'est pas toujours facile à vivre.

Comme prévu, quand je raconte à mon copain ma première ronde, il ne peut pas se retenir de me juger et de me condamner. Je me dis souvent que je ferais mieux de lui cacher des trucs car, au bout du compte, on en souffre tous les deux. Il ne peut pas comprendre la réalité de ce que je vis dans ces moments-là. Ce matin, j'ai surtout voulu donner un exemple à Lucen en racontant en détail l'épisode de cette femme qui a fait un scandale alors qu'Hectr essayait d'être compréhensif. Je voulais que mon copain se rende compte que les attitudes parfois violentes qu'il critique répondent toujours à des provocations des passants. J'aurais dû lui relater mes premières tentatives d'interpellation en solo. Les gars s'étaient écartés et me regardaient faire. « Impose-toi ! » qu'ils m'avaient dit.

À mon premier essai, c'était un vieil homme d'une quarantaine d'années, je me suis fait bousculer et il a continué son chemin comme si j'étais un rien du tout. Je l'ai alors poursuivi mais il a réussi à se dégager en me traitant de petit con.

Au deuxième, je me suis senti humilié. Je m'étais attaqué à une fille peut-être un peu plus âgée que moi. Et elle, elle a carrément rigolé comme si je plaisantais. Elle n'a rien dit mais dans ses yeux, je lisais : « Petit puceau, t'es qui pour penser m'arrêter ? » J'étais fou de rage, alors j'ai sorti ma matraque et je l'ai frappée à la tête. Elle a un peu saigné et les gars sont intervenus pour que je la laisse partir. Ensuite, ils m'ont montré, d'abord sans moi pour que j'observe leur attitude, que j'écoute le ton de leur voix, ce qui fait qu'avec eux ça marche. Et puis, ils m'ont fait un peu boire, leur « alcool de foin », et c'est vrai qu'on se sent différent après, comme si tout n'était pas entièrement réel. Ma voix était plus forte, mes gestes plus larges, et j'ai enfin pu voir de la crainte dans les yeux des passants. Cela ne veut pas dire qu'ils me respectaient bien sûr, mais au moins quand je les avais sous la main ils n'osaient rien exprimer et ils baissaient la tête. Exactement ce que mon père m'avait expliqué.

CHAPITRE 7

Martha ne m'avait jamais invitée chez elle et je découvre donc sa minuscule chambre. C'est très sombre car seul un petit soupirail grillagé apporte un peu de lumière naturelle. J'allume l'ampoule nue qui pend du plafond. Le parquet et les meubles sentent l'encaustique. Il y a un lit, une penderie sur roulettes protégée par une toile de plastique et la commode. Je défais tous les tiroirs et les pose par terre. Je scrute ensuite le fond et les côtés du meuble, à la recherche d'un détail qui pourrait me mettre sur la piste. Rien, aucune aspérité ni inscription. Je retourne chaque tiroir avant de le remettre en place. Peut-être a-t-elle voulu plaisanter? J'hésite à repartir tout de suite dans ma chambre et je m'assois sur le lit pour réfléchir. C'est comme une intuition difficile à expliquer mais, en manipulant les tiroirs, je me rappelle que quelque chose m'a perturbée. L'un d'eux m'a paru différent, peut-être un peu plus lourd. C'est le deuxième. Je le pose sur le lit pour l'examiner de près. Son volume intérieur semble plus restreint... comme s'il avait un double fond. Mais comment l'ouvrir? J'emporte le tiroir dans ma chambre pour y penser plus tard. Il ne faut pas que je tarde trop car bientôt j'aurai une nouvelle gouvernante sur le dos.

Après le repas, je rapporte un couteau pour essayer de glisser la lame le long des parois intérieures du tiroir, mais sans résultat. Je remarque bientôt un clou fiché sur un côté à la hauteur du fond. Il se retire sans trop d'effort et libère une fine plaque de bois qui coulisse. J'ai trouvé. En dessous, Martha a caché un cahier d'écolier d'une cinquantaine de pages. Seules les premières sont remplies par l'écriture régulière de mon ancienne gouvernante.

Chère Ludmilla,

Comme vous l'avez entendu, je m'apprête à quitter cette maison pour toujours. Je vais commencer une nouvelle vie ou plus certainement la finir assez vite car l'air qu'on respire là-bas va aggraver ma maladie. C'est dommage mais c'est comme ça. Je me demande encore la raison de mon limogeage. Je tousse depuis mon arrivée ici (ce qui est normal quand on est issu de la ville basse) et pas davantage ces derniers temps. Je suis triste et très déçue. Comme je n'ai pas beaucoup d'affaires à rassembler, je vais profiter de la nuit pour vous révéler quelques secrets. Si je ne l'ai pas fait avant, ce n'est pas que je n'avais pas confiance en vous, mais plutôt que je me sentais redevable envers votre père qui, vous allez le comprendre, a fait beaucoup pour moi. Maintenant que je pars, je me sens plus libre de répondre à certaines interrogations que vous avez formulées durant toutes ces années et que j'avais jusqu'à aujourd'hui préféré éluder.

Pourquoi suis-je venue vivre dans la ville haute?

Je fais partie des filles stériles d'en bas. Certaines le sont génétiquement, d'autres suite à des accidents, ce qui est mon cas. J'avais un prétendant, comme on dit dans votre monde, et, à l'issue des tests de fertilité, je me suis retrouvée enceinte. Malheureusement, à la naissance de mon enfant, j'ai failli mourir d'une infection. Les médecins m'ont déclarée inapte à de nouvelles grossesses. Alors mes parents m'ont fait passer pour morte et m'ont envoyée dans une maison de la ville haute. Aujourd'hui, je sais qu'ils ont touché de l'argent en échange, mais je ne leur en veux pas, ils n'avaient pas d'autre choix. Là-haut, nous avons été triées en fonction de notre beauté et de notre intelligence. Les plus jolies devenaient des esclaves sexuelles dans les maisons closes des villes de garnison, les plus intelligentes étaient placées chez des riches comme gouvernantes ou intendantes après avoir suivi quelques mois d'enseignement, les autres se retrouvaient bonnes à tout faire. Il était très important que nous soyons stériles pour travailler là-haut car en aucun cas nous ne devions «contaminer la race» de ceux d'ici en tombant enceintes. Plutôt intelligente et pas trop jolie, je suis donc devenue gouvernante. Ensuite, j'ai été placée dans une famille.

J'ai beaucoup souffert au cours de ce premier engagement, car mes patrons élevaient leur progéniture dans la haine et le dégoût des domestiques. Les enfants étaient tyranniques et blessants. Par exemple, ils se précipitaient pour se laver les mains quand par inadvertance ils avaient effleuré ma peau. C'était une vie de brimades et d'humiliations. Le père de famille, pour sa part, considérait qu'il pouvait m'utiliser selon son bon plaisir. Je préfère ne pas entrer dans les détails de ce qu'il m'a fait subir car le seul fait de m'en souvenir me provoque encore des douleurs physiques. Une nuit, au comble du désespoir, j'ai essayé de mettre fin à mes jours en m'empoisonnant avec des produits d'entretien. À l'hôpital où on m'a transférée, j'ai eu la chance de retrouver une «stérile» que j'avais croisée lors de ma formation et qui exerçait comme infirmière. Elle connaissait votre famille car elle s'était occupée de votre mère durant sa dernière année. C'est elle qui a parlé de moi à votre père. Elle m'a expliqué que c'était un homme sérieux et correct, et surtout que sa fille était douce et polie. Heureusement, il m'a engagée. Mais il m'a fait promettre de ne pas créer de liens affectifs avec vous et, pour ce faire, de vous parler le moins possible. À ce moment-là, j'étais prête à jurer n'importe quoi pour ne pas retourner dans ma précédente famille.

J'ai bien essayé au début de garder une distance et vous m'y avez aidée pendant les premières semaines par votre attitude de «sauvageonne», mais le temps passant nous avons noué dans le dos de votre père une vraie complicité. Plus tard, j'ai compris que c'était pour vous une manière d'être indépendante, d'avoir une vie personnelle en dehors de l'autorité paternelle. Même si votre père ne m'a jamais considérée comme une personne à part entière, il n'a jamais fait preuve de violence à mon égard et ne m'a jamais humiliée devant vous. Tout au long de ces années, il est resté distant, voire glacial, lors des brefs échanges que nous avions à chacun de ses passages. Son autorité m'impressionnait et je ne lui répondais qu'avec le minimum de mots. Vous vous êtes souvent plainte qu'il vous délaissait et je sais que vous en avez souffert. Mais c'est grâce à votre solitude que nous nous sommes rapprochées. Je suis heureuse d'avoir vécu ces dix années avec vous.

Je n'ai jamais su si mon enfant avait survécu. Quand je me suis réveillée après mon transfert dans la ville haute, personne n'a voulu me renseigner. S'il existe, j'aimerais qu'il ait votre caractère ouvert et généreux. Adieu, Ludmilla. Je vais essayer de dormir un peu.

Martha

P.-S. : S'il vous plaît, ne m'écrivez pas. Tout le courrier est ouvert par les hommes de la milice, et une lettre arrivant de là-haut attirera forcément l'attention.

Pourquoi mon père n'a-t-il pas été plus précis sur les risques qu'il y avait à envoyer une lettre à Martha? Je crois qu'il voulait seulement me faire plaisir et que le sort de Martha l'indiffère totalement. J'espère qu'il a jeté la lettre parce qu'il la trouvait inutile. Je ne peux que me raccrocher à cet espoir. Le texte recommence à la page suivante.

Je ne parviens pas à dormir. La raison de mon renvoi m'obsède et je veux comprendre. Un souvenir vient de remonter à ma mémoire. C'était il y a quelques semaines, j'ai reçu la visite d'une femme un après-midi pendant que vous étiez au lycée. Elle m'a suppliée de la laisser pénétrer dans le bureau de votre père pour y trouver un document. Il en allait, disait-elle, de la vie de sa fille. Bien entendu, j'ai refusé car il n'était pas question que je déroge aux consignes de sécurité. Le ton de mon interlocutrice s'est fait alors plus menaçant et j'ai préféré lui claquer la porte au nez. Je n'en ai pas parlé à votre père car il m'avait interdit formellement d'ouvrir la porte à des inconnus.

C'est peut-être elle qui, voyant qu'elle ne pouvait rien obtenir de moi, a décidé de me calomnier auprès de lui, un peu comme une vengeance. Je ne le saurai jamais, mais vous peut-être un jour prochain.

Et puis je me dois de vous parler de Taf. C'est un fouineur de la ville basse qui passe clandestinement dans la nuit du mercredi au jeudi pour trier les déchets dans les poubelles du quartier. C'est aussi un ami d'enfance en qui j'ai toute confiance. J'ai eu la chance de le retrouver en m'installant chez vous. Au début, grâce à lui, j'ai pu donner des nouvelles rassurantes à mes parents car il connaissait une de leurs relations. Nous avons continué à nous voir une ou deux fois par mois, quand votre père était absent. Je dois vous avouer qu'il a un temps essayé de me convertir à la cause des Coivistes. Je ne sais pas si quelqu'un vous en a déjà parlé. Ce sont des gens qui prônent la liberté d'habitation (Chacun Où Il Veut), la solidarité et l'ouverture des frontières entre les zones. On les appelle aussi les Réunificateurs. Ils réclament un partage équitable des richesses entre les riches et les pauvres. Ils sont persuadés que la cohabitation est possible et que les ressources sont suffisantes. On trouve dans leurs rangs aussi bien des gens d'en haut que des gens d'en bas. Je n'ai jamais accepté de le suivre dans son combat, non pas que ses idées ne me semblaient pas convaincantes, mais de crainte d'être découverte et punie par votre père. Je sais, cela peut vous sembler lâche et égoïste mais j'avais aussi peur de vous perdre et je répugnais à trahir un homme qui m'avait sortie du malheur. Taf, à plusieurs reprises, a fait des allusions aux pouvoirs immenses et pourtant secrets de votre père. J'ai préféré me boucher les oreilles, mais aujourd'hui je le regrette car il n'est jamais bon de ne pas savoir. Si un jour vous désirez me donner de vos nouvelles, ce qui me remplirait de joie, Taf pourra se charger de me les transmettre.

Je vais arrêter d'écrire maintenant. Évitez que ce cahier ne tombe dans les mains de votre père. Peut-être pourriez-vous le détruire après l'avoir lu ou alors trouvez-lui une cachette aussi sûre que la mienne.

Je vous garderai toujours dans mon cœur.

Martha

Je me sens idiote car je me rends compte que je ne sais rien des activités de mon père, hormis le fait qu'il est toujours en voyage et qu'il me rapporte souvent des bijoux ou des bibelots, ce qu'il appelle des «antiquités». Je cache le cahier sous mon matelas avant de dormir.

Cet après-midi, en revenant du lycée, je découvre une jeune femme assise sur les marches du perron, une petite valise à ses pieds. À peine m'a-t-elle aperçue qu'elle se lève et me sourit. Elle est plutôt jolie, ce qui d'après Martha aurait dû la conduire à devenir prostituée. Ses cheveux longs ne sont pas attachés. Elle ne ressemble pas aux autres gouvernantes que j'ai pu voir.

– Bonjour, mademoiselle Ludmilla. Je suis Yolanda. Votre père m'a embauchée pour le poste de gouvernante.

Je me contente de hocher la tête et j'entre dans la maison avant d'aller m'enfermer dans ma chambre. Quelques minutes plus tard, j'entends des coups discrets contre ma porte. Je la fais attendre un peu avant de me décider à ouvrir.

– Veuillez m'excuser de vous déranger, mais pourriez-vous s'il vous plaît m'indiquer l'endroit où je vais ranger mes affaires?

Je la précède sans rien dire. Elle me suit jusqu'au sous-sol, dans la chambre de Martha. En passant, j'ouvre les portes des toilettes et de la salle de bains. Puis, comme je m'apprête à remonter, elle m'interpelle :

– Merci, mademoiselle. Mademoiselle? Désirez-vous que je prépare du thé? J'ai besoin de connaître vos préférences... S'il vous plaît, mademoiselle...

Je ne réponds pas. Je vais m'installer dans la cuisine où je sors moi-même le pain et le jus de fruits pour mon en-cas. Elle est de nouveau là, plantée devant moi, et me regarde manger.

– Me permettez-vous de m'asseoir?

Comme je ne desserre pas les dents, elle poursuit:

– J'imagine que je dois prendre cela pour un oui, risque-t-elle timidement.

Je ne lève les yeux sur elle que lorsqu'elle tourne la tête. Je comprends pourquoi ses cheveux sont détachés. Une vilaine cicatrice lui barre la joue droite, ce qui expliquerait pourquoi elle n'a pas été placée dans une maison close.

Je n'ai pas besoin de cette fille. Elle n'y peut rien mais c'est comme ça. Mon père n'avait pas le droit de remplacer Martha. Pendant que j'engloutis mes tartines, elle déclare:

– Je sais que vous n'êtes pas muette et que si vous ne m'adressez pas la parole, c'est pour me montrer votre mécontentement. Votre père m'a prévenue que vous avez du mal à digérer le départ de votre ancienne gouvernante qui s'appelait Martha, je crois.

Comme je parais l'ignorer, elle reprend très bas, feignant de ne se parler qu'à elle-même:

– De plus, la véritable raison de son renvoi vous est inconnue.

Je ne peux m'empêcher de la fixer et de marquer ainsi mon intérêt. Elle réprime un petit sourire et continue:

– Cela vous intéresse, bien entendu. Martha a été renvoyée pour des raisons de sécurité.

– Soyez plus précise, dis-je d'une voix ferme.

– Je vois que... vous ressemblez à votre père... Avec vous aussi, c'est droit au but... c'est... Excusez-moi. Je ne sais pas si j'ai le droit de vous donner d'autres précisions.

Je maintiens mes yeux sur elle, elle enchaîne :

– Après tout, votre père n'a rien dit en ce sens. Par précaution, cette discussion pourrait-elle rester entre nous, mademoiselle ? Bon, il a parlé des visites d'un illégal venu d'en bas pour fouiller les poubelles et aussi de celle d'une femme tout dernièrement. Il était clair que Martha ne devait adresser la parole à personne en dehors de la maison, même pas aux livreurs, et qu'elle a enfreint les règles.

– Comment l'a-t-il su ?

– J'ai cru comprendre que quelqu'un l'avait vue. Autre chose, mademoiselle ?

– Pourquoi avez-vous une cicatrice sur la joue ?

Je suis un peu gênée d'avoir posé la question. Mais cela m'a semblé inévitable. Elle est troublée.

– Un acci... un accident, mademoiselle, bafouille-t-elle avant de se lever en bousculant la table.

CHAPITRE 8

Mes parents ont bien fait les choses, et la maison est transformée pour la réception organisée en l'honneur de la famille de Mihelle. Trois puissantes lampes à piles éclairent largement la petite pièce. Les lits ont été déplacés et recouverts de tissus pour qu'ils ressemblent à des canapés. Mon père a abaissé la table pour la mettre à hauteur. Maman a rapporté des boutiques chères de 680 des gâteaux au glaçage coloré et des alcools légers et pétillants. Au moins, je vais bien manger. De mon côté, j'ai fait ma toilette hebdomadaire complète un jour plus tôt. Et j'ai usé jusqu'à la dernière goutte les trois litres autorisés. Les invités arrivent à l'heure.

Après les présentations, les adultes parlent de leur travail. Je comprends que ces gens viennent des quartiers bordant le *no man's land* qui constitue la frontière avec la ville haute. Ce sont des riches qui tiennent plusieurs boutiques d'objets, dont ceux que mon père rafistole. Je ne pensais pas qu'une telle union soit envisageable, ou alors mes parents sont vraiment beaucoup plus riches que je ne le croyais. À l'extérieur, Mihelle portait un voile qui l'enveloppait de la tête aux pieds pour protéger ses cheveux nattés et ses vêtements des fumées grasses. Elle est assez petite et plutôt ronde. Ses joues sont pleines et elle sent le parfum cher. Elle m'observe en douce.

– Vous ne pensez pas, demande sa mère, que vous pourriez vous installer plus haut et dans une maison plus vaste même si celle-ci est très confortable?

– Nous le pourrions, assure ma mère, mais pour son travail d'expert-rafistoleur, mon mari a besoin de demeurer près du port afin d'être ravitaillé plus aisément en pièces de rechange. C'est vrai que c'est bien dommage.

– Il pourrait garder cet endroit comme atelier, suggère la dame, et vous viendriez habiter notre quartier qui est plus respirable.

– Je suis très attaché à cette maison, c'est celle de mes ancêtres, explique simplement mon père.

Lorsque tout le monde a bien bu et bien mangé, il propose de nous laisser en tête à tête et entraîne les adultes à l'étage pour, j'imagine, leur montrer quelques beaux objets, ceux que Taf appelle ses «chefs-d'œuvre» et qui témoignent du savoir-faire et du talent de mon père. Nous sommes seuls depuis plus d'une minute et je ne suis pas décidé à desserrer les dents. J'essaie de ne pas trop la regarder. Elle change plusieurs fois de position. J'entrevois ses mollets ronds et ses chevilles fines. Je ne crois pas qu'elle ait un jour chaussé des chenillettes. Ses yeux sont gris très pâle. Physiquement, elle est tout le contraire de Firmie. Après un moment d'hésitation, elle se lance :

– Je sais pourquoi tu ne me parles pas. Tu aimes une autre fille qui s'appelle Firmie. Mes parents m'ont expliqué. Tu espères encore pouvoir la récupérer. Je te comprends, c'est une fille magnifique et elle dégage une force qu'on n'oublie pas. Ne me regarde pas comme ça. Je la connais de vue. Elle est venue hier à la boutique pour voir de quoi j'avais l'air. Elle m'a même demandé mon âge. Quand je lui ai répondu, elle m'a souri et est repartie comme si elle avait trouvé ce qu'elle cherchait. Je sais que, sans atteindre le niveau de ton père, tu es déjà un bon rafistoleur. Moi, je ne travaille que quelques heures le samedi après-midi. Je conseille les clients car j'ai un goût très sûr. Le reste du temps, je dessine mes rêves. Je fais cela depuis que je suis toute petite. Je n'aime pas cette vie, j'ai le sentiment de ne pas être à la bonne place, qu'on s'est sans doute trompé à ma naissance, que j'aurais dû vivre dans la ville haute. Je vais moi aussi au cinéma le dimanche et je te connaissais avant qu'on ne me parle de toi. Toi, je suis sûre que tu ne m'as jamais remarquée, tu ne penses qu'à ta Firmie et peut-être des fois au film qui passe. Vous avez de la chance de vous être trouvés. Mais si ta copine ne tient pas parole, je serai là pour toi.

Elle jette un regard circulaire et ajoute d'une voix plus assurée :

– Mais il faudra qu'on déménage. Mon père a fait rénover la maison des voisins pour moi... pour nous, si cela se fait un jour. Ici, c'est bien trop petit, et même les portes fermées, ça pue.

Les adultes forcent un peu leurs voix avant de nous rejoindre, comme s'ils avaient peur de nous surprendre en train de nous embrasser. Tous semblent enchantés de leur après-midi. Nous nous saluons. Ils se promettent de se revoir. Mihelle me sourit avant de remettre son grand tissu de protection.

Le soir, durant le repas, j'annonce à mes parents que je vais sortir un peu plus tard avec mes trois copains. Ma mère n'est pas ravie mais elle ne peut s'y opposer frontalement, alors elle essaie la persuasion en me parlant des dangers qu'il y a à fréquenter les lieux publics, particulièrement les samedis soir. Elle craint les factions politiques qui viennent pour en découdre, les voleurs pour faire les poches, les poivrots pour se battre à coups de bouteille. Je la laisse parler, ce n'est pas la première fois que je sors et je suis toujours rentré entier. Elle m'interroge ensuite sur ce que j'ai pensé de Mihelle.

– Je n'en pense rien.

– Comment ça?

– Je ne la reverrai sans doute jamais car je vais épouser Firmie. Alors, disons que je n'ai pas fait très attention à elle.

Je vois que ma réflexion chagrine ma mère. Elle a dû croire au miracle, à la rencontre magique qui résoudrait tous les problèmes. Ça l'arrangerait bien pour la famille mais aussi peut-être pour les affaires de mon père.

– Je trouve que Mihelle ressemble à un gâteau: dodue, appétissante et colorée. Et ses seins sont comme des petits ballons, déclare Katine.

Pour une fois, je partage l'avis de ma sœur. Mes parents ne commentent pas. Je prends le relais pour critiquer les parents de Mihelle qui m'ont paru un peu condescendants vis-à-vis de nous, avec leurs remarques sur notre maison et notre quartier.

– Si on les dégoûte, pourquoi voudraient-ils que j'épouse leur fille?

– Tu ne te rends pas compte que ton père est très renommé comme rafistoleur et que les affaires marchent bien pour nous. Plus haut, à cause des attentats des Coivistes et des mesures de sécurité que cela génère, les commerces souffrent. Nos ressources sont comparables aux leurs, mais ton père ne veut pas mettre en avant ce que nous gagnons et préfère épargner en cas de coups durs.

– Question de prudence, commente mon père.

– Alors, même si on devient riches un jour, on vivra toujours comme des pauvres, conclut ma mère d'un ton aigre.

CHAPITRE 9

Je retrouve Yolanda pour le dîner. Nous ne nous parlons pas. Cela me rappelle mes débuts avec Martha. Elle me prend peut-être pour une gamine boudeuse. Mes yeux reviennent inévitablement sur sa cicatrice. Je baisse la tête pour ne pas la mettre mal à l'aise. J'imagine la souffrance qu'elle a dû ressentir quand elle a compris qu'elle ne serait plus jamais jolie... À la fin du repas, elle m'annonce que mon père rentrera dans quatre jours.

Je me rends compte que l'idée de le revoir bientôt me pèse. Tout est changé entre nous depuis qu'il a osé renvoyer Martha. Le malaise semble partagé car je remarque qu'il a différé son retour.

Je pense sans cesse à mon ancienne gouvernante et au moyen de la retrouver. Je sais que je ne pourrai jamais la faire revenir mais il faudrait au moins que je lui procure de l'argent pour ses médicaments. Je lui dois bien ça.

Un peu avant minuit, mercredi soir, je condamne discrètement l'accès au rez-de-chaussée pour Yolanda et je vais déposer un mot à destination de Taf sur la poubelle.

Monsieur,

J'ai besoin de vous parler. Je pense que la maison est surveillée de l'extérieur et je n'ose venir à votre rencontre. Indiquez-moi un rendez-vous après vingt heures dans un endroit sûr. S'il vous plaît.

P.-S.: Glissez votre réponse dans le creux du platane près de la boîte aux lettres. Merci d'avance.

Je ne signe pas pour pouvoir nier en être l'auteur si le message tombe entre les mains de la police. J'espère qu'il n'est rien arrivé à ce Taf et que cette lettre ne parviendra pas à un autre.

Le lendemain matin, je comprends que Yolanda s'est rendu compte que je l'avais enfermée, même si elle n'ose en parler directement.

– J'aimerais, déclare-t-elle, que nous ayons des relations de confiance. Je sais que vous avez tous les droits car vous êtes la «patronne» quand votre père est absent. Mais je crois avoir été franche avec vous depuis mon arrivée. Aussi, je m'attends à ce que cela soit réciproque. Qu'en pensez-vous, mademoiselle?

– Je ne sais pas, dis-je en me levant.

Mon père fait son apparition samedi vers dix-sept heures. Il m'embrasse sur le front, puis déclare, mais j'aurais pu le deviner:

– Je ne reste pas très longtemps.

Il va ensuite dans son bureau pour éplucher les factures des fournisseurs et sans doute aussi interroger Yolanda. J'ai envie de lui signifier clairement que je ne veux plus de gouvernante et que je peux très bien me débrouiller seule. Vers dix-huit heures, Yolanda frappe à ma porte. C'est mon père qui l'envoie. Il veut que je me prépare car il m'emmène dîner au restaurant.

– Merci, Yolanda, mais il est un peu tôt.

– Votre père souhaite que vous mettiez une robe de soirée et que vous soyez maquillée et coiffée. Il m'a demandé de vous aider.

– Je n'ai pas de robe de soirée et je n'aime pas me maquiller.

– Votre père m'a dit de vous emmener dans la chambre de votre mère pour choisir une de ses tenues.

– Je n'en ai pas envie. Où est-il? Je veux le voir!

– Il est sorti et m'a demandé de mener à bien cette tâche. Je vous en prie, mademoiselle, obéissez-lui ou sinon il s'en prendra à moi. Il m'a fait comprendre qu'il considérait cela comme un test et...

Sa voix se brise. Elle paraît sincèrement angoissée quand elle termine sa phrase :

– ... qu'en cas de refus de votre part il pourrait me renvoyer.

– Qu'est-ce qui vous dit que ce n'est pas ce que je souhaite ?

Surprise par la dureté de ma réponse, elle bat en retraite et dévale les escaliers.

Je suis soulagée qu'elle soit partie. J'ai besoin de réfléchir seule. Enfant, j'ai toujours rêvé de m'habiller comme Maman et j'adorais me glisser entre ses tenues stockées dans son dressing. Je frottais mes joues sur les étoffes avec envie. Mais depuis qu'elle n'est plus là, je n'ai jamais plus osé ouvrir ses placards. J'avais trop peur d'y retrouver son odeur. Et puis, j'ai cru pendant des années qu'elle veillait sur moi et je craignais que là où elle se trouvait, elle ne soit fâchée que je touche à ses affaires.

Le temps a passé et depuis longtemps je ne crois plus qu'elle me surveille. Mais ai-je quand même le droit de porter ses vêtements ? Qu'en aurait-elle pensé ?

Je décide de ne rien faire et d'attendre, même si au fond de moi je sens bien que je vais finir par obéir. Yolanda doit me détester. Il faut qu'elle comprenne que je ne suis pas «méchante» et que c'est mon père qui a choisi de la mettre dans une situation impossible, moi je ne lui ai rien demandé. J'entends de nouveau cogner à la porte.

– Votre père au téléphone, mademoiselle. Prenez-le depuis son bureau.

Je descends les escaliers. Yolanda me précède puis, arrivée en bas, elle m'ouvre la porte. Elle détourne son visage, peut-être pour que je ne voie pas ses larmes ou au contraire pour me cacher qu'elle n'a pas pleuré et qu'elle faisait du cinéma.

– Allô, Ludmilla? Que se passe-t-il?

– Rien. Papa, où es-tu?

– Une urgence au travail. Je reviens dans une heure environ et je voudrais que tu sois prête. Tu ne veux pas que Yolanda t'aide, c'est ça?

– Non, ce n'est pas ça.

– Alors, c'est quoi?

– Je ne me sens pas autorisée à mettre des robes que Maman a portées.

– Ludmilla, je t'en achèterai bientôt. En attendant, cela me ferait vraiment plaisir. Ta mère aurait été fière de voir que tu es devenue une belle jeune fille.

Pourquoi me parle-t-il de ma mère? Aurait-elle voulu que je joue à être elle, que je la remplace? Pourquoi mon père m'impose-t-il une telle épreuve? Ne peut-il se rendre compte de la douleur que cela provoque en moi?

Comme je ne réponds pas, je sens qu'il s'impatiente. Il respire bruyamment puis ajoute avant de raccrocher:

– Fais-le. Ne me déçois pas.

Je remonte lentement les escaliers. Chaque pas me coûte un effort. Je parviens difficilement jusqu'au dressing de ma mère. Toutes les tenues sont enveloppées dans des plastiques, et les chaussures sont dans leurs boîtes d'origine. Yolanda me rejoint et me propose son aide. Je hoche la tête pour lui signifier que je suis d'accord. Son visage est impassible. Elle ne sourit pas pour ne pas me signifier trop clairement qu'elle a gagné et que j'ai cédé. Elle doit sentir mon malaise à être ici. Elle étale trois vêtements sur le lit de ma mère et défait les housses.

– Je veux une robe qui ne soit pas... enfin qui ne montre pas trop...

– J'avais compris, dit-elle en levant devant moi une robe de soie gris-vert avec une ceinture. Celle-ci est assez longue et «couvrante» mais reste très élégante. Enfilez-la.

Je m'exécute en essayant de faire le vide en moi. J'ai peu de souvenirs de ma mère debout et bien habillée. Ce n'est pas l'image que je garde d'elle. Mais il y a les albums photos où elle est éblouissante. «Un vrai mannequin », disait mon père. Je me décide à enfiler la robe. Yolanda tourne autour de moi et commente :

– Pour la taille, cela paraît très bien. Vous voulez vous voir ?

– Non, ça ira, Yolanda, dis-je simplement.

– Je vais vous maquiller maintenant. Vous voulez bien ?

Elle me prend la main et m'entraîne devant une petite table. Elle défait des produits neufs de leur emballage puis se place derrière moi et observe mon visage.

C'est la première fois que je fais cela pour de vrai. Jusqu'à maintenant, mon père y était formellement opposé et le maquillage est interdit au lycée. J'ai joué à singer les femmes mûres chez Grisella, il y a quelques mois. Je suis rentrée à la maison toute « colorée » et mon père m'a réprimandée sèchement et obligée à me débarbouiller sur-le-champ. Depuis, je n'ai pas été tentée de recommencer, même si Grisella, ces derniers temps, me reproche souvent de ne pas vouloir grandir.

– Il est temps que tu t'habilles en femme le week-end, m'a-t-elle lancé récemment. Tu sais, si nous n'étions pas obligées de porter ces maudits uniformes au lycée, moi, je le ferais tous les jours. Au fait, tu les trouves où, tes vêtements ? Ne me dis pas que tu les commandes encore dans les catalogues de mode pour enfants ?

– Ils s'adressent aux adolescents aussi, ai-je précisé, un peu vexée.

– C'est ton père qui t'oblige, c'est ça?

– Non. Enfin, un peu. Ce n'est pas si grave.

Elle n'a rien répliqué mais a levé les sourcils comme pour dire «N'importe quoi» ou «Pauvre fille». Puis, heureusement, elle a ajouté avec bienveillance:

– Le jour où tu as envie de t'y mettre, fais-moi signe.

Je regarde Yolanda me passer du fond de teint, souligner le tour de mes yeux et appliquer un rose à lèvres. Ce n'est presque plus moi que je contemple. Je suis troublée. Je pense aux photos de ma mère au bras de mon père, à son sourire discret. Yolanda me brosse maintenant les cheveux et me propose de les attacher en chignon. Je me laisse faire. Elle semble très contente du résultat final. Elle me sourit et guette un signe d'approbation.

– Merci, Yolanda, dis-je doucement.

Pour me répondre, elle me presse légèrement l'épaule, un geste affectueux qu'avait aussi Martha. Elle range le matériel et quitte la chambre. Je me lève et vais m'accroupir devant les boîtes à chaussures. Je trouve celles qui sont coordonnées à la tenue. Elles me vont parfaitement.

Mon père semble très ému de me découvrir ainsi, mais ses compliments me mettent mal à l'aise.

– Tu es magnifique, une vraie femme.

– Papa, je ne me sens pas bien ainsi. Laisse-moi me changer.

– Ce serait dommage. Pourquoi fais-tu tant d'histoires? Je veux juste te montrer que tu es sortie de l'enfance, que tu peux être séduisante, qu'il est temps pour toi de te projeter dans ta vie d'adulte.

Nous passons la soirée dans un restaurant très cher. Pour la première fois, je me sens observée par les hommes et je baisse la tête. J'ai hâte de rentrer à la maison et de redevenir moi-même. Je trouve le service plus lent que d'habitude. Mon père rayonne et cela m'agace. Je ne décroche pas un mot. J'ai trop de choses à lui reprocher.

Il décide d'aborder juste avant le dessert le sujet qui a déclenché ma colère.

– Tu ne m'as toujours pas pardonné le renvoi de Martha. Je l'ai fait pour ton bien.

– Tu aurais dû m'en parler.

– Je sais ce qui est bon pour toi. Elle commençait à être dangereuse.

– Explique-moi.

– J'ai reçu une lettre très bien renseignée sur elle, sur son passé quand elle vivait en bas, et puis dernièrement je sais qu'elle a été approchée par des gens suspects et qu'elle aurait peut-être fini par accéder à leurs demandes si je ne l'avais pas éloignée.

– Comment peux-tu dire ça, après toutes ces années de loyauté envers toi?

– Tu as raison, je n'en étais pas certain, mais quand il s'agit de ta sécurité, je ne prends aucun risque.

Je sais que mon père n'est pas homme à reconnaître ses erreurs et que cette discussion ne me mènera à rien. Aussi je décide d'en rester là.

C'est lui qui choisit de lancer un autre sujet en attendant son café.

– Et cette jeune Yolanda, qu'en penses-tu?

– Rien. Je crois que j'aurais pu me débrouiller sans elle.

– Je ne suis pas de cet avis, Ludmilla. Je suis persuadé qu'elle peut beaucoup t'apporter dans cette période de ta vie.

– Et elle aussi, tu la renverras au premier ragot que tu entendras sur elle?

– Elle, elle ne risque pas de me trahir, conclut-il en souriant.

Je me rends dans la chambre de ma mère pour ranger ses affaires. En passant, je me contemple dans le miroir. J'aimerais que Grisella puisse me voir. Je crois qu'elle serait contente de ma transformation. Moi-même, je me trouve jolie ce soir.

Jeudi matin, je plonge ma main dans le creux du platane. L'ami de Martha m'a répondu. Il me fixe un rendez-vous pour le soir même. Il a dessiné un plan au dos de son message. Je vais m'aventurer seule dans les rues à la nuit tombée et m'engager dans une zone un peu sauvage au risque de me perdre. Ce sera une première. Rien que de l'imaginer, un frisson me parcourt le dos. Mais je suis résolue : j'irai. Pour moi, ce sera comme une épreuve qui me prouvera que je suis sortie de l'enfance et que je suis capable d'affronter l'inconnu sans l'aide de personne.

Au début du chemin, je sursaute au moindre bruit. Pour ne plus rien entendre et me donner du courage, je chantonne une comptine que fredonnait ma mère. Je retrouve Taf dans une maison abandonnée du *no man's land*, à la frontière entre les deux villes. Je ne me suis jamais aventurée si loin auparavant et j'ai peur. Il m'attend à quelques mètres de la ruine.

– Bonjour, mademoiselle. Je m'appelle Taf.

– Moi, c'est Ludmilla.

– As-tu pris des précautions ? Ta gouvernante ne t'a pas suivie ?

– Impossible. Je l'ai enfermée au sous-sol.

– Très bien. J'imagine que tu es venue prendre des nouvelles de Martha. Elle m'a souvent parlé de toi et je sais que vous étiez très liées. Malheureusement, ce que j'ai à t'annoncer est plutôt préoccupant. Voilà, elle a passé une semaine dans la maison de sa famille, là où vivent les enfants de son frère. Mais un matin, la milice caspiste est venue la chercher pour l'interroger et son neveu Lén ne l'a pas revue.

J'accuse le coup. Et si c'était de ma faute? J'essaie de chasser cette idée de mon esprit et déclare en m'efforçant de masquer mon émotion :

– Elle m'a raconté qu'une dame l'avait menacée un après-midi chez nous. Martha semblait craindre qu'elle ne répande de fausses rumeurs sur elle.

– D'après Lén, ils auraient débarqué peu après qu'elle a reçu une lettre de la ville haute. Ils doivent la suspecter d'être une Réunificatrice. Tu sais de quoi je parle?

Je fais signe que oui. Je me mords les lèvres pour me laisser le temps de digérer la nouvelle, puis je demande :

– Comment peut-on faire pour la retrouver?

– Il faudrait que l'on puisse accéder au fichier de la milice caspiste. Pour sa famille ou pour moi, c'est impossible, mais j'ai peut-être une solution. Il faudra que tu suives à la lettre mon plan et que tu oses prendre quelques risques.

– Je ferai tout ce que vous voudrez.

– Voilà, m'explique-t-il. Nous allons utiliser les services d'un jeune garçon très sympathique et un peu naïf nommé Lucen, dont le meilleur ami est le fils du chef de la cellule locale du parti caspiste. Si tu arrives à le convaincre, il pourra trouver le renseignement.

– Mais comment dois-je m'y prendre?

– À toi de te débrouiller. Montre-toi sincère, persuasive, sympathique...

– Je devrai... je devrai le séduire...? C'est ça?

– Ce n'est pas ce que j'ai dit. Tu dois te mettre à sa place. Il ne te connaît pas. Il aura besoin d'avoir confiance en toi, d'en savoir davantage sur ton histoire et les liens qui t'attachaient à Martha. Il doit percevoir ton désarroi. C'est un garçon sensible mais réfléchi, qui n'agira pas à la légère. S'il accepte, il sera conscient des risques qu'il va courir. Ça va, c'est plus clair? Bien, revenons au plan. Je vais te le faire rencontrer indirectement. Lui devra croire que c'est par hasard. Si tu suis mes indications, ça devrait marcher. Je reconnais que ce n'est pas très réglo vis-à-vis de Lucen mais nous n'avons pas d'autre choix.

– Même si je ne crois pas tout ce qu'on raconte sur la ville basse, je dois vous avouer que l'idée de m'y rendre m'effraie. Aussi, ne pourriez-vous pas tout simplement expliquer vous-même ma situation à ce jeune homme, sans que j'aie besoin de le rencontrer? Et si en plus je lui proposais un objet dont il pourrait tirer beaucoup d'argent, ce serait plus honnête.

– Il ne prendra pas de risques pour quelqu'un qu'il ne connaît pas. Et je ne crois pas que dans son cas l'argent soit une motivation suffisante.

– Vous le connaissez bien, ce Lucen?

– Je travaille avec son père depuis des années. Réfléchis vite, le temps presse pour Martha.

– J'accepte.

– Il me faudra aussi de l'argent car je vais avoir des frais.

– Je n'ai pas d'argent. Mon père règle directement nos fournisseurs et...

– Dommage, répond-il simplement. Mais j'ai cru comprendre que tu possèdes quelques objets de valeur.

– J'ai des bijoux.

– Faudrait que je voie.

Je défais mon bracelet. Il sort une lampe de poche pour l'examiner de très près.

– Ça pourrait suffire.

CHAPITRE
10

Le rendez-vous est fixé à vingt-deux heures. Nous sommes tout excités. C'est Gerges qui se fait attendre. Nous nous rapprochons de sa maison. Nous percevons des cris à l'intérieur. Grégire hurle carrément et nous comprenons que notre sortie est remise en cause et que notre copain essaie en vain d'argumenter. La mère intervient et fait taire les deux autres. Suit un silence qui correspond peut-être simplement à une conversation normale. Sans même nous consulter, nous nous éloignons. Cela ne se fait pas d'espionner la vie privée des gens. La porte s'ouvre enfin. Notre copain sort, il a le sourire.

– C'était moins une, les gars. Heureusement que ma mère a intercédé pour moi, sinon c'était raté. Mon père ne vous aime pas. J'y peux rien, c'est comme ça. On va bien en profiter car c'est peut-être la dernière fois. Voilà les laissez-passer, vous fixez la pince sur le revers de la veste, bien en évidence. Vous avez tous vos papiers?

Nous répondons par des grognements joyeux. Gerges a le droit à des claques amicales dans le dos. Nous lui sommes reconnaissants d'avoir affronté son monstre de père pour nous.

– Il ne se rend pas compte, mon vieux, il voudrait que je ne choisisse mes copains que parmi les siens. Mais ce sont surtout des vieux portés sur la bouteille ou des jeunots qui ne pensent qu'à la bagarre. Chacun choisit pour soi, non? On est amis parce que... parce qu'on est amis, c'est comme ça et les autres n'y peuvent rien.

– Bien parlé, mon pote, commente Maurce.

La descente vers les bas-fonds est assez rapide. Notre guide connaît le chemin par cœur. Nous ne le lâchons pas d'une semelle. Gerges bouscule les passants qui attendent la peur au ventre de franchir les nombreux barrages de la milice. À chaque fois, il interpelle les gars par leur prénom. Ensuite, ceux-ci font à peine semblant de nous contrôler. Maurce se rapproche de moi:

– Il en fait partie maintenant, ou quoi?

– Demande-lui si tu veux savoir.

Maurce souffle. Il a compris.

– J'en étais sûr. Je pense de plus en plus que c'est la dernière soirée que nous passons ensemble.

– Alors profitons-en.

Nous débarquons au *Milord.* Au rez-de-chaussée, c'est un bar bruyant et enfumé. L'éclairage est généreux. J'imagine les enfants qui tournent dans leur roue à écureuil derrière la cloison. Ils se relaient toutes les heures durant la nuit. Les clients gueulent pour se parler. Je repère quelques riches de la ville haute qui se sont déguisés pour passer inaperçus. Leurs vêtements sont sales et déchirés mais leurs chaussures en cuir, bien ajustées et cirées, les trahissent. Personne ne songe à s'en prendre à eux car ils sont souvent accompagnés d'une escorte discrète et efficace, composée de pauvres qui ont déjà assuré, depuis la frontière, leur transport en palanquin fermé par une moustiquaire. Ensuite, ces gardes du corps se mélangent aux consommateurs en restant prêts à intervenir. Je sais que les riches fréquentent aussi des maisons closes du port, qui leur sont réservées. Là, les filles sont toujours propres et se protègent des maladies vénériennes.

Le ratodrome se situe au sous-sol, où une fosse évasée a été creusée. Elle mesure deux mètres cinquante de diamètre à sa base pour un peu plus de trois mètres au niveau du sol. Une rambarde de bois la ceinture afin que les parieurs puissent s'appuyer et admirer le spectacle sans risquer de tomber dans le trou. Un peu en retrait, trois rangées de gradins entourent presque totalement le ring. En se serrant bien, une cinquantaine de spectateurs debout peuvent observer les combats. Des voix s'élèvent dans l'escalier, c'est l'arrivée des protagonistes. D'abord des cages renfermant plusieurs rongeurs de belle taille. Tout le monde se presse pour les admirer et évaluer leur force et leur agressivité. L'un d'eux, dressé sur ses pattes arrière, montre ses dents et souffle par les narines. Il est sur la défensive et déjà prêt à en découdre. Le fournisseur et ses assistants, tous très jeunes, font descendre les cages au fond du ring avant d'actionner grâce à un cordon la petite porte qui libère les animaux. Puis les cages sont remontées. Dix rats attendent le début des hostilités. Certains restent figés tandis que d'autres circulent à grande vitesse. Deux d'entre eux se provoquent et essaient de se mordre l'arrière-train. Ils se grimpent l'un sur l'autre et forment une boule mouvante. Des applaudissements retentissent quand le premier chien entre, porté fièrement par son propriétaire. Ce dernier le brandit au-dessus de la fosse. Le ratier, dès qu'il aperçoit les rongeurs, s'agite pour essayer de se libérer de l'emprise de son maître, il bave et grogne de plus en plus. L'homme fait durer le plaisir pour décupler l'agressivité du tueur. Il doit aussi laisser le temps aux parieurs de miser. Ici, le défi consiste à estimer le nombre de minutes que mettra le chien pour venir à bout de tous les rats. Celui-ci tourne la tête dans tous les sens, comme s'il était possédé par le démon. Son propriétaire le laisse enfin glisser le long de la paroi de la fosse. Et la cloche retentit. À peine a-t-il touché le sol que le chien se jette sur un rat, le mord au niveau du cou et le projette violemment contre la paroi. Il tourne sur lui-même et attrape pour leur infliger le même sort tous ceux qui passent à sa portée. Un rat réussit à planter ses incisives dans sa cuisse gauche mais il est obligé de lâcher au bout de quelques secondes car le ratier l'a assommé contre le sol. Il s'est écoulé moins de trois minutes et aucun rat ne semble plus en état de se battre. La cloche sonne à nouveau. Le chien ne se calme pas. Il s'acharne encore quelques minutes sur les dépouilles ensanglantées. Puis son propriétaire lui envoie une large lanière de cuir dans laquelle il vient immédiatement planter ses crocs. L'homme tire ensuite doucement et le chien se laisse remonter. Il est couvert de sang, et pas seulement de celui de ses adversaires. Son maître l'enroule dans une couverture et le confie à l'un de ses employés. Les spectateurs se sont écartés, un chanceux va toucher son dû avant d'aller en dépenser une partie en bières allongées du tord-boyaux local qui titre soixante-dix degrés.

– Il n'est pas encore au niveau de la star, ce *sweety demon*, fait remarquer Maurce, mais il est prometteur.

Un enfant descend avec un grand sac de jute dans la fosse pour récupérer les cadavres au crâne fracassé ou au corps éventré.

– On a le temps de boire un coup là-haut, propose Gerges. Je vous invite, les gars.

Je n'aime pas boire, ça me donne la nausée. Je n'apprécie pas non plus que mes copains le fassent car ça les rend différents et je ne les reconnais plus. La star est annoncée. Des hommes toujours plus nombreux affluent vers le sous-sol. Mes copains vident leur verre rapidement, moi j'abandonne le mien pour trouver une place sur les gradins. Il apparaît vite que tous ne sont pas venus pour le spectacle car une bagarre éclate alors que des parieurs viennent d'être bousculés. Maurce se retrouve à terre. Il risque de se faire piétiner, je fonce vers lui et l'aide à se relever. Tandis que nous essayons de nous écarter de la zone de turbulence, un homme s'avance vers moi et me frappe au ventre. Je suis plié en deux par la douleur et je peine à retrouver mon souffle. Mon agresseur s'approche de moi et me crie dans l'oreille :

– Ça t'apprendra à sortir avec des terroristes !

Mes copains s'interposent, le combat s'engage et le gars est vite mis hors d'état de nuire. Nous nous dirigeons tous les quatre vers la sortie. Nous parvenons difficilement à atteindre le rez-de-chaussée car la baston attire les curieux. Des sifflets retentissent soudain et la milice fait son entrée dans la taverne. Les combattants se calment rapidement et s'alignent contre les murs. Les hommes en uniforme vérifient les papiers et les laissez-passer. Maurce s'aperçoit que son badge a été arraché dans la bagarre.

– Il est en bas, plaide-t-il, j'ai dû le perdre dans la bousculade.

– T'as intérêt à le retrouver!

Dans un silence pesant, Maurce traverse la salle et descend au ratodrome. Plusieurs minutes passent. Je vois le chef faire un signe à un de ses hommes pour qu'il aille aux nouvelles. Ils remontent bientôt. Maurce est décomposé et l'autre a le sourire. Gerges s'approche du chef pour lui parler tout bas. Le visage de l'homme est impassible. Après à peine trente secondes, il relève la tête et lance bien fort à mon ami:

– Tu es qui, toi, pour me dire ce que je dois faire?

Puis il tourne les talons et rejoint ses subordonnés.

– C'est la milice du port. Ils ne dépendent pas de l'autorité de mon père. Il faut rentrer tout de suite. Je vais aller le voir pour qu'il intervienne au plus vite.

– Et nous, qu'est-ce qu'on peut faire?

– Rentrez chez vous. Si j'ai besoin de vous cette nuit, je viendrai vous chercher.

Nous remontons vers notre quartier en quatrième vitesse. Au premier barrage, des miliciens renseignent Gerges sur l'endroit où se trouve Grégire. Notre copain part vers l'est sans se retourner. Lorsque j'arrive devant chez moi, j'aperçois une très faible lumière qui éclaire encore l'atelier. La silhouette de mon père et celle d'un homme se découpent sur la fenêtre. Je ne le connais pas. Au lieu de rentrer et d'aller les saluer, je me cache dans une encoignure pour les observer. L'inconnu ouvre doucement la porte et vérifie soigneusement que la voie est libre. Il descend la rue en rasant les murs. J'attends quelques minutes avant de faire mon apparition. Mon père, qui s'est couché, fait mine de se réveiller. Il me sourit et chuchote :

– C'est bien, tu n'es pas rentré trop tard.

Je me glisse dans le lit en prenant garde de ne pas réveiller ma sœur. Je guette les bruits du dehors. J'attends des nouvelles de mes amis. Deux heures passent. Comme je ne trouve pas le sommeil, je décide d'aller chez Maurce pour voir s'il est rentré. Je me faufile dans le noir sans faire le moindre bruit. Je chausse mes chenillettes à l'extérieur. Chez mon ami, tout est éteint et la porte est fermée. Je colle ma tête contre la serrure de la porte d'entrée. Je n'entends que le bruit régulier que fait sa mère en ronflant. Je m'installe sur le perron pour attendre.

Je crois que je me suis assoupi. Une personne respire bruyamment à une cinquantaine de mètres sur la droite. Elle n'est pas seule. Je vais à leur rencontre. Gerges soutient difficilement Maurce qui peine à mettre un pied devant l'autre.

– Il est bien amoché mais ça n'a pas l'air trop grave, explique Gerges, épuisé.

– Ça ira, articule difficilement Maurce. Il faut que je dorme, c'est tout.

– Je m'en charge, dis-je. Prends la clef dans sa poche droite. On va l'allonger sur son lit.

À l'intérieur, tout est bien rangé. La mère de Maurce ouvre un œil en nous entendant. Elle se lève, enfile une vieille robe de chambre trouée et cherche une bougie au fond du tiroir de sa table de chevet. Elle s'approche pour évaluer les dégâts.

– Qu'est-ce qui lui est arrivé? demande-t-elle sur un ton affolé.

– Il s'est fait... agresser, dis-je.

– Ne t'inquiète pas, Maman, je t'expliquerai.

La mère de notre ami nous demande gentiment d'aller nous coucher. Elle va s'occuper de lui. Nous promettons de passer dans la matinée.

De retour dans la rue, Gerges m'explique à voix basse:

– J'ai fait le plus vite possible. Mon père m'a tout de suite donné un nouveau laissez-passer et même une lettre pour le chef du port, mais le temps que j'arrive, il était dans l'état où tu l'as vu.

– Mais que s'est-il passé?

– Ils ont dit qu'il avait tenté de s'échapper. Bonne fin de nuit, Lucen.

– Toi aussi, Gerges, et merci pour Maurce.

– C'est normal, non?

Mon père me tire du lit vers huit heures, prétextant qu'il est en retard sur ses commandes. Il ne sait pas que je n'ai dormi que trois heures et je me garde bien de lui raconter ma nuit. Je découvre que le travail dans l'atelier en est au même stade que la veille avant le repas. Je m'étonne :

– Tu n'as pas travaillé après le repas hier soir?

– Non, j'avais une migraine, je suis allé tôt au lit. Ce matin, ça va mieux mais il faut rattraper.

Au début, mes gestes sont lents, encore engourdis par la fatigue. Je songe à mon père qui me cache la vérité et dont je ne tirerai rien si j'avoue de mon côté l'avoir espionné. Il se fermera à jamais et redoublera de méfiance. Il ne faut pas que j'y pense, je finirai bien par découvrir ce qu'il trame. Je retrouve bientôt mon rythme normal dans l'exécution des tâches techniques. Je crains de ressentir violemment le manque de sommeil dans l'après-midi. J'espère ne pas m'endormir pendant la séance de cinéma avec Firmie.

Juste avant le repas, je vais rendre visite à Maurce. Il est en train de manger. Il porte un pansement sur l'arcade gauche et un autre sous la pommette droite. Avant que je ne le lui demande, il dresse le bilan de ses blessures :

– J'ai peut-être une côte cassée ou fêlée car c'est très douloureux quand je respire. À part ça, j'ai des hématomes un peu partout. J'étais à peine arrivé dans leur bureau qu'ils m'ont jeté par terre et m'ont assené des coups de pied pendant plusieurs minutes, puis ils m'ont jeté dans une cellule. J'ai dû m'évanouir car j'ai l'impression que Gerges est arrivé très vite.

– Tu crois qu'ils savent pour ton engagement?

– Je suis certain que non. Sinon, je ne serais jamais ressorti vivant.

CHAPITRE 11

J'ai bien cru qu'on ne la ferait pas, cette sortie. D'ailleurs, cela aurait sans doute été préférable quand on voit comment elle a fini, surtout pour Maurce. Mon père, au moment de me remplir les laissez-passer, avait soi-disant complètement oublié qu'il avait autorisé trois jours plus tôt notre escapade dans les bas-fonds.

– Et avec Maurce en plus, répétait-il. Un jour, ça finira mal !

Il a vraiment fallu que j'insiste. Je devinais mes potes qui attendaient devant la porte et qui captaient les éclats de voix paternels. J'ai tenu bon :

– Une promesse est une promesse, tu me l'as assez répété, Papa.

Mon père n'a pas voulu être trop précis mais je pense qu'il a des informations sérieuses sur Maurce. Peut-être est-il entré dans un groupe terroriste, comme son père autrefois? Mon père aurait-il raison d'avoir peur? Peut-on devenir l'ennemi de quelqu'un qu'on a aimé sans qu'il vous ait trahi?

Ma mère s'est approchée de mon père et lui a parlé dans l'oreille. Je ne sais pas quel argument elle a trouvé mais il a fini par céder. Curieusement, il avait presque l'air content quand je les ai salués.

Le premier combat était génial et nous avons bien fait d'en profiter parce que ça a été le seul. Comme souvent dans le quartier du port, il y a eu une bagarre, et Maurce a perdu son laissez-passer. Puis, quand la milice du port est intervenue, ils l'ont embarqué. Leur chef n'a pas voulu m'écouter. Je suis certain pourtant qu'il connaissait mon père car je les ai déjà vus discuter ensemble avant une parade aux flambeaux. Il m'a fixé comme si j'étais n'importe qui et ça m'a mis en rage car mes copains ont dû penser que j'étais un minable. Heureusement, j'ai pu me racheter. Pendant que mes amis rentraient chez eux, je suis parti à la recherche de mon père. Bizarrement, personne ne semblait savoir où il se trouvait. Je suis allé au siège de la milice, puis sur les différents barrages. J'ai mis plus d'une heure à le localiser. Ensuite, nous sommes repassés dans ses bureaux pour prendre de quoi écrire.

Je suis donc retourné très tard au poste du port. Maurce était dans un sale état. Les gars ne se sont pas excusés. L'un d'eux s'est contenté de dire qu'ils ne pouvaient pas savoir et qu'ils avaient fait comme d'habitude avec les suspects.

– On l'a secoué mais on ne s'est pas acharnés sur lui non plus, a-t-il ajouté.

Maurce s'est mis debout difficilement et je l'ai aidé à marcher jusque chez lui. C'était dur car il fallait parfois l'empêcher de tomber quand ses forces le lâchaient. Nous avons fait plein de pauses et j'ai souvent hésité à aller chercher du renfort auprès de Jea ou Lucen, mais j'avais peur de le laisser tout seul. Il aurait pu faire une mauvaise rencontre. Lucen nous a repérés dans les derniers mètres et l'a chargé sur son dos jusque chez sa mère qui a pris le relais.

Ce sont les chuchotements de mes parents qui me tirent du sommeil. Ils font pourtant visiblement des efforts pour ne pas me réveiller. Je tends l'oreille pour saisir le sujet de leur discussion. C'est de moi qu'ils parlent et de mon expédition de la nuit dernière. Mon père affirme que Maurce l'a bien cherché et qu'il méritait une bonne leçon. Ma mère ajoute qu'elle souhaite ardemment que je ne me mêle plus à ces terroristes en puissance que sont Jea et surtout Maurce, sinon il m'arrivera malheur.

– Quant à Lucen, précise-t-elle, je l'ai toujours trouvé un peu faux.

– T'as raison, celui-là ne vaut pas mieux que les autres, renchérit mon père.

Ce dernier se tourne soudain vers moi. Je le vois qui plaque son index sur sa bouche. Après quelques instants, il me lance :

– Alors, ça y est, tu te réveilles enfin...

Je préfère jouer le dormeur encore plusieurs minutes avant de réagir. Je vais m'asseoir entre eux sur le banc. Ma mère m'embrasse sur le front. Venant d'elle, c'est un geste plutôt rare.

Je mange sans parler. La nourriture a du mal à passer.

Le mardi après-midi, presque tout le personnel du poste de police est réquisitionné pour encadrer une visite du port organisée à l'intention de responsables politiques venus d'en haut. On craint des débordements ou même des attentats.

Comme je suis le seul à rester de garde dans les locaux, je vais pour la première fois être autorisé à recueillir une plainte si quelqu'un se présente. Bien entendu, je sais qu'elle sera ensuite relue, vérifiée point par point et signée par un de mes supérieurs. J'attends depuis un quart d'heure quand débarque d'une démarche décidée la mère d'Hipplyte, un gars de 270.62 que j'ai fréquenté pendant mes premières années d'école. Elle vend les peaux de rats que son mari tanne dans une arrière-cour. Ses vêtements sentent fortement l'œuf pourri. Hipplyte m'avait expliqué que cela provenait d'un produit chimique qu'utilisait son père. Elle semble étonnée de me voir à ce poste mais m'envoie un regard bienveillant qui me rassure.

– C'est que tu as bien grandi, Gerges, commence-t-elle. Tu me fais penser à Hipplyte. Là où il est maintenant, j'espère qu'il est plus heureux que nous.

Elle marque un temps. Je me souviens que son fils est mort de la «toux des pauvres» il y a à peine six mois.

– Bonjour. Vous venez pour porter plainte, c'est ça?

– En effet, je t'explique. Nous sommes victimes d'une tentative de racket à la boutique depuis quelques semaines. Sous prétexte d'assurer notre protection, Sebstien de 199.05 nous réclame de l'argent. Comme nous avons décliné sa proposition, il a envoyé cette nuit des Moincents saccager notre commerce. Il est revenu ce matin nous renouveler son offre. Quand je lui ai dit que j'avais l'intention de me plaindre à la police, ça l'a fait rigoler. Vous allez faire quelque chose pour nous quand même?

– Bien sûr, madame. J'ai tout noté et dès que les autres seront de retour de mission, je les mettrai au courant.

– Et ils vont intervenir?

– Promis. Faites-moi confiance. Vous avez bien fait de venir nous voir.

Plus tard dans l'après-midi, je vais apporter mes notes à mon chef. Il me fait préciser chaque élément de notre échange et me remercie. Avant de quitter son bureau, je lui demande :

– Et vous allez faire quoi pour elle ?

– Nous agirons en conséquence. Cela n'est pas de ton ressort, Gerges. C'est pourquoi je te remercie de ne parler de ce dossier à personne.

– Bien sûr, chef.

Le lendemain, je commence mon service en épluchant le cahier des gardes à vue et des transferts pour incarcération. Je parcours aussi les rapports d'interrogatoire. Je ne trouve aucune trace de notre affaire. Je décide donc en quittant le poste le soir de faire un crochet par la boutique des parents d'Hipplyte. J'ouvre la porte et fais quelques pas vers le faible halo lumineux qui éclaire la caisse et la patronne. Je remarque que cette dernière porte un pansement au niveau de l'œil droit. Quand elle me reconnaît, elle se lève péniblement pour venir à ma rencontre. Au moment où je crois qu'elle va s'adresser à moi, elle m'envoie un regard haineux et se baisse pour cracher à mes pieds.

CHAPITRE 12

Je me suis engagée à sauver Martha et je ne me défilerai pas. Pourtant, tout au long de la journée, j'ai senti monter en moi une boule d'angoisse. L'heure du rendez-vous approche, je quitte la maison sur la pointe des pieds et me dirige vers le *no man's land.* Taf est déjà sur place. Après un échange de sourires un peu crispés, je le suis avec appréhension dans les profondeurs de la ville basse. Pour que je ne le perde pas, il accroche une ficelle à sa ceinture en me recommandant de ne pas la lâcher. Il m'équipe d'une lampe frontale dont les batteries sont épuisées.

– Nous n'en aurons pas besoin, je me repère parfaitement dans l'obscurité. Mais ça fait partie du plan.

La marche est longue et pénible, même si nous descendons. J'ai la sensation d'être une feuille ballottée par le vent, qui ne décide de rien. Mon guide avance vite et j'ai du mal à suivre. Plusieurs fois, je manque de tomber et j'évite la chute en me cramponnant à son manteau qui dégage une odeur nauséabonde.

Une fois au lieu qu'il a choisi, il me répète ce que je dois faire et dire, puis il m'abandonne. Je m'assois sur le bord du trottoir et attends, terrorisée, la suite des événements. Je suis détectée par un groupe de filles.

– Ça sent la richarde!

– T'as raison, elle a une odeur... d'eau.

– C'est la première fois que j'en rencontre une. Et toi?

– Pareil.

Elles m'entourent et effleurent mes vêtements et mes cheveux.

– C'est beau tout ça, les filles! Mais, qu'est-ce qu'elle fait là, juste devant chez toi, Katine?

– Je n'en sais rien. Mais elle va peut-être nous l'expliquer, les richardes savent parler. T'es... enfin... vous êtes perdue? C'est ça?

Je suis paralysée par la peur. L'une d'entre elles me secoue l'épaule, sans doute pour m'engager à m'expliquer. Heureusement, un garçon intervient:

– Rentrez chez vous, les filles, ordonne-t-il. Je vais m'en occuper.

Pourvu que ce soit Lucen ! Que se passera-t-il si c'est quelqu'un d'autre ?

– Allez ! Tout de suite ! Le spectacle est terminé. Katine, préviens les parents que je rentre un peu plus tard.

– OK, Lucen, répond une fille visiblement vexée, j'ai compris.

Je respire enfin. La première partie du plan de Taf a marché. Le garçon attend quelques secondes que nous soyons seuls et me demande ce que je fais à cette hauteur.

– Je suis perdue et mes batteries sont mortes, dis-je en prenant une petite voix.

Alors, sans me poser d'autres questions, il accepte de me remettre sur le bon chemin. Il consent même à m'expliquer comment il fait pour se repérer dans l'obscurité en utilisant un réseau de cordes tendues le long des trottoirs. Après quoi, il me laisse marcher devant lui. À un moment, nous traversons une sorte de cour des miracles où des voleurs détroussent les passants de leurs batteries ou de tout autre objet de valeur. L'endroit résonne des cris d'angoisse ou de détresse des victimes. Mon cœur bat à cent à l'heure et je peine à respirer. J'apprécie d'autant plus le courage et la gentillesse dont fait preuve Lucen à cet instant que je sais qu'il aura à affronter cette même épreuve en redescendant. À mesure que nous approchons de la frontière, la visibilité s'accroît. J'ai l'impression de sentir le regard que Lucen pose sur moi, sur mes cheveux, mes jambes, mes hanches et mes fesses. Quand je me tourne vers lui, je découvre qu'il est gêné. À ma grande surprise, il n'attend de ma part ni remerciement ni un dédommagement qu'il aurait bien mérité, mais préfère s'enfuir. J'ai juste le temps de me présenter et d'entendre son prénom alors qu'il dévale déjà la pente pour rentrer chez lui. Je n'ai pas pu lui parler de Martha et je me demande si le plan de Taf ne vient pas d'échouer.

Taf passe me voir le soir même. Il vient aux nouvelles. Heureusement pour nous, il voit très bien comment rétablir la situation. Je dois écrire une lettre d'invitation à Lucen et il se chargera de le convaincre d'accepter. Je fais ce qu'il me demande mais, au moment de lui tendre le papier, je ne peux m'empêcher de lui faire part de mes scrupules :

– Il est vraiment gentil. J'ai l'impression de profiter de sa bonté.

– On ne le forcera pas. S'il dit non, tu respecteras sa décision.

– Mais là, c'est une forme de manipulation et nous n'avons...

– Rappelle-toi que tu le fais pour Martha.

– Et pourquoi faut-il absolument qu'il reste la nuit?

– Tu dois le mettre en confiance avant d'aborder la vraie raison de sa présence chez toi, créer une complicité avec lui, je t'ai déjà expliqué.

– Oui, mais pendant la nuit... j'ai un peu peur... parce que je sais qu'en bas les adolescents ont...

– Ont quoi?

– Une sexualité plus précoce et plus importante qu'ici. Peut-être qu'il s'imaginera que c'est normal d'avoir une relation avec moi.

– Dans la ville basse, nous ne sommes pas des animaux, coupe Taf, visiblement blessé. Lucen ne fera rien sans ton consentement et...

– Excusez-moi. Je me suis mal exprimée.

– Il ne faut pas que tu t'inquiètes, conclut le fouineur sur un ton un peu radouci. Martha a dû te le dire: nous ne sommes pas différents, juste plus pauvres.

Taf parti, je suis prise de doutes. Même si je ne séduis pas ce Lucen, je dois, semble-t-il, lui laisser croire qu'une histoire d'amour entre nous est possible. C'est la condition, d'après ce que sous-entend Taf, pour qu'il accepte de risquer sa vie et peut-être celle de sa famille, et qu'il implique son meilleur ami.

La survie de Martha n'a pas de prix à mes yeux, mais ai-je le droit d'utiliser tous les moyens pour parvenir à mes fins? Je n'arrive pas à m'en convaincre.

Curieusement, après une nuit de sommeil, je me mets à espérer que Lucen consente à venir chez moi. Après tout, je dois voir ce séjour comme un jeu. C'est exactement cela : je vais jouer un rôle, et pour une bonne cause. Et cela sera peut-être amusant. Je n'ai jamais « fait de charme » à un garçon. Et puis il ne s'agit pas de n'importe qui. Je vais connaître en vrai quelqu'un d'en bas. Et j'avoue que cela éveille aussi ma curiosité. Je vais passer du temps avec un pauvre. Nous avons le même âge mais nous appartenons à des cultures si différentes. Lui pourrait déjà être père de famille. Lui a un métier qu'il exerce une grande partie de la semaine. Lui vivra bientôt comme un adulte, moi je dépendrai encore longtemps de mon père.

J'ai à peine vu le visage de Lucen mais je sais qu'il n'a rien d'effrayant. Ses traits sont réguliers et il est plus grand que moi, et plutôt mince. Bien sûr, il est sale et malodorant mais je lui imposerai une douche lors de son séjour ici.

Je dois dès maintenant préparer sa venue, lui prévoir des vêtements d'intérieur et un pyjama. Il faut également que j'organise les vingt-quatre heures de ma gouvernante pour que nous soyons tranquilles. Au fond, j'ai hâte qu'il soit là.

CHAPITRE 13

Firmie est en retard pour la séance. Ma sœur et sa copine Snia sont déjà installées. Elles me font des signes de loin. Elles se sont placées au fond pour pouvoir s'échapper facilement si le film les ennuie. Mon amoureuse arrive juste avant le début. Je sens qu'elle a couru. Nous nous calons dans les fauteuils et insérons nos chaussures dans les pédaliers.

– Je t'annonce solennellement qu'on le fera dimanche prochain. Je te promets que je ne changerai plus d'avis d'ici là. Alors, t'es content?

– Très content.

– Moi aussi. Et maintenant que je te l'ai promis, on peut penser à autre chose. C'est quoi le film?

– Je ne sais pas trop.

– Espérons qu'il intéressera plus les spectateurs que celui de la semaine dernière. Entre ceux qui se sont endormis et ceux qui sont partis, on s'est retrouvés une vingtaine à un quart d'heure de la fin pour fournir toute l'énergie. Je suis sortie complètement épuisée.

– Au moins, on a vu la fin.

– Oui, mais l'image était de plus en plus sombre et tremblotante.

Je suis tellement soulagé par la promesse de Firmie que je reste longtemps les yeux fermés à savourer mon bonheur. Je peux enfin m'imaginer avec elle dans le futur.

C'est un western des années 1960. Nous nous remplissons les yeux des couleurs du ciel et des horizons à perte de vue. Leur monde paraît tellement plus grand que le nôtre. L'histoire est assez simple. Les bons qui sont pauvres ne possèdent que quelques champs et vivent dans de petites maisons en bois. Ils sont sans cesse menacés par les hommes de main d'un éleveur très riche et très cruel qui habite un ranch immense. Il veut les forcer à partir et récupérer leurs terrains pour ses bêtes. Un ancien hors-la-loi prend la place du shérif qui vient d'être assassiné et décide d'affronter le méchant. Je devine déjà comment tout cela va finir. Les spectateurs semblent apprécier car l'effort est bien réparti. Firmie a posé sa tête sur mon épaule, elle a souvent les yeux clos, je crois que, dans sa tête, elle voit un autre film dans lequel je joue peut-être un rôle.

Le cinéma est très important pour moi car même si je sais qu'il reflète une période à jamais révolue, il m'ouvre à d'autres possibles. Je suis en particulier fasciné par la liberté des personnages qui voyagent sans arrêt, certains prenant des trains, d'autres des diligences, d'autres montant à cheval. Tous les déplacements semblent permis. Nous, dans notre monde, sommes attachés à notre quartier, contraints de faire le même métier que nos parents, d'habiter le même endroit qu'eux, et nos enfants feront pareil quand viendra leur tour. Nous savons que, même si les limites de la ville ne sont pas surveillées, personne n'ose s'aventurer au-dehors. Les dangers sont trop grands. Les seuls voyages qui nous soient autorisés sont ceux qu'on fait dans notre tête.

La séance se termine. En remettant nos chenillettes, Firmie m'interroge :

– Alors, cette Mihelle, elle t'a plu ?

– Je ne lui ai pas décroché un mot.

– Mais tu l'as regardée ! Elle vaut le coup d'œil, toute dodue, avec une peau douce et bien claire, un parfum de rose. Elle a dû te donner envie de m'abandonner ?

– Pas du tout.

– Et elle t'a dit son petit secret? Pourquoi elle qui habite la frontière peut s'intéresser à un fils d'artisan qui habite en 410? Non?

– Mes parents disent que nos niveaux de vie ne sont pas si différents...

– Ah bon, ils t'ont dit ça? Je pense, mon Lucen, que tu dois être le seul à ne pas le savoir. Moi, après l'avoir rencontrée juste une minute, j'ai compris.

– Compris quoi? je demande, agacé qu'elle me traite comme un imbécile.

– Elle est enceinte. Elle cherche un parti pas trop regardant pour l'aider à sauver la face.

– Elle te l'a dit?

– Non, mais ça se voit, et puis réfléchis quelques secondes. Elle a à peine quatorze ans, elle pourrait prendre son temps, trouver quelqu'un dans son quartier. Je me demande même s'ils ne vont pas verser de l'argent à tes parents si ça se fait entre vous. Cela pourrait expliquer leur soudaine richesse.

Je me lève brusquement et me dirige vers la sortie. Les gens qui traînent devant moi m'énervent, je pourrais devenir violent. Je ne suis pas en colère contre elle. Je suis certain qu'elle a raison et qu'autour de moi tout le monde a fait semblant. Je me sens trahi par mes parents surtout. Mihelle ne compte pas. Firmie réalise qu'elle est peut-être allée un peu loin. Elle me rattrape dans la rue et me serre contre elle. Au début, je résiste mais bientôt je m'abandonne et l'embrasse avec passion. Au moins elle, elle ne m'a jamais menti. Nous nous quittons car j'ai promis à mes parents de garder un œil sur ma sœur. Elle et sa copine ont pris de l'avance, alors je fonce dans la descente en utilisant le couloir des rapides. Les vieux et les hésitants rasent les murs et se tiennent aux cordes à nœuds qui les renseignent sur la hauteur et la rue où ils se trouvent. Je rejoins Katine aux abords de la maison. Elle est avec Snia et parle avec quelqu'un assis sur le bord du trottoir. Je passe en mode éclairage.

C'est une adolescente de la ville haute qui se tient la tête comme si elle craignait qu'on l'agresse. Je dis aux filles de rentrer. C'est la première richarde que je vois et j'ai peur qu'elle panique et se mette à hurler, alors je l'interroge doucement :

– Que cherches-tu à cette hauteur ? C'est dangereux ici.

D'une voix implorante, elle se contente de répondre :

– Je suis perdue et mes batteries sont mortes.

Après tout, je n'ai pas besoin d'en savoir davantage. Je dois me débarrasser d'elle et la remettre sur son chemin au plus vite. Si on nous arrête, je serai tout de suite suspecté des pires crimes. Je crains aussi pour ma famille qui serait punie avec moi. Je lui demande de me suivre sans parler. Mais cette fille a du caractère, elle veut que je lui explique le système des nœuds qui permettent de se repérer dans l'obscurité et insiste pour passer devant. Peut-être veut-elle commander parce qu'elle me juge d'un rang inférieur? Ce serait idiot car ici, sans moi, elle est coincée. Je perçois bientôt que c'est la curiosité qui l'anime et pas le désir d'affirmer son autorité. Malgré l'urgence de la situation, je prends un peu de temps pour lui donner des explications. Je crois aussi que je suis content qu'elle s'intéresse à nous, les gens d'en bas.

– Des cordes sont tendues le long des rues qui montent bien droit vers les hauteurs. Pour connaître la rue où tu te situes, tu dois identifier le style de nœud auquel tu as affaire. Ici, c'est le nœud en huit, mais une rue plus à l'est tu en rencontreras un pointu, encore plus loin, un à bosse et ainsi de suite. Ensuite, tu dois compter les nœuds, là, il y en a quatre de suite parce qu'on est au milieu de la ville basse. Au fur et à mesure que tu vas monter, il y en aura moins. Et quand il n'y en a plus, c'est que tu as atteint la frontière. Pour traverser une rue, tu lâches la corde, et sur le trottoir d'en face, contre le mur, à environ quatre-vingts centimètres de hauteur, tu en retrouves une autre.

– Donc, à partir de maintenant, je pourrai me débrouiller toute seule.

– Je te laisserai quand nous aurons franchi 710.20, c'est un quartier un peu dangereux.

En la suivant, je me demande dans quel but elle s'est écartée des beaux quartiers au péril de sa vie. La corde se met à vibrer. La fille ralentit et ma bouche vient se plaquer sur l'arrière de son crâne. Ses cheveux ont une odeur sucrée et entêtante. Je passe devant et désactive mes chenillettes pour atténuer le bruit de mes pas. Elle me tient à la ceinture. Heureusement pour nous, un couple de grimpeurs se fait arracher de la corde par des détrousseurs. Pendant quelques minutes, ceux-ci vont être occupés avec leurs victimes. Nous en profitons pour passer sans dommage. Après la zone chaude en 710, nous faisons une courte pause pour qu'elle récupère un peu de ses émotions. Puis nous reprenons notre ascension. Bientôt, je découvre sa silhouette longiligne et ses cheveux épais aux reflets de laiton. Cette beauté fragile me fait penser à celles que j'admire chaque dimanche au cinéma. Elle est légère et ses pieds effleurent à peine le sol. Ses mollets, je regarde ses mollets en pensant aux miens qui sont horriblement déformés, à ceux de Firmie aussi. Quand on arrive près de la frontière, je préfère lui fausser compagnie discrètement. Il ne faut pas qu'elle me voie en pleine lumière et qu'elle se souvienne de moi. De mon côté, je dois m'empresser de l'oublier. «On ne peut pas mélanger les torchons et les serviettes» est un dicton connu dans notre monde. Quand elle s'aperçoit que j'ai fait demi-tour, elle me crie son prénom,

Ludmilla, et me demande le mien. Je lui réponds par réflexe et le regrette bien vite.

– Je mets en péril toute ma famille. Si cette fille raconte notre rencontre et que l'information parvient aux oreilles de la police, je suis passible de prison, voire de bannissement de la ville. C'est donc très mal à l'aise et vaguement honteux que je rentre chez moi. Ma mère n'a pas besoin de voir mon visage pour comprendre que j'ai été imprudent. Depuis toujours, elle devine notre état d'esprit au bruit que font nos pas sur le plancher. Ma sœur a déjà raconté le début de l'histoire et je suis bien obligé de compléter son récit sans mentir. Je suis bon pour une gifle, d'autant plus douloureuse que je ne la vois pas partir.

– Pourquoi n'as-tu pas respecté la loi, Lucen ? demande mon père. Il fallait signaler sa présence en criant pour que le policier le plus proche t'entende, et surtout ne pas lui parler. Au moins, tu ne lui as pas donné ton nom ?

Comme je ne réponds pas, je l'entends souffler tandis qu'il repousse son assiette devant lui. Il se lève et va passer ses nerfs dans son atelier. Mon père a peur. Le plus douloureux, c'est d'entendre ma mère qui se met à renifler. Elle le fait toujours quand les larmes viennent.

J'ai du mal à dormir car mes parents se redressent à chaque bruit et vont parfois écouter derrière la porte si personne n'approche pour venir m'arrêter. Bien plus que la prison dont on finit fatalement par ressortir, c'est le bannissement qui effraie mes parents. En dehors des limites de la ville ne survivent que des bandes de charognards haineux et violents, des condamnés dont l'espérance de vie se limite à quelques mois.

Le lundi, tout rentre dans l'ordre. J'ai eu raison de lui faire confiance. Suite aux consignes de mon père, je ne raconte que le minimum à mes copains qui ont été mis au courant. «Je ne l'ai pas vue, je l'ai juste accrochée à la corde sans lui dire un mot.» J'insiste surtout pour qu'on change de sujet.

Le fouineur de mon père m'interpelle alors que je rentre d'une livraison. Il me fait comprendre qu'il veut me parler à l'insu de mon père et m'entraîne dans son entrepôt. Je suis très surpris quand il évoque Ludmilla. Je trouve incroyable que justement il puisse la connaître. Il me donne à lire un message d'elle dont il enflamme un des coins pour l'éclairer. J'ai juste le temps de le déchiffrer avant qu'il ne se consume.

J'aimerais que tu viennes chez moi ce week-end. Je voudrais te remercier et j'ai besoin de ton aide. Nous serons seuls. Ludmilla

Taf s'est éloigné. Je comprends qu'il connaît la teneur du message et préfère me laisser réfléchir. Il n'y a pas à réfléchir, c'est non. Il m'est impossible de faire encore courir des risques à ma famille. Et pour une fille de riches que je n'ai vue qu'une seule fois! La meilleure façon qu'elle aurait de me remercier, c'est de me laisser vivre tranquillement ma vie de pauvre. Dimanche, c'est le grand jour: je passe le test avec Firmie. Et puis comment pourrait-on cacher mon absence aux yeux de tous? Et comment ferait mon père pour honorer ses commandes tout seul? Elle croit sans doute pouvoir disposer de moi comme ça parce que je suis d'un rang inférieur.

Je ne comprends pas comment Taf, qui est si bien informé de notre vie ici, peut relayer une telle demande. Quand je veux répondre au fouineur, je m'aperçois qu'il s'est éclipsé. Comme chaque soir, je passe voir ma copine qui, ainsi que presque tout le quartier, a été mise au courant de ma rencontre de la veille.

– Elle était belle, cette richarde? demande-t-elle après un petit silence.

Elle me fixe dans les yeux comme pour lire si je vais mentir.

– Je ne l'ai pas vue, j'étais en mode stockage.

– Tu l'as sentie quand même? Le parfum de ces filles de la ville haute est envoûtant, paraît-il.

– Il est plutôt bizarre... Comment te dire? Il y a un mot pour ça... écœurant... c'est ça.

Je crois déceler dans son regard qu'elle n'est pas convaincue, pourtant elle ne semble pas déçue, au contraire.

– Je suis sûre que tu mens mais je sais que tu le fais pour me faire plaisir. Je sais bien que les filles d'en haut sentent meilleur que nous parce qu'elles nous sont supérieures. Ce qui me rassure, c'est que tu ne la reverras jamais, celle-là ! Moi par contre, je serai toujours là pour toi. Je me demande encore ce qu'elle pouvait fabriquer si bas dans la ville.

– Moi aussi.

Je m'endors libéré d'un grand poids. J'ai pris ma décision. Cette histoire avec la richarde ne sera bientôt qu'un lointain souvenir. La seule chose qui doit compter maintenant, c'est ma vie avec Firmie.

En rentrant de l'école quelques jours plus tard, je repère à l'odeur que Taf est venu. Mon père m'explique que je dois passer vingt-quatre heures avec son fouineur qui a du boulot pour moi au niveau du port.

– Tu ne peux pas refuser, insiste-t-il. En échange de ton travail, il me fournira gratuitement pendant deux semaines, me dédommagera en batterie, et en plus tu seras très bien payé.

– Mais j'ai promis à Firmie pour dimanche ! Je préfère refu...

– J'ai déjà accepté. Et ta mère est allée chez Firmie ce matin. Va retrouver Taf dans son entrepôt pour régler les détails.

Comme je reste planté devant lui, il me pousse énergiquement vers la porte. D'un ton moins autoritaire, il me demande :

– Qu'est-ce qui t'inquiète ? Tu sais bien que jamais Taf ne m'entraînera dans une aventure hasardeuse.

Il ne se doute pas que son fouineur lui ment et que c'est dans une autre direction que je vais partir. Sur l'instant, je n'ose pas lui déballer tout ce que je sais.

Je débarque chez Taf très remonté. Il le sent avant même de me voir et pose sa main puissante sur mon épaule en déclarant :

– Je reconnais que j'ai un peu précipité les choses mais tu comprendras bientôt qu'il en va de la vie de quelqu'un et que le temps presse.

Je me tais car je suis conscient qu'il n'y a plus rien à faire pour m'opposer à cette rencontre. Je dois malgré tout admettre que cette escapade éveille ma curiosité, même si je la juge dangereuse. Je vais être le premier parmi tous mes amis à franchir les frontières de la ville haute pour découvrir la vie des riches. Mais je sais aussi que je ne pourrai jamais le raconter à personne. L'image de Firmie s'impose encore à moi. Ai-je le droit de l'abandonner à un moment si crucial de notre vie ? Je tente de négocier :

– Mais pourquoi vingt-quatre heures? Quelques heures pourraient suffire, non?

– On ne peut pas revenir là-dessus. J'ai tout organisé pour justifier ton absence et je ne pourrai te récupérer que demain à dix-huit heures. Au fait, tu laisses tes chenillettes chez toi. J'ai besoin que tu sois léger et rapide.

Comme je lui demande à quelle heure il a prévu le départ, il pose sur ma bouche un de ses doigts, puis m'attire dans un petit bureau dont il ferme la porte à clef.

– Tu vas attendre là, précise-t-il, car j'ai l'impression depuis quelque temps d'être espionné par la milice caspiste.

– Pourquoi?

– Moins tu en sauras, mieux cela vaudra pour toi.

Il me demande de patienter sans bouger et quitte la pièce. Je reste ainsi plus de deux heures avant que la porte ne s'ouvre à nouveau. Il m'explique qu'il doit renoncer à m'accompagner mais que si je suis bien ses instructions, je peux aisément me passer de lui. Il détaille mon itinéraire et me demande de ne pas bouger de là avant une bonne dizaine de minutes. Puis il s'enfuit dans le noir. J'entends quelques minutes plus tard le bruit de chenillettes qui prennent la même direction que lui. Il a eu raison d'être prudent. J'attends plus d'une demi-heure avant de retourner chez moi pour déposer mes chenillettes et mettre des chaussures qui servent le plus souvent à mon père. Je rédige très vite un message pour Firmie, que je confie à ma sœur. Je ne sais pas ce que ma mère et mon amie se sont dit mais, les connaissant toutes les deux, il est possible qu'elles se soient disputées et que ma mère en ait profité pour assener à Firmie qu'elle n'était plus ma fiancée.

Ma Firmie,

Mes parents m'obligent à aller travailler ce week-end avec Taf. Je suis très triste de ne pas être auprès de toi demain après-midi. Je rêve de ce moment depuis si longtemps. Je passerai te voir lundi et on se rattrapera. Je t'aime.

Lucen

CHAPITRE 14

Je suis seule dans la pénombre de la maison en ruine, à guetter le moindre bruit. Mon «crasseux» se fait attendre. Je repense au regard indigné de Yolanda quand je lui ai expliqué qu'elle était obligée de prendre son congé hebdomadaire et que cela signifiait qu'elle resterait terrée dans son sous-sol pour vingt-quatre heures.

– Préparez-vous vos repas d'avance. Vous avez une glacière pour les stocker. Pensez à prendre de la lecture. Soyez prête dans une heure. Merci. À demain soir, Yolanda.

– À demain soir, mademoiselle, a-t-elle dit sans desserrer les dents.

Juste avant de quitter la maison pour venir ici, je l'ai entendue actionner la poignée de la porte d'accès au rez-de-chaussée. Elle devait vérifier si elle était vraiment enfermée.

Lucen jaillit soudain de derrière un pan de mur en partie effondré. Il me paraît préoccupé. Je lui souris pour le rassurer et l'entraîne vers chez moi. À cette heure-là, nous ne risquons pas de rencontrer de voisins. Je découvre que Lucen est sur ses gardes car il se tourne sans cesse, à l'affût d'un danger. Il éprouve donc le même sentiment que moi quelques jours plus tôt dans la ville basse.

Une fois à la maison, je prends les choses en main et le pousse directement dans la salle de bains. Heureusement, il se laisse faire. J'espère que je ne l'ai pas vexé et qu'il est assez intelligent pour comprendre qu'ici son manque d'hygiène le rend infréquentable. Lors de notre rencontre à l'air libre, je ne m'étais pas rendu compte qu'il dégageait une telle puanteur. Je n'entends pas l'eau couler. Il doit hésiter à se laver. En bas, on leur raconte que l'eau en grande quantité peut être nocive pour la peau. Il se décide enfin. J'imagine l'état de la douche après son passage. Je vais avoir du boulot de nettoyage si je ne veux pas éveiller les soupçons de ma nouvelle gouvernante.

Il ressort enfin après plus d'une demi-heure. Il est méconnaissable. On ne peut pas dire qu'il soit élégant car il porte de vieux vêtements, un peu larges pour lui, remisés par mon père dans un placard du sous-sol. Mais il est propre. Pour le recevoir, j'ai fait des efforts. J'ai mis pour la première fois le débardeur offert par Grisella et une jupe au-dessus du genou. Ma copine critique sans arrêt ma façon de m'habiller. Elle trouve que j'utilise mes vêtements pour cacher mes formes et ma peau alors qu'ils sont censés les mettre en valeur. Je ne suis pas très à l'aise. Pourtant Lucen ne pose pas de regards pesants sur mon corps. Il semble plus fasciné par les interrupteurs et par ce qu'il mange. Peut-être n'est-il pas attiré par les filles. Cela expliquerait qu'il ne soit pas marié. Mais dans ce cas, pourquoi Taf, qui le connaît bien, m'aurait encouragée à le séduire?

Pourquoi vingt-quatre heures avec lui? Les arguments de Taf me semblent peu pertinents. Et comment faire pour ne pas aborder tout de suite, comme me l'a conseillé le fouineur, le sujet qui nous préoccupe tous les deux? De son côté, il ne peut que trouver mon attitude étrange. Que lui dire en attendant?

Je passe la soirée à lui donner des explications sur notre façon de vivre, un peu comme un guide de musée qui renseigne des touristes étrangers. Je suis mal à l'aise et lui c'est pareil. Quand, à la fin du repas, il me demande clairement la raison de sa venue, je ne sais pas quoi inventer. Alors, j'imite l'attitude de mon père quand il ne veut pas répondre. Je prends un ton très ferme et je fixe mon interlocuteur dans les yeux sans ciller. J'ai un peu honte d'agir ainsi mais ça marche car il n'insiste pas.

Je conduis Lucen dans la chambre d'amis. Je vois bien au moment de le quitter qu'il n'apprécie pas que je le laisse seul. Peut-être avait-il dans l'idée que nous pourrions coucher ensemble? Je gagne ma chambre en pressant le pas et je m'enferme à double tour. Je croise mon image en passant devant le miroir. J'ai les joues bien rouges.

Le réveil me fait sursauter. Je suis fatiguée car j'ai eu du mal à trouver le sommeil. Je vais chercher Lucen pour qu'il assiste au lever du soleil. Le spectacle le bouleverse et je l'entends chuchoter pour lui-même «merci». Je décide que c'est le bon moment pour aborder le seul sujet qui m'intéresse: la situation de Martha. Il m'écoute avec intérêt, pourtant je sens très vite qu'il ne s'engagera pas pour moi. J'insiste un peu, en vain. Je suis déçue mais je ne vois pas ce que je pourrais faire de plus. Je prétexte du travail pour le lycée et je l'abandonne une grande partie de la journée. Je crois qu'il s'occupe en lisant des livres. Nous nous retrouvons pour déjeuner. Il touche à peine aux aliments. Je pense qu'il culpabilise. Je me force à cacher ma déception quand nos regards se croisent.

Je le raccompagne au point de rendez-vous avec Taf. Au moment de le quitter, quand j'aperçois au loin la silhouette du fouineur, je décide de tenter le tout pour le tout en l'attirant vers moi pour l'embrasser sur les joues. J'aspire un peu d'air pour me mettre en apnée car, ayant remis ses vêtements de pauvre, il porte de nouveau sur lui son odeur infecte. En me détachant, je vois dans ses yeux que ce geste l'a touché. Il bredouille même qu'il essaiera de m'aider.

Je vais pouvoir me remettre à espérer.

CHAPITRE 15

Je grimpe, accroché à une corde montante. J'apprécie de marcher «léger» pour la première fois. Au fur et à mesure de la montée, les gens se font moins nombreux et ceux qui restent sont moins bruyants. L'angoisse de l'altitude 710 commence à occuper tous les cerveaux. Soudain la corde est secouée violemment et je trébuche. L'homme qui me suit me rentre dedans et ne peut réprimer une insulte à mon encontre. Quelques secondes plus tard, il s'excuse mais en modifiant sa voix. Je ne mets pas longtemps à comprendre qu'il s'agit du père de Gerges, vraisemblablement en mission pour me surveiller. Je décide immédiatement de lâcher la corde mais au lieu d'en accrocher une pour descendre, je me place derrière lui. Je me rends compte que s'il avait envoyé un de ses hommes, j'aurais été piégé à coup sûr. Je pense qu'il a choisi de faire le travail de filature lui-même pour que son fils ne puisse pas douter de ce qu'il pourrait découvrir. Je ne dois pas m'emballer et renoncer tout de suite. Il y a peut-être une solution que je n'entrevois pas encore. Nous arrivons à la zone critique car la corde commence à faire des vagues. Surgit alors dans mon cerveau une idée que je mets en pratique sans même y réfléchir. Je décroche la main de Grégire de la corde et le pousse de toutes mes forces au milieu des voyous. Surpris par la rapidité de mon attaque, il ne parvient pas à réagir. Il peine à articuler ce que j'interprète comme des menaces avant que les autres ne lui tombent dessus et ne l'entraînent au milieu de la chaussée. Cette diversion me permet de traverser cette «cour des miracles» sans encombre et de me débarrasser de mon espion. Après une demi-heure de montée et pour la deuxième fois de ma vie, j'ai le plaisir de voir les fumées se dissiper. Bientôt, je dépasse l'endroit où j'ai laissé Ludmilla quelques jours plus tôt. J'avance maintenant en territoire inconnu.

La corde s'arrête et je quitte le chemin principal pour suivre un sentier au milieu de taillis. J'arrive à une barrière grillagée qui marque la frontière. Je vois les couleurs pour la première fois sans utiliser un éclairage artificiel. Je n'ai jamais été confronté à autant de végétation. L'odeur qu'elle dégage est entêtante. Comme me l'a indiqué Taf, je longe la clôture sur cinq cents mètres à droite. À deux reprises, je suis contraint de m'allonger dans les hautes herbes pour laisser passer une patrouille qui circule de l'autre côté du grillage. Je porte mon regard sur la base de tous les troncs des arbres qui bordent la limite entre les deux mondes. Je suis à la recherche d'un signe gravé dans l'écorce à cinquante centimètres du sol. Je croyais l'avoir manqué lorsque je repère deux entailles parallèles. Je sais qu'à cet endroit la clôture n'est pas fixée au sol et qu'on peut donc la soulever pour se glisser en dessous. Ce que je fais sans difficulté. Puis je suis un chemin jusqu'à une maison en ruine où j'attends la nuit, adossé à un muret.

Je perçois les pas de quelqu'un qui se rapproche. La personne s'arrête et allume sa lampe trois fois brièvement. C'est le signal. Ludmilla m'attend. Je reconnais son odeur avant qu'elle n'éclaire son visage pour s'identifier. Elle sourit. Elle est vraiment belle. Elle ressemble à la fille qui sort d'un gros coquillage, celle du vieux tableau reproduit sur la boîte où ma mère stocke sa poudre brune. Sans parler, elle m'entraîne sur un sentier mal dessiné qui contourne d'épais taillis. Après une centaine de mètres, nous parvenons dans une rue bordée de grandes maisons espacées les unes des autres. Des arbres et de l'herbe poussent entre elles. Tout le contraire des zones d'habitations de la ville basse où pas un centimètre carré d'espace n'est inoccupé. Toutes les pièces des maisons sont éclairées fortement et on distingue les silhouettes de leurs habitants qui se déplacent. Que feraient ces gens s'ils me voyaient? Nous arrivons enfin chez Ludmilla et je suis soulagé quand elle ferme la porte derrière elle. Ensuite, c'est la panique car elle allume la lumière et peut me découvrir dans toute ma laideur. Je ferme les yeux pour ne pas la voir faire la grimace. Elle sent mon malaise car elle prend une voix douce pour m'inviter à avancer un peu plus.

– Si vous voulez, me propose-t-elle, vous pouvez vous laver et vous changer. Vous serez plus à l'aise après.

Puis, sans attendre ma réponse, elle me pousse dans la «salle de bains» où elle me demande si je sais faire fonctionner une douche. J'ai étudié à l'école cette habitude des gens de là-haut qui consiste à se laver l'intégralité du corps en restant sous une pluie serrée d'eau pure, puis à se savonner avant de se rincer. C'est une pratique, nous a-t-on expliqué, uniquement réservée aux riches dont la peau est apte à supporter une telle agression. Pour les pauvres, l'opération peut s'avérer dangereuse. On évoque des brûlures, des plaques de peau qui tombent, des démangeaisons insoutenables.

Comment dois-je réagir? Je me rassure en me disant qu'elle a besoin de moi et n'a donc aucune raison de me faire courir un risque. Je me déshabille entièrement et fais couler l'eau doucement. Je tends un doigt sous la pomme de douche, puis la main et enfin le bras en entier. Comme il ne se passe rien de douloureux, j'expose tout mon corps sous l'eau pure. En baissant la tête, je vois de l'eau devenue sombre qui s'évacue. Je coupe le jet et m'enduis de savon. J'utilise mes ongles pour gratter la crasse. La mousse est gris foncé. J'éprouve bientôt une légère sensation de picotement sur la peau et le rinçage me fait du bien. Je m'essuie avec une serviette d'une douceur inédite pour moi et enfile les vêtements qu'elle m'a préparés. Ils sont un peu larges, peut-être appartiennent-ils à son père. Avant de sortir, je peux me contempler en entier dans un miroir et j'ai du mal à me reconnaître. J'aurais voulu que Firmie et ma famille me voient comme ça et aussi qu'ils puissent à leur tour se laver vraiment et se sentir enfin beaux. Ludmilla me demande la permission d'entrer et me tend un sac pour que j'y fourre mes vêtements sales.

Elle m'entraîne ensuite dans un endroit où les murs sont couverts de livres. Je ne peux m'empêcher de lui demander comment elle savait que je ne risquais rien en prenant une douche.

– Martha, me dit-elle, qui s'occupait de moi avant, vient de la ville basse et j'ai donc très vite compris que ce qu'on nous enseignait à l'école sur la théorie des deux races et la nécessité d'une séparation était une escroquerie.

– Où sont tes parents?

– Ma mère est morte quand j'avais sept ans, elle était très malade. Mon père fait des affaires un peu partout à l'étranger, alors il est souvent absent. Nous ne serons pas dérangés.

Je suis émerveillé par le confort et l'espace dont elle dispose. J'oublie pendant quelques moments ma vie d'en bas. Elle allume et éteint les lumières en appuyant sur des boîtiers collés aux murs. Au risque de passer pour un idiot, je lui demande si des gens cachés derrière les cloisons pédalent pour nous éclairer. Elle plisse le front comme si elle réfléchissait à ma question. Je vois qu'elle se mord les lèvres, peut-être pour réprimer une envie de rire, puis elle m'explique que l'électricité arrive par des câbles sous la terre mais elle n'en sait pas plus. Après quelques secondes de silence, elle me demande si ce que j'ai décrit existe en bas.

– Bien sûr, dis-je, dans les tripots près du port par exemple et dans les salles de spectacle, des enfants moincents pédalent jusqu'à l'épuisement pour éclairer les clients dont la plupart viennent d'ailleurs des hauteurs.

– Je n'y suis jamais allée, précise-t-elle, comme si elle tenait à se démarquer des autres riches.

Ensuite, nous nous rendons à la cuisine pour préparer ensemble le repas. Je découvre que les aliments qu'ils consomment sont différents des nôtres, même s'ils portent des noms ressemblants. Par exemple, il y a du «chocolat» que nous appelons nous du choclat, mais le leur est plus sombre et plus sucré.

– C'est parce que c'est du vrai, me précise Ludmilla. Vous, on vous donne à manger des produits de synthèse avec des goûts reconstitués. Pour bien faire la différence entre les vrais et les faux produits, les noms s'écrivent un peu différemment. C'est Martha qui m'a expliqué tout ça. D'ailleurs, au début de sa vie ici, elle avait du mal à s'habituer à nos aliments. Elle disait même qu'elle préférait ceux d'en bas.

Je mange pour la première fois des légumes de couleur. En bas, on ne consomme que des graines germées blanchâtres et encore, en faible quantité. Ces nouveaux aliments m'écœurent vite, aussi ce soir-là je ne mange pas trop. Le temps passe. Ludmilla parle beaucoup, comme si elle voulait retarder le moment d'aborder la raison de ma venue. Après le repas, je n'y tiens plus.

– Pourquoi fallait-il que je vienne?

– Nous parlerons demain, déclare-t-elle sur un ton qui n'appelle aucune contestation.

– Pourquoi?

– Parce que c'est comme ça, insiste-t-elle en me regardant droit dans les yeux.

Sur le coup, j'ai envie de partir et de la planter là. Mais si je le fais, je ne saurai jamais pourquoi j'ai pris tous ces risques. Je dois prendre sur moi et me montrer patient. Je devine aussi que son ton autoritaire cache une vraie gêne, ce qu'elle va me demander ne doit pas être facile à exprimer. Elle me conduit ensuite dans la « chambre d'amis » qui a une superficie bien supérieure à l'ensemble de notre logement, et me souhaite bonne nuit. Pour la première fois de ma vie je vais dormir tout seul. La présence de ma sœur me manque. D'habitude, je suis tout le temps plus ou moins en contact avec elle. Il y a sa chaleur, son odeur et sa respiration qui me berce. Je me réveille souvent quand elle change de position et que ses genoux rentrent dans mes côtes, mais je me rendors aussitôt.

Ludmilla me réveille tôt pour que j'assiste au lever du soleil depuis une terrasse sur le toit. Je suis d'abord surpris par le chant des oiseaux, puis par le parfum des fleurs et des fruits. L'astre éclaire d'un coup le paysage. Je reste un long moment immobile avec la bouche ouverte. Je dois avoir l'air d'un idiot heureux.

Après le petit déjeuner au cours duquel je goûte leur « pain » (pan) couvert de « beurre » (burre) avec leur « café » (cfé), Ludmilla m'explique enfin le but de ma visite. Elle veut que je découvre dans les fichiers de la milice ce qu'est devenue Martha, la femme qui l'a élevée après la mort de sa mère et que son père a chassée. Elle me raconte longuement les rapports qu'elle entretenait avec cette femme qu'elle considère comme un membre de sa famille. Je n'ose l'interrompre mais quand elle a fini, je lui explique que je ne vois pas comment faire pour l'aider.

– Je ne sais pas, dit-elle d'une voix mal assurée, vous pourriez adhérer au parti caspiste juste le temps de retrouver sa trace.

– Ce sont des fous et ils sont méfiants et...

– Ou bien vous ne connaîtriez pas quelqu'un qui en ferait partie?

– Gerges est le fils du chef de la milice caspiste locale mais je ne peux pas lui demander d'espionner son propre père. Tu ne te rends pas compte? C'est mon meilleur ami!

– Je suis complètement perdue, Lucen, avoue-t-elle, des sanglots dans la voix, je ne sais plus quoi faire. J'ai peur pour Martha...

Elle se lève et quitte la pièce en me laissant seul et désemparé. Je vois bien qu'elle est déçue et qu'elle regrette de m'avoir accueilli chez elle. J'ai envie de lui dire oui pour qu'elle retrouve son sourire. Mais comment m'engager? Ce n'est pas seulement moi que je mettrais en péril, mais aussi toute ma famille. En ai-je le droit? Qu'est-ce qui me pousserait à vouloir aider cette étrangère au détriment des miens et de Firmie? En me posant la question, je sens poindre la réponse. Je veux faire plaisir à cette « Vénus », c'est le nom de la fille du tableau, qui danse quand elle marche, dont la peau est claire et si nette. Je veux qu'elle me regarde, que je devienne important à ses yeux. Stop ! Il faut que je redescende sur terre tout de suite. Jamais une fille comme elle ne s'intéressera à moi. Et moi, dans la vraie vie, j'ai Firmie et une famille à ne pas exposer aux dangers. Le reste de la journée se déroule dans un silence insupportable. Je vois bien qu'elle se force à me sourire quand nous nous croisons.

Elle me raccompagne au point de rendez-vous fixé par Taf. Au moment de nous quitter, elle m'embrasse sur les joues alors que j'ai déjà revêtu mes habits de puant et grisé ma peau avec de la suie. Je ne sais pas ce qui me pousse à cet instant mais quand elle desserre son étreinte, je lui promets d'essayer. Un grand sourire envahit son visage et elle me chuchote « Merci » à l'oreille avant de s'éloigner. Quelques secondes plus tard, une phrase me monte aux lèvres : « Quel con ! Mais quel con tu fais, Lucen ! »

CHAPITRE 16

Je suis sur mon lit dans un état second. Je ne dors que quelques courts instants et me réveille en poussant des cris. Je suis parcouru de frissons. Je me sens malade et certainement fiévreux. Mes parents mettent ça sur le compte de l'alcool et c'est vrai que j'en ai consommé, mais ce n'est pas ça qui m'empêche de dormir. C'est ce que j'ai fait. Les épisodes qui me reviennent petit à petit en mémoire me tordent les boyaux et font monter un liquide brûlant jusqu'à ma bouche. Ai-je réellement vécu ce qui encombre mon cerveau ou bien est-ce un cauchemar que je prends pour un souvenir?

Ma mère vient m'éponger le front. Elle voudrait à tout prix que je vomisse, elle répète que ça me soulagerait. J'aimerais que ce soit si simple.

Quand mon père rentre, elle lui reproche d'avoir laissé les «tontons» me faire boire n'importe quoi.

– Et qui te dit, insiste-t-elle, qu'un imbécile ne lui a pas refilé un alcool frelaté comme celui que vous avez saisi l'année dernière sur un cargo étranger? Tu te rappelles, Grégire, ce truc a tué une vingtaine de personnes. Y avait quoi dedans déjà? De la colle à bois, c'est ça?

– Aucun de mes hommes ne prendrait un tel risque avec mon fils. Gerges manque d'expérience en matière de beuverie, voilà tout. Arrête de te monter la tête et laissons-le dormir.

Le visage d'une morte s'imprime en moi. Elle a saigné. Un peu comme l'autre qui m'avait énervé dans la rue la première fois. Mais ce n'est pas la même, celle-là est plus fine, plus fragile. Ses paupières sont bleuies. Je ne la connais pas, je ne l'ai jamais vue.

Je me souviens bien du début de la soirée, quand Hectr, Marcl et Romuld, un gars à peine plus vieux que moi, sont venus me chercher. Il était plus de minuit. Nous avons d'abord fait le tour des différents barrages. À chaque arrêt, j'étais obligé de trinquer avec les gars, c'est la tradition le jour de l'initiation. La première fois, l'alcool a eu du mal à passer mais ensuite c'était plus facile. Notre petite troupe était de plus en plus bruyante. En pénétrant dans le siège de la milice, les rires se sont calmés. Le vieil Alponce, le maître des lieux, nous attendait. Nous avons descendu deux volées de marches pour atteindre une porte en fer. Le gardien en chef a sorti une lourde clef et nous sommes entrés. Une odeur d'urine et de bouffe brûlée m'a saisi à la gorge. Des veilleuses éclairaient péniblement un long couloir. De chaque côté, on distinguait à peine des formes qui bougeaient derrière des grilles...

J'ai envie de vomir. Je me redresse. Ma tête tourne. Je dois aller à la salle d'eau. Je glisse du lit. Je tâtonne à quatre pattes pendant une éternité avant d'atteindre mon but. Je vomis et reste un moment plié sur la cuvette. Puis je me lève pour boire de l'eau. Je retourne sur mon lit. Je garde les yeux ouverts. Quand mes paupières se ferment, je les écarte avec les doigts. Je ne pourrai pas tenir très longtemps.

Quand on s'est approchés d'une des cellules, j'ai senti comme un mouvement de panique, toutes les prisonnières se sont levées et ont essayé de se rendre invisibles. Elles tentaient de se faufiler vers l'arrière et recroquevillaient leurs corps. D'autres, malgré elles, étaient poussées vers l'avant. On pouvait lire la terreur dans leurs yeux.

– Choisis, Petit ! m'a lancé mon « oncle » Alponce.

– Je fais quoi? ai-je demandé.

– T'en prends une. On fait ça tous les soirs pour montrer de quoi on est capables aux nouvelles et à celles qui ne veulent toujours pas piger. Allez, Petit, magne-toi! T'es obligé, c'est ça ton épreuve pour savoir si t'as les tripes pour être avec nous.

– Je... je fais quoi? ai-je répété.

– Tonton Alponce va t'aider. Là, regarde la petite nouvelle, elle te plaît?

Mon «oncle» a désigné du doigt une fille d'une quinzaine d'années et ouvert la porte. Hectr et Marcl l'ont violemment empoignée. La pauvre se débattait à peine. Et moi, je ne bougeais pas. C'est la fille, la morte aux paupières bleuies.

J'ouvre les yeux pour ne plus rien voir dans ma tête. Je me lève même pour ne plus rêver. Je vais tenir le plus longtemps possible debout, les pieds nus sur le sol humide, jusqu'aux limites de ma résistance. Je veux littéralement tomber de sommeil mais que ce dernier soit si profond et si noir qu'aucune image ne puisse en surgir.

C'est le matin. On me secoue. Je me lève en titubant. Ma mère me propose de rester aujourd'hui avec elle car je ne suis pas en état de suivre un cours. Il faut pourtant que je sorte, que je remplisse mon esprit avec d'autres visages que ceux qui ont hanté ma nuit. Je veux forcer mon cerveau à se concentrer sur n'importe quoi d'autre que ces visions qui me poursuivent. Je m'habille avec une extrême lenteur car chaque geste me demande un effort pour maintenir mon équilibre. Ma mère essaie de me raisonner :

– Arrête de t'entêter. Tu vois bien que tu ne tiens pas debout.

Je me bouche les oreilles. Je m'assois sur mon lit pour lacer mes chaussures. En me baissant, je sens un flux de bile qui remonte dans ma gorge. Je résiste. Je parviens à marcher jusqu'à la porte sans tituber. Je suis dehors. Ma mère me regarde depuis le seuil. Je fais quelques pas en me collant aux murs. La tête me tourne et le vide aspire mon corps.

Je suis de nouveau dans mon lit. J'ai un peu froid malgré les couvertures. J'entends ma mère qui s'affaire dans la cuisine.

La fille baissait la tête. Je la tenais par les épaules. Les autres beuglaient pour m'encourager. Mais je ne faisais rien. Et puis elle s'est redressée et m'a craché dessus, en plein visage. Alors, j'ai commencé à la cogner. Elle s'agrippait à moi pour limiter l'ampleur de mes mouvements. À un moment, elle s'est décrochée et est tombée en arrière. Je ne m'arrêtais plus. Ils ont cessé de crier et j'ai entendu Alponce lancer :

– L'abîme pas trop, Gerges, quand même ! C'est dommage, c'est un beau petit lot et t'as mieux à faire avec elle.

Marcl et Romuld m'ont relevé. La fille ne bougeait plus. Elle était morte.

Les autres m'ont ramené chez moi. Ils étaient très excités. Ils me souriaient et me mettaient des claques dans le dos. J'étais devenu comme eux et ils m'aimaient pour ça. Quand mon père a ouvert la porte de la maison, il a demandé :

– Alors ?

– C'est un homme, ton fils, Grégire, il a assuré, a déclaré fièrement Marcl.

– Alponce, qui en a vu d'autres, a ajouté Hectr, l'a qualifié de « vrai psychopathe », tout ça pour te dire qu'il n'a pas fait semblant !

Mon père rayonnait. Moi j'avais l'impression qu'ils parlaient tous d'une autre personne. J'avais tort. Le psychopathe, c'est moi.

CHAPITRE

17

Sans rien dire, je suis Taf qui me raccompagne chez moi. Je m'en veux terriblement et je ne sais plus quoi faire. Taf m'apprend que Grégire a raconté à mon père qu'il m'avait repéré près de 710. Taf m'a trouvé une raison d'y être allé. J'ai apporté une roue à réparer pour sa charrette dans ce quartier avant de le rejoindre sur le port. Là, j'ai déchargé un cargo, le *Hendrik*, d'objets anciens, particulièrement de jouets en métal et en plastique. J'ai dormi sur le pont. J'ai porté un foulard parfumé qui me couvrait le bas du visage pendant les vingt-quatre heures. Il m'explique qu'il a embauché un adolescent de ma corpulence nommé Syvain pour me servir de doublure. Je vois le fouineur de mon père sous un jour que je ne connaissais pas. Taf m'oblige à répéter mon alibi et me pose plein de questions. Il m'abandonne devant chez moi avec une enveloppe d'argent. Je comprends que ce n'est pas la première fois qu'il organise des plans compliqués. Pour qui le fait-il habituellement? Et où a-t-il trouvé l'argent pour dédommager mon père?

Ma mère vient me renifler. Elle trouve que mon odeur est bizarre, très loin de celle qu'elle avait imaginé que je rapporterais de mon séjour prolongé au ras de l'eau croupie du port.

J'annonce que je pars voir Firmie. Je vois mon père faire la grimace. Ma mère lui touche le bras pour l'encourager à me parler.

– Je ne crois pas que ce soit une bonne idée, dit-il, hésitant. Tu devrais tourner la page pendant que c'est encore possible. Les parents de Mihelle ont donné de leurs nouvelles. Leur fille et eux-mêmes ont été enchantés...

Ma mère prend le relais d'une voix plus ferme:

– Soyons clairs, mon fils. Nous croyons de plus en plus que Firmie est une fille instable et qu'elle ne pourra faire que ton malheur, et le nôtre par la même occasion. Quand je suis allée lui expliquer pour ton travail, elle m'a déclaré que c'était une machination de notre part pour vous empêcher de vous unir. Elle s'est énervée et a été presque insultante. Le pire, c'est que je pense que cette colère, c'était du cinéma, et qu'au fond d'elle-même elle était contente d'échapper encore une fois au test. Cette fille ne se mariera jamais et toi, mon pauvre Lucen, tu te retrouveras seul avec la réputation d'être un faible ou un impuissant. Tu dois...

J'en ai assez entendu. Je quitte la maison en claquant la porte et cours chez mon amie. Elle est dans son atelier et se lève dès qu'elle m'entend descendre l'escalier. Nous nous étreignons avec fougue.

– Heureusement que tu as envoyé Katine avec ton mot. Ta mère quand elle est venue me voir a insinué que tu me préférais Mihelle mais que tu n'osais pas me le dire et que tu avais choisi de travailler ce week-end pour éviter de me rencontrer et de faire le test dimanche. Ça m'a rendue folle. J'ai pleuré jusqu'à l'arrivée de ta sœur. Ensuite, je m'en suis voulu d'avoir douté de toi. Tu ne m'as jamais menti. J'ai aussi appris que ton père avait proposé de l'argent au mien pour qu'il les «aide» à rompre les fiançailles sans faire d'histoires. Heureusement pour nous, il est tombé à un moment où mon vieux était peu réceptif et il a préféré ne pas insister. Attention, à une autre occasion, je sais qu'il pourrait dire oui.

– Si nous voulons vivre ensemble, nous devons les mettre devant le fait accompli. Faisons-le tout de suite.

Firmie tend l'oreille vers l'escalier. La machine de sa mère tourne sans faiblir. Elle ferme la porte et la bloque avec son banc. Puis elle m'entraîne sur le tas de vieux pulls en attente de détricotage. Nous nous déshabillons et nous nous couchons dans la laine. J'ai peur. Je sens qu'elle hésite aussi mais nous en avons tous les deux tellement envie.

C'est fait ! Je rentre chez moi avec le sourire aux lèvres. Je me sens doublement un homme, autant pour ce que nous venons de faire que parce que je me suis opposé à mes parents. Comme d'habitude pendant le repas, Katine meuble le silence avec ses histoires de copines. Ma mère me fixe d'un air soupçonneux. Je crois qu'elle a deviné.

Katine n'avait pas prévu de me faire des confidences ce soir mais je lui fais signe de venir de mon côté :

– Je voulais te remercier d'être allée voir Firmie en cachette pendant le week-end. Nous te devons beaucoup.

– C'est rien, Lucen. Je n'aime pas cette Mihelle.

Elle ne repart pas tout de suite. Elle réfléchit avant de me chuchoter au creux de l'oreille quelque chose que je ne comprends pas.

– Plus fort s'il te plaît.

– Je crois que Maman en veut vraiment à Firmie. Elle a dit qu'elle ferait tout, absolument tout pour empêcher votre mariage. Et quand elle disait ça, il y avait de la haine dans ses yeux, je ne la reconnaissais plus.

– Ne t'inquiète pas, Katine, ça va s'arranger.

Lundi, Gerges n'est pas à l'école. Au retour, je passe chez lui pour prendre de ses nouvelles. Sa mère, gênée, m'annonce qu'il est malade et qu'il reviendra en cours demain. Elle ajoute que Grégire aimerait s'entretenir avec moi ce soir après vingt heures. Je hoche la tête pour signifier que j'ai compris et je rentre chez moi. Je monte à l'atelier pour aider mon père. Comme toujours, le travail ne manque pas, surtout avec le matériel débarqué du cargo. Il y a des pièces magnifiques mais je me garde de m'extasier. Je suis censé les avoir déchargées et triées. Mon paternel est silencieux et me jette des regards à la dérobée. Il est préoccupé mais il n'en dira rien. Je décide de rompre le silence.

– Grégire veut me voir ce soir chez lui.

Mon père fait la grimace et s'inquiète :

– Et tu vas y aller?

– Oui, je n'ai rien à me reprocher.

– Mais tu as peur?

– Un peu. Il est impressionnant. J'espère que Gerges sera là. Il arrange toujours tout.

Je travaille sans relever la tête jusqu'à dix-huit heures trente. Mon père me complimente :

– Tu sais presque tout faire maintenant.

Je profite de son état d'esprit pour demander la permission de sortir une petite heure avant le repas.

– Tu l'as bien mérité, ajoute-t-il.

En descendant, je lance le «bonsoir, Maman» habituel mais je n'obtiens aucune réponse. Je vais m'enfermer dans la petite pièce d'eau pour me faire propre et je file chez Firmie. Nous avons prévu de refaire l'amour aujourd'hui parce que cela nous a beaucoup plu et qu'il faut mettre toutes les chances de notre côté.

Ma copine a arrangé le tas pour le rendre encore plus confortable. Avant de repartir, je lui demande quand nous pourrons savoir si ça a marché.

– Au mieux dans quelques semaines, m'explique-t-elle. Tu l'as dit à tes parents?

– Non, mais je crois que ma mère s'en doute. Elle ne me parle plus depuis hier soir.

– Moi, j'ai été obligée de l'annoncer clairement. Mon paternel, quand il a dessaoulé, s'est souvenu de la proposition de ton père et il voulait y répondre favorablement. Je lui ai dit que c'était trop tard, ça l'a mis en colère. J'ai même cru qu'il allait comme à son habitude s'en prendre violemment à ma mère. Je me suis levée pour m'interposer. Alors, il a préféré battre en retraite et est sorti passer ses nerfs ailleurs.

Il est vingt heures pile quand je frappe à la porte de Grégire. C'est lui qui m'introduit dans leur pièce unique. Une faible lampe éclaire la table où sa femme reprise des chaussettes. Je ne distingue pas si Gerges est présent. Peut-être est-il allongé sur son lit. Le père me désigne une chaise. Son ton est sec mais il n'est pas agressif :

– Tu l'as peut-être su mais j'ai été victime d'une agression en 710 samedi vers dix-huit heures. Pas étonnant, me diras-tu, c'est un coupe-gorge depuis toujours. Mais il se trouve que mes agresseurs ont bénéficié de la complicité d'un passant qui marchait derrière moi et m'a projeté sur eux.

Il s'interrompt et approche de mon visage la lampe qui se balance au plafond pour tenter d'y lire ma réaction. Je fais celui qui ne comprend pas et je me tais. Le silence s'installe. Je me concentre sur ma respiration. Plusieurs minutes passent. J'essaie de fixer l'insigne de la milice qu'il porte sur la poitrine pour éviter de rencontrer ses yeux.

– Alors ? reprend-il d'une voix qui montre maintenant de l'agacement.

– J'étais dans les parages à la même heure.

– Nous y voilà enfin !

– Mais je ne suis pas monté jusqu'à 710. Je tenais la corde. Il y a eu une bousculade et celui qui me suivait m'est rentré dedans. Il s'est emporté puis excusé. Sa voix m'a fait penser à la vôtre mais je n'en étais pas certain, alors j'ai préféré me taire pour ne pas passer pour un idiot devant un inconnu. Ensuite, j'ai quitté la file car je devais me rendre dans un garage en 700 afin d'y apporter une roue à réparer pour Taf et...

– Stop ! Quand je t'ai percuté, je n'ai pas senti que tu transportais un tel objet. Tu n'avais pas de sac sur ton dos et tes mains étaient libres quand tu t'es dégagé de moi.

– C'est normal puisque je portais la roue devant, pendue à mon cou comme une grosse médaille.

– Comme une grosse médaille ! Tu as de l'imagination, grince-t-il. Et tu crois que je vais avaler ça ?

– C'est la vérité. Vérifiez, le garage s'appelle Jifaxe. Quand j'ai quitté l'entrepôt de Taf, j'avais la roue à la main mais c'était lourd et encombrant. Je me suis servi de mon écharpe pour l'accrocher. Au départ, elle pendait dans mon dos mais ça me tirait en arrière et m'étranglait. Alors, je l'ai passée sur le devant, c'était moins pénible.

– N'importe quoi ! hurle Grégire en montrant ses dents.

J'entends la voix assourdie de Gerges qui déclare derrière moi :

– Laisse tomber, Papa. C'est logique, ce qu'il raconte. Et toi, tu ne peux être sûr de...

– Ne t'en mêle pas !

Mon ami n'a pas sa voix habituelle. Je le sens affaibli par sa maladie mais il est déterminé à me défendre.

– Tu ne pourras rien prouver, tu perds ton temps !

– Tais-toi !

Je constate que mon copain a l'habitude de ces confrontations car, alors que son père monte en volume, lui continue sur le même ton. Grégire rumine puis capitule :

– Fous le camp, Lucen ! À partir de maintenant, je t'ai à l'œil. Et un conseil en passant, éloigne-toi de Taf, il est juste en sursis.

– À demain, Lucen, lance mon ami.

– À demain, Gerges.

Je suis soulagé de quitter la maison de Grégire indemne.

Maurce et Jea m'attendent à quelques dizaines de mètres. Jea siffle dans ma direction. Je m'approche.

– C'est après toi qu'il en avait, le monstre ? demande Maurce qui a enlevé ses pansements au visage.

– Oui, mais parlons d'autre chose, les gars, vous voulez bien ?

– Alors il paraît, avance Jea, que vous avez vraiment conclu avec Firmie. Tu nous racontes ?

– Bah non.

– T'as rien à dire alors ? T'es pas marrant !

Je retourne chez moi. Mon père m'interroge du regard, et comme je lui souris, je le sens rassuré. Ma mère détourne toujours la tête à mon approche. J'en ai assez de son attitude et j'ai envie de crever l'abcès. Je me plante devant elle :

– Maman, parle-moi. Je n'aime pas quand tu m'évites.

– Laisse-moi passer, dit-elle d'un air agacé.

Dans mon lit, je ne cesse de penser à ma mère qui ne digère pas que j'aie pu lui résister. La perspective de me voir marié avec cette Mihelle d'une classe supérieure s'éloigne et cela la rend triste. Elle m'imaginait déjà habitant une maison plus grande, dans un quartier moins misérable. Elle voulait que je réalise son rêve à elle, celui de s'élever enfin dans la société. Elle n'est d'ailleurs pas très appréciée dans le quartier parce qu'elle veut toujours se montrer différente des autres et se sent un peu supérieure. Quand elle parle du métier de mon père, elle ne dit jamais simplement «rafistoleur», mais y ajoute des qualificatifs tels que «hautement qualifié» ou, comme lors de la visite des parents de Mihelle, «expert». Même si mon père est bon dans son domaine, il appartient à la même catégorie sociale que les parents de mes copains, et la place de notre famille est dans ce quartier.

Ce matin, Gerges semble remis de sa fièvre mais nos échanges sont réduits au minimum. Il ne tient pas à me raconter tout de suite ce qui lui est arrivé. Il me donne un rendez-vous dans la soirée. Je vais devoir attendre pour savoir.

Lorsque j'arrive à l'atelier, mon père me tourne le dos. Il se baisse pour ranger un carton sous son établi, puis se retourne en faisant mine de découvrir ma présence.

– Ah, tu étais là?

– Qu'est-ce que tu faisais?

– Je rangeais.

– C'est quoi?

– Rien d'intéressant. Nous avons de l'ouvrage cet après-midi. Beaucoup de réparations, comme tu vois.

Encore une cachotterie. Je n'arrive toujours pas à m'expliquer pourquoi il recevait si tard un inconnu l'autre nuit et surtout pourquoi il a préféré me mentir. Dès qu'il sortira, j'irai fouiller dans son carton. Je lui raconte la discussion que j'ai eue avec Grégire en soulignant particulièrement les propos tenus sur Taf. Mon père lève légèrement les yeux comme si tout cela ne l'étonnait pas.

– Il semble que notre ami vive dangereusement, commente-t-il simplement. La dernière fois que je l'ai vu, il m'a même dit qu'il allait se faire oublier un moment. Il va falloir que je me trouve quelqu'un d'autre en attendant.

– Tu as toujours travaillé avec lui?

– Presque. Depuis plus de vingt ans, mais nous sommes restés de longues périodes sans nous voir, car il a effectué plusieurs séjours en prison.

Mon père me raconte alors que son fouineur est régulièrement accusé de passer la frontière pour aller faire les poubelles chez les riches. Taf a coutume de dire que ce n'est pas interdit à condition de ne pas se faire prendre. Et en cas de problème, on peut aussi payer la police. Beaucoup d'autres fouineurs n'ont pas son audace et se contentent de ce que les pauvres jettent. La plupart du temps, on ne peut rien tirer de ce qu'ils rapportent, et on en est réduit à séparer les matières pour les vendre aux recycleurs. Mon père consulte sa montre et propose que nous nous arrêtions là. C'est plus tôt que d'habitude mais je ne m'en plains pas. Je passe à la salle d'eau. Lorsque je ressors, j'entends mon père partir, sans doute en livraison. Je patiente avant de grimper à l'atelier avec l'intention de fouiller son établi. Je mets quelques minutes à retrouver le fameux carton qu'il a pris soin de dissimuler sous d'autres avant de quitter la pièce. À l'intérieur, je découvre des petites boîtes parallélépipédiques en métal gris. Un fil électrique terminé par une fiche mâle sort sur le côté de chacune et un cadran muni d'une molette est fixé sur le dessus. Je pense tout de suite à une minuterie ou à un détonateur pour une bombe à retardement. Trois des boîtes sont déjà scellées mais une autre s'ouvre aisément. J'observe longuement le mécanisme à l'intérieur, ainsi que les éléments utilisés et la façon dont ils sont reliés entre eux. Je reconstitue mentalement le schéma de construction. Décidément, mon père est ingénieux. Il a même prévu un système de sécurité qui détruit les composants si on tente d'ouvrir les boîtes pour percer leur secret. Je remets tout en place avant de sortir.

– Je sens que c'est bon, déclare Firmie quand j'arrive. Je suis enceinte, mon Lucen, on va pouvoir se marier.

– Hier, tu m'as dit qu'on ne pouvait pas le savoir au mieux avant plusieurs semaines.

– J'en suis certaine. Je me sens différente depuis ce matin. J'ai des sensations inédites.

– Comme quoi?

– Pour l'instant, je ne suis pas capable d'expliquer, mais tu vas avoir un bébé de moi. Nous serons ensemble jusqu'à la fin de notre vie et rien ne pourra plus nous arriver.

Je ne réponds rien. Nous restons dans les bras l'un de l'autre pendant un long moment sans parler. Je me dis que si elle a raison, bientôt Firmie habitera sous mon toit et elle devra alors cohabiter avec ma mère et ses rancœurs. Il faudrait juste que celle-ci cesse de rêver et accepte la réalité.

À vingt heures, je me rends en 436.17 au rendez-vous de Gerges. C'est là que lorsque nous étions enfants, dans les ruines d'une maison incendiée, notre bande se réunissait pour préparer des attaques contre ceux de 420.300.

À l'époque, nous avions un peu aménagé le lieu avec de vieilles planches pour nous faire un abri. Aujourd'hui, cela ressemble à un dépotoir. Je suis Gerges dans les gravats à la recherche d'un endroit à peu près propre pour y poser nos fesses.

À voix basse, Gerges se lance dans un récit précis de ce qu'il nomme «son initiation». Rien de ce qu'il me raconte ne m'étonne vraiment. Venant de ces gens-là, on ne peut que s'attendre au pire. Mon copain aurait dû m'écouter et tout faire pour éviter son incorporation dans la milice. Ce soir, il semble tellement malheureux que je ne me sens pas autorisé à lui faire la morale ou à lui jeter à la figure un «Je te l'avais bien dit». C'est trop tard et le mal est fait. Pouvait-il échapper à cette épreuve avec des parents qui le conditionnent depuis des années à suivre une voie toute tracée? Nos vies seraient-elles décidées à l'avance? Serons-nous obligés de les vivre malgré nous?

Gerges pleure pendant plus de cinq minutes à la fin de son récit. Je pose ma main sur son épaule. J'attends qu'il se vide. Mon ami est redevenu à cet instant le petit garçon perdu que j'ai connu à la mort de son frère. Je suis nostalgique de ce temps où nous croyions encore que tout était possible.

– C'est la première fois que j'en parle et aussi que je parviens à pleurer.

– Qu'est-ce que tu vas faire maintenant?

– Je ne sais pas : fuir, essayer de réparer... et si je n'y arrive pas, je me laisserai mourir.

– Ne fais pas ça. Je tiens à toi, Gerges.

À mon tour de me montrer sincère et de partager avec mon meilleur ami l'expérience que j'ai vécue. Je lui raconte ainsi dans le détail ma rencontre avec Ludmilla et surtout les vingt-quatre heures passées dans les hauteurs. Il n'en revient pas.

– Alors, c'était vrai pour mon père ? Tu l'as vraiment poussé ? Je n'arrive pas à y croire.

– Je n'ai pas pu te le dire avant.

– Je te pardonne pour ça. Par contre, si j'ai un conseil à te donner, méfie-toi de Taf. Il a fait de toi sa marionnette et je suis certain qu'il s'est fait payer en échange. Si tu veux, je vais me renseigner pour cette Martha. Il faudra que tu attendes un peu car ma mère ne m'a autorisé à retourner à la milice que le week-end prochain.

– T'es un frère.

Nous repartons chacun vers notre maison. J'ai de la chance de l'avoir comme ami. J'aimerais que jamais la vie ne nous éloigne l'un de l'autre.

CHAPITRE
18

Je ne suis pas allé à l'école ce matin. J'ai entendu Lucen venir demander de mes nouvelles. J'étais à peine réveillé et je n'ai même pas eu la présence d'esprit de lui dire bonjour. C'est vrai aussi qu'il n'est pas resté longtemps car comme d'habitude ma mère a avant tout cherché à s'en débarrasser.

Lucen est revenu. Leur conversation m'a sorti du sommeil. Je reste allongé même si je pense être capable de me tenir debout. Mon père l'interroge durement. Il le soupçonne d'avoir participé à une agression dont il a été victime en 710 dans la « cour des miracles ». Pourquoi Lucen aurait-il fait ça ? C'est absurde ! Pas Lucen ! Mon père m'en avait déjà parlé samedi avant que je rejoigne les autres pour ma ronde d'initiation. Je lui avais expliqué qu'il s'était trompé de personne. Dans le noir, ça se comprend et lui n'est pas particulièrement doué pour identifier les odeurs, surtout qu'il y avait du monde ce soir-là. J'avais insisté :

– Il y a sûrement une explication et Lucen te la donnera à son retour.

– C'est ce qu'on verra, avait grondé mon père, et tu comprendras que j'avais raison.

Lucen parle calmement, pas comme quelqu'un qui aurait des trucs à se reprocher. Je ne saisis pas tout mais je le crois sincère. Alors j'interviens. Mon père est surpris de m'entendre. Comme mon état a dû l'inquiéter, il n'ose pas me rabrouer et rend sa liberté à notre visiteur. Demain, si je peux me lever, je demanderai à Lucen s'il s'en est vraiment pris à mon père. Mon ami ne m'a jamais menti.

Je m'asperge d'eau glacée avant de m'habiller. Ma mère s'inquiète de mon état, mais je me sens beaucoup mieux. J'attends Lucen juste devant chez lui. J'essaie de prendre une voix ferme. Je grimace même une sorte de sourire. Il paraît que ça s'entend, un sourire. Lucen n'est pas dupe et il m'interroge. Pour qu'il n'insiste pas, je lui promets de tout lui raconter plus tard. Comment le pourrais-je? Moi qui ne suis pas capable de regarder en face ce que j'ai fait. Je dois m'éloigner des autres au maximum. Dès le début du cours, je m'arrange pour qu'on me refile l'éclairage du tableau. Je règle le pédalier au plus serré pour souffrir beaucoup et penser moins. Je termine complètement exténué. Après le déjeuner, je me fais surprendre par le sommeil et je m'écroule sur la table. Ma mère me laisse dormir.

J'ai donné rendez-vous à Lucen à notre ancien repaire. Je lui déballe toute mon histoire. Les mots me brûlent quand ils sortent. Je me trouve à plusieurs reprises presque à court d'oxygène et je dois reprendre mon souffle. J'arrive au bout et là je craque et chiale comme un petit. Lucen se tait. Il attend que j'aille mieux. À son tour, il me raconte l'aventure secrète qu'il a vécue dans les hauteurs. C'est incroyable mais je sais qu'il n'a rien inventé. Son histoire me distrait un temps des souvenirs qui me hantent et je lui demande des précisions. Je me rends compte que tout ce qu'on nous a raconté depuis l'enfance sur l'impossibilité qu'il y aurait pour un pauvre de vivre dans la ville haute – le soleil qui brûle les yeux, l'eau en grande quantité qui ronge l'épiderme... –, tout ce qui justifie qu'on prive les pauvres des avantages de ceux d'en haut, tout ce à quoi mon père veut nous faire croire, c'est bidon.

Lucen a besoin de moi. Je lui propose mes services. Je vais trahir mon père en fouillant dans les archives de sa milice. Je ne le ferai pas par plaisir. Je connais la portée de mon acte. Mais il faut bien que je commence à réparer le mal que j'ai commis.

Avant de m'endormir, je me rends compte que ma douleur à l'estomac et les remontées brûlantes le long de mon œsophage ont disparu. Est-ce simplement parce que j'ai pu avouer ce que j'avais vécu? Ce serait trop simple. Je sens au fond de moi qu'il me faudra faire beaucoup plus pour me pardonner à moi-même.

Mon père est fier de me voir passer l'uniforme le week-end suivant. Il constate avec plaisir que je vais mieux. Je lui demande une faveur:

– Il faudrait que j'évite les postes aux barrages. Les gars sont sympas mais me poussent un peu à picoler. L'autre soir, je sais, j'ai vraiment abusé et j'en garde une migraine et...

– Je comprends, fils. Je vais t'envoyer au siège. Tu répondras aux appels des patrouilles avec Alponce. Ça te va?

Je souris pour montrer ma satisfaction. Je remarque aussi que c'est la première fois qu'il m'appelle «fils». Jusqu'à présent, c'était réservé à Kéin, mon frère disparu. Comme s'il avait lu dans mes pensées, mon père se lève pour allumer la bougie qui éclaire, quand nous sommes là, le portrait de mon frère.

– Il aurait été fier de toi, crois-moi. Tu marches dans ses pas.

Alponce me fait visiter les locaux. Il me montre l'armoire où sont classés les dossiers élaborés lors des interrogatoires.

– Je peux en lire quelques-uns pour voir comment ça se présente?

– Bien sûr. Tu es des nôtres maintenant et entre nous il n'y a pas de secrets. Tout à l'heure, on ira rendre une petite visite aux filles dans les caves, et aux gars aussi d'ailleurs, qui crèchent dans les niveaux inférieurs.

– Super.

Alponce se cale dans un vieux fauteuil et me chuchote:

– J'ai besoin de roupiller un peu. S'il y a un appel ou des gars des barrages qui viennent livrer du gibier, tu me secoues, d'accord? Et tu n'oublies pas de me réveiller à minuit.

– T'inquiète pas, je veille, chef.

Mon compagnon ne tarde pas à ronfler et j'en profite pour chercher le dossier de Martha dans les casiers métalliques rangés par ordre alphabétique. Je le pose sur la table et défais l'élastique. Il est assez épais. Je parcours rapidement les différents rapports. Le premier date de ses seize ans, lors de son transfert pour la ville haute après son accouchement. Il y a aussi une déclaration d'adoption d'un garçon. Je trouve également une lettre manuscrite à l'écriture ronde, celle sans doute d'une adolescente. Le prénom de son auteur a été gratté. La feuille a même été trouée sur quelques millimètres. J'arrive enfin au document demandé par Lucen, son certificat de décès. Je récupère dans la corbeille une feuille dont le verso est vierge et je recopie les renseignements avant de remettre le dossier en place. Mon copain va pouvoir retourner dans les hauteurs. J'aimerais bien l'accompagner mais je n'oserai jamais le lui demander.

Je voudrais savoir qui était cette fille que j'ai frappée une semaine plus tôt mais je ne sais pas comment retrouver sa trace. Je réveille Alponce à l'heure prévue. Il avale une lampée d'alcool avant de se mettre debout. Je le suis dans les entrailles de la milice. Je n'arrive pas à réprimer une grimace quand je pénètre dans les lieux de mes exploits. Je ne peux m'empêcher de scruter la cage où était la fille.

– Tu cherches ta « copine » ? me questionne le vieux.

– Elle est morte ? dis-je en avalant ma salive.

– Non. Tu l'as bien amochée mais elle s'en remettra. Elle est encore à l'infirmerie. D'ailleurs, si ça t'intéresse, on va la libérer dans quelques jours quand elle sera présentable. En fait, on n'avait rien à lui reprocher. On la gardait en otage pour que ses frangins viennent se livrer. Quand le bruit a couru qu'elle avait été un peu malmenée, ils ont rappliqué. Tu vois que nos amusements ne sont pas inutiles.

– Et elle s'appelle comment?

– Chatal, comme ma nièce.

Je découvre les deux étages des hommes. Ils doivent se relayer pour dormir car ils sont trop nombreux pour tous s'allonger en même temps. En longeant les cellules, j'entends qu'on chuchote mon nom. Mes exploits ont fait le tour de la prison. Je ne me sens pas en sécurité. J'interroge discrètement Alponce sur le chemin du retour:

– Tu n'as jamais peur seul face à tous ces gens?

– Si tu respectes les règles, tu ne risques rien. Ne pas s'approcher des grilles. Ne pas discuter avec eux. Ne jamais céder à la menace. Un jour, un gars a été attrapé par un prisonnier en transfert vers la salle d'interrogatoire. Le pourri avait récupéré un morceau de fer aiguisé et l'a pointé sur la gorge du collègue. Il voulait qu'on ouvre les portes. Eh bien, on n'a pas cédé, et il a fini par lâcher. Il a réfléchi, le mec: s'il tuait notre pote mais qu'on n'ouvrait pas, il y passait dans d'horribles souffrances, tu peux t'imaginer, et s'il laissait tomber, il avait une chance de s'en tirer, pas indemne mais au moins vivant. Et je te promets qu'il a fait le bon choix. Mets-toi ça dans le crâne, ne jamais céder à la menace!

De retour dans les étages, nous croisons des miliciens qui escortent un homme âgé vers une des salles d'interrogatoire. Alponce devance mes désirs :

– Tu veux assister à la conversation?

– Pourquoi pas?

Alponce m'accompagne et fait les présentations. Je les connais de vue : Clude et Françós. Ils ont la réputation d'être des teigneux. Mon père les apprécie aussi parce qu'ils ne boivent jamais la moindre goutte d'alcool. Les gars sont d'accord pour que j'observe leur façon de travailler. Ils commencent par faire les poches de leur victime. Elles sont vides mais ils trouvent un rouleau de billets planqué dans une chaussette. Ils se partagent le butin. Ensuite, ils ligotent leur « client » sur une chaise et enfilent des blouses marron.

– Mets-en une, c'est une activité un peu salissante.

Françós attrape une chaise et s'assoit à l'envers. Il pose ses coudes sur le dossier. Clude a ouvert la porte, il attend qu'Alponce lui envoie un prisonnier pour alimenter le puissant spot installé sur un trépied face au vieil homme. Un garçon de mon âge arrive en traînant les pieds. Il a les poignets scotchés avec du ruban adhésif noir. Il s'installe près du pédalier et attend les ordres. Il semble avoir l'habitude. Les miliciens éteignent leurs frontales et le garçon entre en action. Clude frappe l'homme au visage. Au quatrième coup, il vacille et sa chaise part en arrière.

Son crâne cogne sur le plancher. L'autre le ramasse puis lui empoigne les cheveux. Il maintient son visage face à la lumière.

– Comment tu t'appelles? commence Françoss.

Le suspect a la tête qui pend vers l'avant et ses yeux sont fermés. Peut-être est-il assommé. Le milicien fait un geste bref de la main à son collègue pour l'inviter à reprendre le tabassage. L'homme entrouvre son œil gauche rougi par le sang qui coule de son arcade.

– Tu t'appelles comment?

– Erk Soulad, articule-t-il difficilement.

– T'habites où? Tu fais quoi?

– 220.100. Je suis tailleur-repriseur.

– Raconte-nous ce que tu foutais dans les rues après le couvre-feu.

– Je cherchais un médecin pour mon fils.

– C'est des conneries ça, et tu sais qu'on n'aime pas les conneries, nous?

Clude lui assène un violent coup de poing dans le dos qui lui coupe la respiration. L'homme est plié par la douleur. Françoss hausse le ton.

– Si t'allais chez le médecin, pourquoi t'as essayé d'éviter le barrage? Hein? Ça nous énerve, les resquilleurs! Tu comprends?

L'enquêteur se lève et décoche une gifle bien lourde à sa victime avant de déclarer, tout sourire:

– Ça détend. Hein, Gerges? Si ça te dit, tu es le bienvenu.

Puis il reprend sur un ton plus sérieux:

– On va le foutre en cellule pour la nuit et on ira vérifier son histoire demain.

Je raccompagne le garçon qui était chargé de la lumière à sa cellule. Tout en marchant, il enlève les bouchons d'argile qu'il s'était fourrés dans les oreilles. Il me regarde en coin. Je l'ai peut-être connu autrefois.

Alponce pionce à nouveau dès que Clude et Franços sont repartis. Je décide de me renseigner sur Chatal. Je ne sais pas au juste pourquoi je le fais, je ferais mieux d'essayer de l'oublier. Je trouve rapidement son dossier.

Chatal Durad: ses parents étaient rempailleurs. Elle vit chez une tante qui habite en 105.85. Ses deux frères Didir et Alai sont soupçonnés d'appartenir au groupuscule terroriste «Plutôt mourir».

Alponce s'étire et bâille bruyamment. Je range les papiers et reviens près de lui pour lui annoncer:

– Il faut que je rentre, Alponce.

– Vas-y, mon grand. Tu as bien résisté au sommeil.

En chemin, je salue les gars sur les barrages. Certains sont tellement saouls qu'ils tiennent à peine debout. Demain, beaucoup seront incapables de travailler. Quand ils sont employés, mon père s'arrange avec leurs chefs pour qu'ils soient tout de même payés en cas d'absence.

Je ne pense pas que les patrons aient la possibilité de refuser.

Mes parents ont organisé une rencontre avec Snia que je connais depuis longtemps. Aujourd'hui, elle est différente. Elle veut se montrer plus vieille qu'elle ne l'est. Elle s'est beaucoup maquillée et porte un soutif qui lui remonte les seins. Sa mère déclare d'emblée, comme pour se rassurer :

– Vous voyez que Snia est une vraie femme maintenant.

Ma future épouse se force à sourire. Je doute qu'elle en soit elle-même convaincue. Moi, je me souviens d'elle, il n'y a pas si longtemps, tenant de grandes conversations à ses poupées en compagnie de Katine, la sœur de Lucen. Je dois tout de même reconnaître qu'elle a de vraies formes. Ma mère l'a installée sous la lampe à piles comme si elle avait voulu l'exposer aux yeux de tous. De son côté, je ne crois pas que Snia puisse voir nos visages. Cette situation est gênante, aussi je me rapproche d'elle. Elle sourit et me glisse à l'oreille :

– Tu pourrais m'inviter au cinéma dimanche, nous serons plus tranquilles.

– Bien sûr.

Je pense à Maurce qui se dit que dans la vie on ne choisit pas mais qu'on subit, qui espère qu'avec le temps il finira par éprouver des sentiments pour Sionne. Sa réflexion de l'autre soir m'avait choqué mais, au fond, suis-je dans une situation bien différente ? Ai-je vraiment la possibilité d'aller contre la décision de mes parents ? Ne suis-je pas condamné à faire ce que les autres veulent ? Au moins, je trouve Snia attirante, c'est un début.

CHAPITRE 19

Lundi, Gerges me glisse un papier dans la poche durant le trajet vers l'école.

– J'ai recopié sa fiche. Ce ne sont pas de bonnes nouvelles.

– Je m'en doutais. Tu n'as pas eu trop de mal à trouver?

– Non. Ils ont confiance en moi maintenant qu'ils ont vu de quoi j'étais capable.

Les cours passent sans que je m'en rende compte. Mon esprit est rempli par de tout autres préoccupations.

Mon père m'apprend que Taf veut me voir tout de suite. Il est en train de récupérer des affaires avant d'aller s'installer loin de Grégire qui a juré sa perte. Je ressors en prenant le temps de bien écouter si personne ne me guette. Je décide même de faire un détour pour rejoindre le fouineur.

– Tu as l'info qu'elle t'a demandée?

– Oui, dis-je en lui tendant ma feuille.

Il enflamme une allumette pour prendre connaissance du message.

– Très bon travail. Si elle souhaite se rendre sur la tombe de Martha, te sens-tu capable de l'y emmener? Cela ne te prendra pas plus de deux heures en tout.

– Oui, je le ferai. Le cimetière hors la ville est toujours désert, on ne risque rien.

– Je suis d'accord. Écris-lui un message, je le lui transmettrai. Donne-lui rendez-vous à la ruine à vingt heures vendredi soir. Dis à ton père que je te réquisitionne pour cette soirée et que je le dédommagerai.

Je m'exécute et retourne voir mon père. Une fois de plus, j'ai la sensation que Taf a décidé pour moi et que je n'ai pas eu le temps d'analyser la situation et d'éventuellement refuser. Mon père m'écoute avec intérêt.

– Tu sais où aura lieu ce travail?

– Non. Taf va venir pour t'expliquer.

Après mon boulot à l'atelier, je vais voir Firmie avec laquelle je passe encore un délicieux moment. Nous restons ensuite immobiles dans le noir. J'hésite à lui raconter mon histoire avec Ludmilla parce que j'ai peur qu'elle s'imagine que notre relation pourrait être en danger. Elle le sent et me demande si je n'ai rien à lui dire.

– Si. Ma mère me préoccupe. Elle rumine dans son coin. Elle m'en veut, elle t'en veut.

– C'est pas grave. Nous, on s'aime et on se fait confiance, et c'est le plus important.

Ce matin, une sirène s'est déclenchée, et la police, renforcée par la milice, a installé des barrages partout. Un hurleur annonce que les établissements scolaires sont fermés jusqu'à nouvel ordre suite à l'explosion d'une bombe artisanale dans les locaux du parti caspiste. L'attentat a fait deux victimes. Des fouilles ciblées vont être effectuées dans certaines maisons. Il est recommandé à la population de limiter ses déplacements.

Je me rends donc de bon matin avec mon père directement dans son atelier. Il ne semble pas dans son assiette.

– Deux morts ? répète-t-il. Je ne comprends pas, comment c'est possible ?

– Les bombes, ça fait des dégâts, ça sert même à ça !

– Jusqu'à maintenant les Coivistes posaient toujours les charges dans des locaux vides.

– Ça devait bien arriver un jour. Une erreur ou quelqu'un qui décide de franchir un pas de plus sur l'échelle de la violence.

Mon père se met au boulot et nous nous observons. Je veux en avoir le cœur net et je pose directement la question :

– Tu sais quelque chose ? Tu es mêlé à ça ? Ça a un rapport avec tes rendez-vous nocturnes ou avec ce carton dont tu voulais me cacher le contenu ?

Je vois mon père se décomposer. Puis, petit à petit, il respire profondément pour retrouver un peu de contenance. Il se force même à sourire mais se garde de me répondre.

– Tu n'as pas confiance en ton fils, c'est ça ?

Je pose mes outils et le fixe pendant une longue minute. Il éteint l'ampoule du plafonnier et allume sa lampe frontale. Je ne distingue plus ses traits. Il remarque que je n'ai pas repris le travail, ni changé de position. Je perçois qu'il a légèrement ralenti ses gestes, signe qu'il va parler.

– Je rends des services aux Coivistes depuis quelques années. Jusqu'ici, je l'ai caché à tout le monde, même à ta mère pour qu'elle ne s'inquiète pas. Je joue le rôle du bon père de famille qui vit son existence sans se préoccuper des problèmes des autres. Mais c'est une façade commode pour éviter d'être suspecté, en particulier par Grégire, notre voisin. Je fabrique des détonateurs. Je reçois des visiteurs la nuit pour des commandes ou des livraisons. Voilà, tu sais tout.

Pour répondre à sa franchise, je lui raconte mon expédition chez Ludmilla et la mission que je dois accomplir le lendemain. Je sens qu'il sourit quand il déclare :

– Alors celui-là, il m'étonnera toujours ! Mais, j'y repense, Taf m'a donné à fondre un bijou en argent massif. Il m'a dit l'avoir reçu en remerciement d'un service rendu à une fille de la ville haute. Je n'en reviens pas que tu sois allé si loin... Dis, tu n'as rien d'autre à m'avouer, des fois ?

– Moi non. Mais toi et Maman, pourquoi vous m'avez caché que Mihelle était enceinte ?

– On te l'aurait dit plus tard. Ses parents ne voulaient pas l'ébruiter. Ils désiraient d'abord voir s'il y avait une chance que ça marche entre vous.

– Je suis déçu que vous me considériez encore...

– En ce moment, c'est compliqué. Ta mère est obsédée par ton mariage. C'est pour ton bien qu'elle se tracasse. Cette opportunité d'union que tu n'as pas l'air de vouloir saisir, ça la rend complètement malade.

– J'ai toujours dit que je ferais ma vie avec Firmie. Il serait temps qu'elle le comprenne.

CHAPITRE 20

Au lycée, Grisella me harcèle pour connaître ce qu'elle appelle mon secret.

– Tu es très différente ce matin, insiste-t-elle. Toi, tu me caches quelque chose. Tu sais que je peux interpréter le moindre signe sur ton visage, si je veux?

– Chiche!

Elle me fixe longuement dans les yeux puis m'interroge:

– Un garçon?... Un garçon... intéressant et nouveau pour toi.

Elle fait les questions et les réponses d'un ton très convaincu. Elle bluffe et ne dit que ce qu'elle veut entendre:

– Un garçon chez toi?... Un garçon chez toi pendant le week-end.

Son regard ne me lâche pas.

– Il a couché chez toi? Avec toi?... Non. Dommage. Mais quand même, c'est un bon début. Et il t'a troublée, c'est ça?

Je détourne le regard. Je me sens rougir. Elle est vraiment forte, Grisella, elle devrait faire du cirque.

– Tu es douée, toi! Tu pourrais faire avouer n'importe quoi à n'importe qui! dis-je en faisant une grimace.

– Dis ce que tu veux, ma chère, mais je crois bien que je t'ai percée à jour. Je le connais?

– Grisella, s'il te plaît, on arrête.

– D'accord, mais on en reparlera.

À la maison, j'évite autant que possible Yolanda. Ce n'est pas très difficile car de son côté non plus elle ne cherche pas le contact. Je crois qu'elle a été très vexée que je l'enferme si longtemps dans sa chambre, et maintenant elle boude.

Cela ne m'empêche pas de recommencer le matin suivant, le temps d'aller voir si Taf n'a pas laissé de message. Je rentre bredouille. J'entends tambouriner au sous-sol. Je libère Yolanda avant de partir au lycée. Elle me lance, rageuse:

– Mais qu'est-ce que vous trafiquez dans le dos de votre père? Pourquoi m'enfermez-vous sans me prévenir?

– Je fais ce que je veux, chère gouvernante, dis-je, que cela vous plaise ou non.

L'absence de nouvelles en provenance de la ville basse m'inquiète. Peut-être est-il arrivé quelque chose à Lucen ou à Taf? Il est sans doute un peu tôt pour tirer des conclusions. Chaque matin, je vais traîner près du platane à la recherche d'un message avant d'aller libérer ma surveillante qui semble en avoir pris son parti. Le week-end arrive. Yolanda m'apprend que mon père ne viendra pas. Elle me demande si elle sera de nouveau «punie» cette fois-ci. Je mets quelques secondes avant de lâcher:

– Je ne sais pas encore.

Je vois dans ses yeux qu'elle commence à me détester. Il va falloir que je me méfie d'elle car elle n'est pas du genre à se laisser faire.

Le soir, je décide de relire plusieurs fois la lettre de Martha. Je dois la connaître par cœur pour ne rien regretter quand je l'aurai détruite.

Au petit déjeuner, Yolanda me fait part d'une demande de mon père:

– Il voudrait que je vous aide à renouveler votre garde-robe et il suggère que nous fassions les boutiques ensemble. Je crois que cela lui ferait plaisir si vous y consentiez. Et puis, vous ne seriez plus obligée d'emprunter les robes de votre mère. Vous pourriez aussi emmener votre amie Grisella, si vous le désirez.

– Je vais y réfléchir.

Je ne suis pas longue à me décider. Je sens que je dois m'occuper l'esprit car je passe mon temps à penser à Martha qui est peut-être dans les ennuis à cause de moi, mais aussi à ces gens de la ville basse qui prennent des risques insensés pour me rendre service.

– J'appelle ma copine, dis-je en me levant de table.

– À la bonne heure, commente Yolanda qui retrouve son sourire.

Je passe un après-midi délicieux grâce à Grisella qui respire de bonheur dans les boutiques. Nous rentrons toutes les deux dans les cabines d'essayage avec des tenues parfois extravagantes et partons dans de grands éclats de rire. Yolanda applaudit à certains choix et grimace devant d'autres. Ma copine me glisse à l'oreille :

– Tu sais qu'elle a un goût très sûr, ta gouvernante ?

– Tu dis ça parce que c'est le même que le tien ! dis-je en rigolant.

– C'est vrai. J'aimerais pouvoir dépenser autant. Il travaille dans quoi, ton père ?

– Il n'en parle jamais. Il fait des affaires, je crois.

Yolanda prend des notes sur un carnet et distribue des cartes de visite de mon père en guise de paiement.

C'est la première fois depuis longtemps que je m'amuse autant. J'en ai presque honte car je me rends compte que si Martha était encore là, un moment comme celui-ci n'aurait pas été possible. Peut-être que je dois me résigner à me dire qu'elle appartient maintenant à mon passé ? Mon père aurait-il raison ? Je chasse cette idée de mon esprit et me répète « non, non, non » dans ma tête pour m'en convaincre.

En rentrant, je demande à ma gouvernante combien nous avons dépensé.

– Beaucoup d'argent. Votre père va être content. Vous avez acheté des vêtements de qualité.

– Vous ne savez pas combien exactement ?

– Si, j'ai relevé les prix mais dans ces boutiques les acheteuses ne sont pas censées les connaître. Les hommes paient plus tard.

– Je voudrais savoir.

– Je ne sais pas si votre père...

Elle s'interrompt pour réfléchir puis elle déclare :

– Je vais vous le dire car je sais que vous ne le lui répéterez pas. Par contre j'aimerais que de votre côté vous me fassiez davantage confiance.

Je hoche timidement la tête. Je ne veux pas trop m'engager mais, en même temps, j'aimerais vraiment savoir.

– 375 écus d'or.

Je m'aperçois que je ne connais pas la valeur des choses. Je ne connais pas non plus la profession de mon père et encore moins son salaire. Je ne sais pas trop ce qui me passe par la tête à ce moment-là mais je m'entends demander:

– Et pour des gens de la ville basse, cela représente quoi?

Ma question, que je qualifie tout de suite de complètement idiote, ne semble pas la choquer. Curieusement cela lui donne même le sourire.

– Je n'y ai jamais pensé. Je dirais... dix ans de salaire pour un bon artisan.

Après cet après-midi sympathique, le climat se dégèle un peu avec Yolanda, même si je me garde bien de me laisser aller aux confidences. Nos discussions restent centrées sur le maquillage, les vêtements, les chaussures, autant de sujets futiles qui ne m'avaient jamais intéressée auparavant. Mais un jour, il faut s'y mettre, comme dirait Grisella.

Aujourd'hui, au réveil, je me rends compte que je ne suis pas allée vérifier le creux de l'arbre depuis deux jours. Comme si j'avais oublié que j'attendais un message urgent de Taf et de Lucen, comme si je commençais à tourner la page de mon histoire avec Martha.

Et ce matin, justement, il y en a un.

Martha est morte deux jours après son retour chez son neveu. Elle a été enterrée hier dans le grand cimetière hors la ville. Si tu veux, je t'y emmènerai. Je serai vendredi soir à la ruine vers vingt heures. L.

J'en ai le souffle coupé et je sens une terrible douleur monter dans mon ventre. Cela me ramène des années en arrière, quand Maman m'a quittée. Je suis incapable de faire un pas. Je me laisse doucement tomber sur le sol. Je reste assise, les bras appuyés sur mon abdomen. Les larmes envahissent mes yeux. Je ne sais pas combien de temps je demeure ainsi prostrée dans la rue.

– Mademoiselle, mademoiselle, ça ne va pas? Vous voulez rentrer?

Je laisse faire Yolanda qui me manipule comme une poupée de chiffon. Elle me porte littéralement sur son épaule pendant quelques mètres, puis je retrouve suffisamment de forces pour gravir marche après marche l'escalier jusqu'au palier. Elle m'allonge sur mon lit, défait mes chaussures et déboutonne ma jupe.

– Cela vous arrive souvent? Je veux dire, ces maux de ventre? Vous avez des médicaments pour ça?

Je respire profondément avant de pouvoir articuler:

– Oui, la boîte bleue dans l'armoire à pharmacie. Deux cachets avec un verre d'eau.

– Je m'en occupe.

La douleur diminue doucement et mon corps se détend. Je réalise que j'ai toujours le message dans mon poing crispé. Je ne bouge pas en attendant son retour.

– Ça va mieux, mademoiselle? Je vais appeler le lycée pour vous excuser. Ensuite, il faudra que j'avertisse votre père.

– Non, je ne veux pas l'inquiéter. Pour le lycée, dites que j'irai dans l'après-midi. Je sais que d'ici là la crise sera passée. Malheureusement, j'ai l'habitude.

– Entendu, mademoiselle, je vous laisse vous reposer. N'hésitez pas à m'appeler si vous avez besoin.

Je retourne au lycée comme prévu. Grisella et Yolanda, sans se concerter, ont interprété mes maux de ventre comme le signe de règles douloureuses. Je n'ai rien dit pour ne pas les détourner de leur idée. Je ne pense maintenant qu'au rendez-vous que m'a fixé Lucen. Que dois-je faire? Le suivre sur la tombe de Martha pour un dernier au revoir? Est-ce que Martha aurait voulu que je prenne autant de risques pour elle? Que penserait Lucen si je n'y allais pas? Qu'il a couru tous ces dangers pour une tocade de fille de riches?

Je suis de plus en plus convaincue qu'il faut que je lui fasse un cadeau. Je pourrais lui offrir un bijou dont il tirera de l'argent, comme je l'ai fait pour le fouineur.

Le vendredi en rentrant du lycée, j'annonce froidement à Yolanda qu'elle sera consignée à partir de ce soir. Je détourne la tête car je n'ai pas le courage d'affronter son regard qui doit montrer de la déception. Elle devait penser que nos relations s'amélioraient et il m'a suffi d'une phrase pour détruire toutes ses espérances. Un jour peut-être, quand j'aurai totalement confiance en elle, je lui expliquerai.

Quelques minutes plus tard, je l'entends taper à ma porte. Elle m'annonce que mon père me demande au téléphone. Quand je sors de ma chambre, elle est déjà repartie.

– Bonsoir, Ludmilla, je t'appelle pour te dire que je ne passerai que dimanche et sans doute en coup de vent vers la fin de l'après-midi. J'ai des urgences à gérer. J'essaierai de faire mieux la semaine prochaine.

– D'accord, Papa.

– Je sais que cela commence à faire long et je le regrette. Tu as des projets pour ce week-end? Des courses à faire encore?

– Non, je ne crois pas.

– Tu vas voir Grisella?

– Je ne sais pas.

– Si tu sors, je te conseille d'être très prudente, surtout avec les gens nouveaux ou ceux que tu connais à peine parce que, en ce moment, des menaces pèsent sur notre communauté. Particulièrement le soir et dans les quartiers proches du *no man's land.*

– Quelles menaces?

– Celui qui m'en a parlé n'a pas été très précis. On parle d'incursions de gens d'en bas qui pourraient apporter la terreur ici, peut-être perpétrer des attentats ou organiser des enlèvements. Je t'avoue que je suis inquiet. En fait, pour être tout à fait franc, je préférerais que tu ne sortes pas et que tu fermes bien la maison.

– D'accord.

– Au revoir, Ludmilla.

– Au revoir, Papa.

J'ai l'impression qu'il sait tout et qu'il a inventé cette prétendue menace pour me mettre en garde. Je rejoins Yolanda dans la cuisine, qui prépare ses repas pour son «congé».

– Yolanda, qu'avez-vous dit à mon père?

– Rien, mademoiselle. Il m'a avertie qu'il ne viendrait que la semaine prochaine. Ensuite, il a demandé à vous parler et je suis allée vous chercher.

– Vous êtes sûre?

– Mademoiselle, arrêtez de me considérer comme votre ennemie.

Je remonte dans ma chambre sans rien ajouter. C'est vrai qu'elle paraît gentille et sincère mais je connais trop mon père pour savoir qu'il ne l'a pas choisie par hasard et que c'est à lui seul qu'elle doit rendre des comptes. Et puis, je me souviens de sa phrase à la fin du repas au restaurant : « Elle, elle ne risque pas de me trahir. »

CHAPITRE 21

Les barrages sont levés pendant la nuit et les personnes sont de nouveau autorisées à circuler normalement.

Je quitte la maison vers dix-neuf heures après une brève visite à ma dulcinée. Elle me décrit des douleurs au niveau des seins qui, d'après ses copines plus âgées, sont le signe courant d'un début de grossesse. J'espère que nous ne serons pas déçus. Je me rends compte que Taf n'a pas choisi cet horaire par hasard. C'est l'heure de la parade mensuelle de la milice. Toutes les troupes descendent l'avenue principale, la 0, depuis 780 jusqu'au niveau de la mer. Les flambeaux font briller les casques. Les gars martèlent le pavé de leurs bottes. Il y a foule, autant de partisans que de curieux. On peut même entendre quelques voix discordantes qui crient des insultes mais il faut tendre l'oreille. Je me faufile dans la cohue et gagne très vite les hauteurs. Je suis un peu en avance. Je m'assois sur un reste de mur pour l'attendre. Ludmilla ne tarde pas à arriver. Elle me demande des précisions sur la mort de sa gouvernante. À cause des événements de la veille, je lui déconseille la visite au cimetière mais elle insiste. Je lui recommande alors de repasser chez elle pour qu'elle se déguise en pauvre. Nous nous mettons enfin en route. Nous traversons la zone industrielle colonisée par les rats. Ludmilla est très impressionnée. Elle ne doit pas beaucoup en voir dans la ville haute. Nous arrivons au cimetière et trouvons assez vite la tombe de Martha.

– Ils ont oublié la lettre t, fait-elle remarquer. Ils ont écrit Marha !

– Elle a simplement retrouvé son prénom de pauvre. Nous ne connaissons aucune Martha par ici. Et j'imagine qu'il n'y a pas de Lucen dans la ville haute.

– Non, le vrai prénom, c'est Lucien, cela vient d'un mot latin qui signifie lumière.

– Ah bon ! Mais c'est bizarre, Lucien. Je préfère Lucen, ça sonne mieux.

Je comprends tout à coup qu'à l'instar des produits de consommation nous ne sommes considérés que comme de bonnes imitations des originaux. Nous ne méritons donc pas de porter un prénom complet. Ludmilla reste une éternité à parler à la tombe à voix basse. Je suis aux aguets car je perçois depuis notre entrée dans le cimetière des chuchotements et le bruit de personnes qui se déplacent avec une lenteur inhabituelle. Peut-être sommes-nous surveillés. J'entends bouger du côté du passage que nous avons emprunté à l'aller. J'avertis Ludmilla que nous allons être obligés de faire un détour par la ville basse. Je lui demande de ne pas me lâcher.

Je comprends que le couvre-feu a été rétabli car on entend au loin les sifflets des policiers et des miliciens qui contrôlent les rues. Je suppose qu'il y a eu des incidents pendant la parade. La sirène a dû retentir quand j'étais dans les hauteurs. Je me faufile et joue des coudes pour franchir les barrages. Heureusement, il y a foule et les gars sont débordés. J'entends mon nom prononcé à plusieurs reprises. Peut-être suis-je recherché ou suivi. Je vais rentrer chez moi et mettre Ludmilla à l'abri pour la nuit. Nous progressons difficilement jusqu'à l'arrière-cour de la maison. Sous un appentis, je dégage des caisses de bois qui cachent une trappe donnant accès à un entrepôt souterrain. J'y fais descendre Ludmilla en lui recommandant de se rendre invisible. Si je suis suspecté, la maison et ses dépendances seront fouillées avec rigueur. Je préviens la famille de l'arrivée possible de la milice. Mon père est calme mais ma mère me regarde drôlement.

– Qu'est-ce que tu as encore fait? lâche-t-elle, affolée.

Mon père la prend à part pour lui parler. Je fais de même avec ma petite sœur qui cache mal son excitation. Nous nous installons pour manger comme n'importe quel soir.

Des coups de poing s'abattent sur la porte et mon père va ouvrir. Deux miliciens entrent, suivis de Grégire et de Gerges. D'un geste bref, Grégire nous fait signe de nous serrer et il prend place sur notre banc.

– Fouillez tout, les gars. Elle doit bien être quelque part! Moi j'ai à parler à cette charmante famille.

– Tu nous expliques, Grégire? demande mon père.

– Non, Lucen va s'en charger. Hein, Lucen, tu nous racontes ta petite promenade au cimetière sur la tombe d'une terroriste coiviste?

– Lucen a travaillé avec moi toute la soirée.

– Vous n'êtes pas allés voir la parade? Ce n'est pas bien, ça! dit-il en souriant. Vous n'êtes pas très patriotes.

– Nous avions des commandes urgentes à honorer.

– Lucen, où est celle qui t'accompagnait?

Les gars ne se gênent pas et vident tout sur le sol. Heureusement, nous ne possédons pas grand-chose Ils grimpent ensuite à l'atelier et renversent les cartons. Cela nous promet des heures de rangement. Ma mère pleure et ma sœur sursaute à chaque bruit.

– On ne trouve rien, chef, hurle le plus vieux.

– On m'a parlé d'une cave secrète à l'extérieur, annonce Grégire en me fixant dans les yeux.

J'essaie de contrôler ma respiration car cette phrase provoque une accélération de mon rythme cardiaque. Le père de mon ami marque un temps et ajoute :

– Je crois qu'on tient une piste, le garçon a réagi.

Ils sont dans la cour et on ne les entend plus. Je les imagine soulevant la plaque, descendant le long de l'échelle et découvrant une Ludmilla terrorisée et en larmes. Je compte dans ma tête les secondes et les minutes qui passent. Ils sont enfin de retour.

– Papa, dit Gerges, y a personne.

– Alponce, tu confirmes ?

– Oui, chef.

Grégire reste immobile un long moment tout en respirant très fort. Il essaie de rentrer sa rage mais je le sens sur le point d'exploser. Il se lève doucement et me frappe l'arrière de la tête. Arrivé près de ses hommes, il se retourne et crache sur le sol. La porte claque. Ils sont partis. Nous mettons plusieurs minutes avant de nous lever et de commencer à ranger. Au bout d'une heure, mon père me demande d'aller chercher Ludmilla.

– On ne peut pas la laisser dormir là-bas. Surtout que Grégire pourrait avoir envie d'aller vérifier par lui-même.

Ludmilla est très choquée. Après ce qu'elle vient de vivre, je ne crois pas qu'elle sera tentée de revenir un jour dans les parages. Ma sœur et moi lui abandonnons notre lit pour la nuit. Ma mère en profite pour changer les draps. Cela faisait longtemps.

Vers six heures, je circule au hasard dans le quartier pour m'assurer que je ne suis pas surveillé ce matin. Un peu plus tard, je ramène Ludmilla à la frontière.

En redescendant, je dresse le bilan de ces derniers jours : j'ai tenu ma parole envers Ludmilla, je suis officiellement uni avec la fille que j'aime et mon meilleur ami prend ses distances avec la milice. Je suis heureux.

CHAPITRE 22

Lucen m'attend, assis sur un muret de la maison en ruine.

– Merci beaucoup d'avoir fait tout ça pour moi, même si j'aurais préféré apprendre une meilleure nouvelle. Vous avez plus de précisions sur les causes de sa mort?

Je le sens hésiter. Je pense qu'il veut me ménager. Je l'encourage en lui posant la main sur le bras.

– Martha a été interrogée par la milice, cela veut dire qu'elle a été violentée, frappée. Elle avait des hématomes sur tout le corps. Ils l'ont aussi privée de ses médicaments et enfermée dans un endroit non ventilé avec plein d'autres personnes. Je crois qu'elle est morte étouffée... en toussant.

Je parviens difficilement à articuler:

– C'est encore pire que... ce que j'avais imaginé. Vous... m'avez proposé de m'emmener sur sa tombe. Je voudrais qu'on y aille tout de suite.

– Je sais, mais depuis il y a eu des attentats contre les locaux de la milice et la police quadrille la ville. Il serait plus prudent de renoncer.

– J'ai cru comprendre que le cimetière était en dehors de la ville.

– En effet, juste en bordure. Pour autant, rien ne nous dit qu'il ne sera pas surveillé lui aussi.

– Lucen, je voudrais vraiment y aller.

– Si tu veux. Dans ce cas, tu dois te changer. Si nous passons dans le faisceau lumineux d'un policier, tu seras tout de suite repérée. Va mettre de vieux vêtements, couvre-toi les cheveux et salis ton visage. Je t'attends.

Une heure plus tard, nous traversons une zone industrielle désertée. Je me fie aux commentaires de mon guide car je ne discerne rien au-delà de deux mètres. Je suis impressionnée par les bruits, des cris d'hommes et d'enfants dans le lointain. Certaines portions du chemin sont infestées par des colonies de rats. Ils sortent des poubelles par dizaines pour venir nous sentir. Heureusement, Lucen a perçu la peur terrible que m'inspirent ces rongeurs et m'offre de grimper sur son dos. L'air par moments est irrespirable. Mon compagnon asperge mon foulard d'un liquide qui sent le mauvais parfum. C'est écœurant mais ça rend notre progression plus supportable. Nous parvenons enfin au cimetière. Lucen allume sa lampe frontale et nous passons les tombes en revue. C'est lui qui trouve : un morceau de planche aux bords irréguliers planté dans la terre. Son prénom a été amputé d'une lettre. D'après mon guide, elle a récupéré celui de ses origines misérables : Marha.

Je reste quelques minutes debout à penser à Martha, à me souvenir d'instants de vie partagés. Lucen est aux aguets. Il s'approche très près de moi et me chuchote :

– Chut ! J'entends des gens qui viennent. Accroche-toi à ma ceinture et suis-moi. Nous allons être obligés de faire un détour pour repartir.

Même quand le sol est plat, courir dans le noir complet est une sensation terriblement stressante car j'ai l'impression de ne rien maîtriser et d'être extrêmement vulnérable. Ce n'est qu'après plusieurs centaines de mètres que Lucen s'arrête pour reprendre son souffle.

– Vous savez où nous sommes ?

– Bien sûr. Repose-toi un peu. Je vais essayer d'écouter si la voie est libre. Surtout ne bouge pas.

Il me plante là et disparaît. Je suis bientôt frôlée par un enfant, et plusieurs chiens viennent me renifler. Puis c'est le tour d'une femme qui tire sur mes vêtements et me réclame des sous. Je n'ose pas répondre et tente de la décramponner, mais elle résiste et je commence à me sentir en danger. Lucen revient et parle à la dame d'une voix douce :

– Laisse-la, Clare, elle est avec moi.

Lucen m'entraîne à l'écart et m'annonce que la ville basse est bouclée pour la nuit. Il me propose de me cacher dans un endroit sûr près de chez lui en attendant que la situation s'améliore. Je le suis. Que puis-je faire d'autre?

Au centre de chaque carrefour, un projecteur a été installé, des hommes en uniforme bousculent les passants, les interrogent en hurlant. Pour éviter de tomber entre leurs mains, beaucoup rasent les murs en silence. Lucen joue des coudes pour se faufiler. Je me sens effleurée, touchée par des mains inconnues. Nous arrivons enfin à destination. Je l'entends qui manipule des objets lourds, peut-être des planches de bois. Il m'attire à lui et me chuchote à l'oreille :

– Je crains une visite de la milice pour ce soir. Sous nos pieds se trouve une trappe. Tu vas descendre par l'échelle au fond de la cave. Des cartons vides jonchent le sol. Cache-toi dessous et ne bouge pas si tu entends quelqu'un venir.

Je ne réponds pas. Il s'accroupit pour soulever la plaque et presse ma main sur le premier barreau de l'échelle. Je descends tout doucement dans une odeur de moisi. Arrivée en bas, je tâtonne pour repérer les cartons. Je m'assois et recouvre d'abord mes jambes puis le reste de mon corps en m'allongeant. Je ferme les yeux. Je voudrais m'endormir et me réveiller au chaud dans mon lit, faire comme si toute cette histoire n'était qu'un horrible cauchemar.

Que se passerait-il si j'étais arrêtée? Je serais ramenée vers les hauteurs et j'en serais quitte pour une sévère discussion avec mon père. Pour Lucen et sa famille, je pense qu'il en irait autrement. Sans doute subiraient-ils le même sort que Martha.

Combien de temps a passé depuis que Lucen m'a laissée? Cinq minutes? Vingt minutes? Une demi-heure? Une douleur me tenaille au niveau du mollet. Je sens la crampe venir. Mais je n'ose pas bouger.

Quelqu'un approche. Il frappe violemment de ses pieds la plaque de métal avant de la soulever. Il descend. Ce n'est pas Lucen, je ne connais pas cette odeur où le cuir domine. La lumière s'insinue au travers du carton. Je ne sais pas si je suis bien dissimulée. Il est en bas. Le faisceau lumineux lèche les parois de la cave. Mon cœur s'emballe. J'ai presque envie qu'il me découvre et que tout s'arrête. Il me suffirait de bouger à cet instant pour en finir et que je retrouve ma maison.

Il remue des cartons. Il est tout près de moi. J'ai bloqué ma respiration et je sens bourdonner mes oreilles. Il renonce et remonte rapidement. J'entends la trappe retomber. Je crois que je vais m'évanouir.

On me secoue doucement. Je reconnais la voix de Lucen. Il m'entraîne chez lui. Leur maison a été mise à sac et toute la famille s'active à ranger. Je reste assise sans bouger pendant près d'une heure. Je n'ai plus la force de parler ni d'esquisser le moindre geste. Ensuite, j'accepte un peu de nourriture avant de m'écrouler sur le lit de Lucen et de sa sœur.

Le matin, je sens que cela va mieux. Je profite de la semi-pénombre qui règne dans la maison pour glisser un médaillon en or sous l'oreiller de Lucen. Même si, pour eux, cela représente beaucoup d'argent, pour moi ce n'est qu'une manière un peu facile de payer ma dette. À cet instant, je me fais le serment que bientôt j'agirai vraiment pour eux et ceux qui leur ressemblent. Je découvre en m'approchant de la table du petit déjeuner que c'est mon ami qui fournit l'éclairage en pédalant. Le haut de son corps est parfaitement immobile et il parle sans s'essouffler. Sa petite sœur me tourne autour. Elle veut absolument voir mes cheveux. Je défais mon foulard et elle plonge son nez dedans pour les sentir. Je suis pour elle comme un animal de zoo. Je sens les parents fébriles. Tant que je suis là, je représente pour eux un danger. La mère me donne un petit pain sombre que je parviens difficilement à avaler tant le goût est désagréable. Je me force pour ne pas la vexer. Le père prend la parole :

– Mon fils va te ramener chez toi. Il faut que tu nous promettes de ne jamais parler de nous à quiconque.

– Je vous le promets et je n'oublierai jamais ce que vous avez fait pour moi.

Je suis de retour chez moi avant midi. J'ai trouvé Lucen un peu distant durant la remontée, comme s'il ne faisait que son devoir avant de passer à autre chose de plus important. Je ne l'ai pas séduit et il a tout fait par gentillesse ou par sens du devoir. J'en conçois un peu de déception. La fille avec qui il est doit être vraiment exceptionnelle, ou alors c'est qu'il ne s'autorise pas à éprouver des sentiments pour une fille d'en haut.

Après ma douche, je libère Yolanda qui me remercie et ajoute qu'elle a entendu le téléphone sonner une bonne dizaine de fois.

– Il ne m'a pas été possible de prendre les appels puisque j'étais coincée au sous-sol.

Je ne rétorque rien et vais m'enfermer dans ma chambre. Je me repasse le film de ces dernières heures. Je me rends compte que jamais auparavant je n'avais vécu aussi intensément. Toutes ces épreuves physiques et psychologiques, et la bonté de ces gens qui ne demandent rien en retour. J'espère qu'ils apprécieront mon petit cadeau.

Vers trois heures, Grisella passe me voir. Elle se plaint que j'étais injoignable.

– Et ta gouvernante? Elle ne pouvait pas répondre?

– Non, je l'avais enfermée au sous-sol.

Elle accueille cette réponse avec un éclat de rire retentissant. Puis, après quelques instants, elle reprend :

– Toi, tu étais sortie... avec ton mystérieux garçon. Laisse-moi regarder tes yeux, je veux savoir tes secrets.

– Grisella, s'il te plaît, pas aujourd'hui. Bientôt, je t'en raconterai un peu plus.

– J'ai hâte. Mais alors, de quoi allons-nous parler?

Elle réfléchit un instant et déclare :

– J'ai entendu des cris d'hommes près de chez moi. La police a arrêté de dangereux criminels venus de la ville basse.

– Qu'est-ce qu'ils avaient fait?

– Rien encore, mais il paraît qu'ils s'apprêtaient à commettre des attentats et à enlever des jeunes filles comme nous. Quelle horreur! Tu t'imagines aux mains de ces porcs qui ne se lavent jamais?

CHAPITRE 23

Un drame a eu lieu la nuit dernière. Deux miliciens, Romuld et Ludoic, sont morts en voulant désamorcer une bombe posée devant un poste de police. Mon père est muet face à son verre d'alcool. Les yeux dans le vague, il paraît absent. Alponce est là aussi, qui attend que son chef dise quelque chose. Je suis près de ma mère et j'assure l'éclairage tout en recopiant un devoir de morale sur le respect de la loi pour le lendemain.

– Salauds de Coivistes ! lance ma mère.

– Tu as bien raison, Josane, confirme le vieux, mais on les aura tous jusqu'aux derniers. Je me demande quand même pourquoi les gars y ont touché. Ils savaient bien qu'ils n'avaient pas le droit et que c'était le boulot des démineurs. À moins que la bombe n'ait été déclenchée à distance...

– Te pose pas de questions, Alponce, tranche mon père d'une voix sourde. Ils étaient bourrés, bourrés comme toutes les nuits, et ils ont voulu faire les marioles en la désamorçant eux-mêmes. J'ai eu le rapport de police entre les mains cet après-midi. Elle n'était pas téléguidée.

– Qu'est-ce qu'on va faire ?

– Se venger, pardi ! Tu vas me dégager de la place dans les cellules de la milice cette nuit. Tu me choisis six femmes et six hommes, tu prends une dizaine de gars avec toi et vous les emmenez à la carrière. Comme d'habitude, tu leur fais creuser un trou avant de les flinguer dedans. Dans la matinée, tu feras reboucher la fosse par quelques prisonniers qui se chargeront de passer le message.

– Je les choisis comment ?

– Tu te démerdes et tu ne me racontes pas.

Le vieux semble perplexe mais il n'ajoute rien. Il vide lentement son verre. Je demande :

– Et moi, je peux y aller ?

Ils se tournent vers moi et me regardent avec surprise, comme s'ils venaient juste de remarquer ma présence.

– Non, dit mon père, catégorique, ils en auront pour une partie de la nuit. Tu vas à l'école demain.

Alponce se lève et quitte la maison.

– Papa, la police fera une enquête. Les familles vont forcément réclamer des nouvelles.

– Ne t'inquiète pas, mon fils. Ceux qui dirigent la police savent bien que nous travaillons dans le même sens qu'eux et ils ne cherchent pas à nous nuire. Ils interrogent les gars pour la forme et ils classent les dossiers. Ils ont trop besoin de nous pour le sale boulot.

Le soir même, vers vingt-deux heures, je rejoins Hectr et Marcl sur leur barrage. Je décide de leur montrer de quoi je suis capable maintenant. Je me garde bien de boire et je vide mon verre dans le caniveau dès que je ne suis plus dans la lumière. Je ne veux pas perdre le contrôle cette fois-ci. Je m'acquitte de ma tâche avec fermeté et je n'hésite pas à user de la menace dès que je sens la situation m'échapper. Les deux autres me regardent faire et y vont de leurs commentaires :

– Tu gueules trop, tu vas user ta voix et tu avales trop d'air, dit Hectr.

– Et puis tu agis avec beaucoup de sérieux, il faut que tu prennes du plaisir à humilier les gens, à leur faire sentir qu'ils sont à ta merci, renchérit l'autre. En tout cas, tu as bien progressé.

Je profite de l'occasion pour leur demander s'ils vont participer à l'exécution des otages dans la carrière cette nuit. Le sourire leur vient aux lèvres, comme s'ils allaient se rendre à une fête.

– Oui, pourquoi? Tu voudrais en être, c'est ça?

– Bien sûr. Je ne veux pas qu'on me ménage parce que je suis le fils du chef.

– Bonne mentalité, confirme Hectr. Mais rassure-toi, il y aura d'autres occasions de s'amuser.

Ils se resservent un verre.

– À la tienne, Gerges !

– À la vôtre, les gars.

Lorsque je les quitte, je suis complètement épuisé d'avoir dû faire semblant ainsi. Toute la soirée, j'ai eu peur de me retrouver face à des connaissances, des gars de l'école ou leurs parents. Et pourtant je sais que ça finira fatalement par arriver.

Je n'ai pas encore une idée précise de ce que je pourrais faire pour réparer le mal que j'ai commis. En attendant d'agir, je me suis résolu à rester dans la milice car j'y ai accès à des tas d'informations qui un jour pourront me servir. Je dois persuader les autres que je suis un dur sur lequel on peut compter. Je pense à Chatal et à son regard implorant le soir de mon initiation. Je l'imagine marchant dans la nuit vers son supplice, le visage baigné de larmes dans sa robe déchirée. Ce n'est pas possible ! Alponce choisira quelqu'un d'autre. Pourquoi prendrait-il une fille dont il sait qu'elle n'a rien fait ? Il avait même parlé de la libérer bientôt. Avec un peu de chance, peut-être a-t-elle déjà quitté les sous-sols de la milice.

Je veux parler à Chatal au moins une fois, même si elle me rejette et me crache à la figure, je veux me retrouver seul en face d'elle pour lui dire que... je ne suis pas comme ça, que j'avais bu, que je m'excuse, que je pourrai me racheter... Je ne sais pas au juste ce que je lui dirai et si elle m'écoutera mais je lui dois bien ça.

En me rapprochant de la maison, j'aperçois une faible lumière dans l'atelier du père de Lucen. Il a la réputation d'être un grand travailleur et d'avoir peu besoin de sommeil. Mon père a toujours pensé que ce mode de vie cachait un mystère. «Il n'est pas clair, cet Arand», a-t-il l'habitude de dire, et ma mère partage son point de vue. La porte d'entrée s'ouvre. Le gars qui sort semble méfiant et prend le temps de bien écouter le silence avant de bouger. Je suis figé comme une statue et je respire au minimum. Il vient dans ma direction. Nous n'avons pas plus de deux mètres d'écart quand il me dépasse. Je reste ainsi pendant quelques minutes avant de me remettre en mouvement. Je ne dirai rien à mon père.

Le lendemain soir, mon paternel est surexcité. Il fait face à ses hommes. Tous répètent la même phrase :

– On va se les faire ! On va se les faire !

Ils parlent de la famille de mon ami Lucen, dont ils sont certains qu'elle cache quelque chose. Lucen a été vu près de la tombe d'une certaine Marha. Depuis qu'un courrier en provenance de la ville haute est arrivé à l'adresse de la morte, la sépulture est surveillée. Mon copain était accompagné d'une fille inconnue chez nous, sans doute, si l'on en croit mon paternel, une dangereuse Réunificatrice venue apporter de l'argent ou des armes aux mouvements terroristes. Mon père est certain que les parents de Lucen la cachent chez eux car la ville a été bouclée avant qu'elle ne puisse remonter dans les hauteurs. Il prévoit donc de leur rendre une visite « inamicale ». C'est le terme employé quand les gars sont incités à mettre à sac le logement. Ils peuvent même récupérer du fric s'ils en trouvent, à condition de le partager avec les autres après. Grâce à ces nouvelles informations, le chef de la milice voit la confirmation de ses doutes sur les circonstances de l'agression dont il a été victime il y a une semaine.

Même si je sais que Lucen est prudent, je ne peux m'empêcher d'avoir peur pour lui. Je dois absolument être près de mon père pendant la descente pour le calmer en cas de besoin. J'espère sincèrement que mon ami n'a pas eu l'idée de cacher sa richarde chez lui. Elle, elle s'en sortira toujours, mais lui, il risque gros, et je ne veux pas le perdre.

– J'ai besoin de trois volontaires, demande mon père.

Je me propose mais il refuse en grimaçant. J'insiste :

– Tu doutes de ma loyauté, c'est ça ?

– Je ne veux pas te mettre face à un dilemme : moi ou ton copain d'enfance.

Alponce comprend ma déception et intervient :

– Laisse-le venir, Grégire. Tu lui as déjà interdit la sortie d'hier à la carrière. Ce soir, je resterai avec lui et je te ferai mon rapport.

– D'accord, mais ne me déçois pas, mon fils.

Mon père débarque chez Arand en beuglant. Ensuite, il s'installe à leur table et essaie de les intimider du regard. Je pars en exploration avec Alponce pendant que Hectr surveille l'entrée. Nous vidons consciencieusement le contenu de tous les tiroirs, placards, boîtes... Je ne vois pas à quoi ça rime, alors qu'on cherche une fille. Soudain, je comprends : les gars ne sont motivés que par l'idée de récupérer du fric. Arand doit avoir de bonnes planques car ils ne trouvent rien. Nous passons dans l'atelier pour finir le travail. Puis mon père nous envoie fouiller à l'extérieur dans une « cave secrète ». Nous repérons vite la plaque qu'il faut soulever. J'ai un pressentiment et je bouscule un peu Alponce pour m'en occuper moi-même. Je crois qu'il prend ça pour de l'enthousiasme car il me laisse faire et en profite pour sortir une petite bouteille d'alcool de foin de sa poche.

Avec son gros bide, le vieux aurait du mal à passer par l'ouverture. À peine ai-je descendu quelques barreaux de l'échelle que je sens une présence. J'allume ma lampe frontale. Ludmilla est sous les cartons. Je devine une de ses chaussures qui dépasse. Je lance des coups de pied dans des cartons autour d'elle en maugréant. Je prends mon temps et je fais du bruit. Je sais que je suis surveillé de là-haut. Je remonte.

– T'es sûr qu'il n'y a rien? insiste Alponce.

– Je te le jure. Tu veux aller voir?

– Non, non, grogne-t-il.

Nous retournons dans la maison. Quand j'annonce notre échec, mon père plante son regard dans le mien pour tenter d'y discerner la vérité. Je me retiens de cligner des yeux. Il interroge Alponce qui ne peut que confirmer. Il lâche enfin prise et nous rentrons chez nous. Il leur jure qu'il les coincera un jour, et malheureusement je crains qu'il ne tienne parole. Il ne supporte pas de perdre la face devant ses hommes. Si, sur le chemin, nous avions surpris un chien errant ou un enfant des rues, il l'aurait sans doute étranglé de ses propres mains, juste pour évacuer sa frustration. Je me réjouis que les rues soient désertes.

CHAPITRE 24

Dimanche en fin d'après-midi, après avoir à peine effleuré mon front de ses lèvres en guise de salut, mon père convoque dans son bureau ma « demoiselle de compagnie », comme il l'appelle, celle que moi je qualifie plutôt de « surveillante ». Elle va lui faire son rapport et j'ai hâte de l'entendre. Je m'installe à mon poste d'observation.

– Alors, Yolanda, commence mon père, qu'avez-vous appris sur ma fille que je pourrais ne pas savoir?

Je constate que, comme à son habitude, il ne s'embarrasse pas de politesses.

– Votre fille se méfie de moi. Elle a compris que j'étais là avant tout pour la surveiller. Aussi, elle s'enferme souvent dans sa chambre, et pas seulement au moment de dormir. J'ai découvert qu'elle parcourait un cahier, c'est peut-être un journal intime, même si, pour l'instant, je ne l'ai pas vue écrire dedans.

– Très intéressant. Je veux absolument savoir ce qu'il renferme. C'est une priorité absolue, chère Yolanda. Ne me décevez pas.

– Je vous promets de faire de mon mieux.

– Je n'en doute pas. Vous savez que, pour que nos accords restent valables, il me faut des résultats.

– Bien sûr, monsieur. Mais alors j'ai besoin d'un double de la clef de sa chambre car elle ferme la porte à double tour quand elle sort. Elle refuse que j'y pénètre, même pour faire le ménage. Elle dit qu'elle sait se débrouiller et...

– Vous l'aurez. Rien d'autre à me signaler?

Yolanda explique ensuite que je l'ai obligée à «prendre un congé» à deux reprises. En clair, qu'elle s'est vue consignée, voire «séquestrée» dans sa chambre pendant vingt-quatre heures. Elle souligne le fait que, même si je lui ai permis de préparer ses repas à l'avance et qu'elle avait accès à des sanitaires au sous-sol, elle n'a pas apprécié ce qu'elle considère comme une punition. Elle ajoute que je l'enferme parfois au petit matin sans en donner la raison. Bien entendu, elle accepte cette situation sans rien dire car elle est consciente que j'ai tous les droits. Elle marque un temps, peut-être pour laisser mon père réagir. Je la sens surprise qu'il n'abonde pas dans son sens et ne condamne pas mes pratiques. Elle ne sait pas qu'il agissait ainsi avec Martha chaque week-end, pendant les presque dix années qu'elle a vécues chez nous. Il l'interroge en revanche sur d'éventuels bruits inhabituels qu'elle aurait pu entendre à ces occasions.

– Votre fille est très discrète et c'est difficile pour moi d'affirmer quoi que ce soit. J'ai eu le sentiment, à l'issue de mes premières vingt-quatre heures d'isolement, que quelqu'un avait passé le week-end avec votre fille. Mais je n'ai pas trouvé de preuve tangible. J'ai simplement remarqué que le stock d'aliments conservés au réfrigérateur avait considérablement diminué. La seconde fois, au contraire, elle n'avait pratiquement rien touché, ce qui me fait dire qu'elle était peut-être de sortie. Je ne vous ai pas appelé car je n'avais aucune certitude.

– Très intéressant, conclut mon père. Je vous ferai aussi un double de la clef du sous-sol, comme cela vous pourrez discrètement observer les individus qu'elle reçoit en secret ou la suivre dans ses escapades. Rétrospectivement, je suis effrayé de l'avoir laissée ainsi sans protection errer dans les rues le soir et recevoir des inconnus. Je ne pensais pas qu'elle changerait aussi vite. Enfin, maintenant tout va rentrer dans l'ordre. Yolanda, je suis très satisfait de vous.

En effet, il peut être content de sa recrue. Elle se montre efficace. Je vais redoubler de méfiance et d'abord me débarrasser du cahier de Martha. J'attends qu'ils quittent la pièce pour me relever et me glisser dans ma chambre. Connaissant l'efficacité de mon père, je sais que ma geôlière sera en possession d'une clef avant son départ. Quand il m'appelle quelques minutes plus tard, je n'ai pas à en deviner la raison. Il ne ruse pas et me réclame d'entrée la clef de ma chambre. Je lui demande pourquoi, mais il fait mine de ne pas m'entendre. Comme j'insiste, il me fixe avec son sourire crispant.

– Pourquoi cette méfiance, Ludmilla? m'interroge-t-il. Il n'y a pas de secret entre nous, n'est-ce pas?

– Entre nous, soit, mais je crois que c'est pour Yolanda que tu veux faire le double.

– Comment le sais-tu?

– Elle me réclame sans cesse des clefs, celle du sous-sol, celle de l'entrée... Alors pourquoi pas celle de ma chambre?

– Elle veut pouvoir faire le ménage quand tu n'es pas là. C'est une simple question d'organisation.

– Je n'ai pas besoin d'elle. Elle ne remplacera jamais Martha et je suis assez grande maintenant pour me passer de ses services.

– Nous en avons déjà parlé. Jusqu'à nouvel ordre, c'est moi qui décide. Alors, cette clef?

Je la pose bruyamment sur son bureau et sors en claquant la porte. Je n'ai pas dit mon dernier mot.

De retour dans ma chambre, j'extraie le cahier de Martha de sa cachette et je m'enferme dans la salle d'eau. Je fais couler un bain. Je m'allonge dans la baignoire pour relire une ultime fois les mots de mon amie disparue. Je ferme les yeux et me récite certaines phrases afin de les graver à jamais dans ma mémoire, comme cet espoir auquel elle s'accrochait et qui ne survivra pas à sa disparition : *Je n'ai jamais su si mon enfant avait survécu. Quand je me suis réveillée après mon transfert dans la ville haute, personne n'a voulu me renseigner. S'il existe, j'aimerais qu'il ait votre caractère ouvert et généreux*, ou cette insinuation mystérieuse à propos des activités de Papa : *Taf, à plusieurs reprises, a fait des allusions aux pouvoirs immenses et pourtant secrets de votre père.* Je me rends compte que le bas du cahier a touché la surface mousseuse et que le papier se gorge progressivement d'eau. Je contemple le spectacle du texte qui se délite et de l'encre qui vient se diluer dans le bain. Des larmes coulent sur mes joues et je lâche le cahier pour que l'eau continue son travail de destruction.

J'entends frapper à la porte. Yolanda m'appelle pour le dîner. Je n'ai pas la force de répondre mais je me lève et actionne le levier de la vidange. Je regarde le niveau de l'eau baisser lentement. Je dois veiller à ne pas obstruer les canalisations pour ne pas éveiller les soupçons. Je récupère les agrégats de papier que je presse dans mes mains pour en extirper l'eau et réduire leur volume. Je jette les boules ainsi formées dans la poubelle.

– Mademoiselle, votre père s'impatiente.

– J'arrive, Martha, euh... Yolanda. J'arrive, Yolanda.

Je mange en tête à tête avec mon père. Après ses questions rituelles sur le lycée auxquelles je réponds de façon évasive, le silence s'installe. J'hésite à me lancer :

– Papa, tu ne parles jamais de ton métier. Je sais seulement que tu voyages, que tu fais des affaires... Tu pourrais me donner des détails ?

– Pourquoi cet intérêt soudain ?

– Je suis ta fille, je peux savoir ce que fait mon père. Nous sommes censés tout nous dire...

– Je suis d'accord, mais pourquoi maintenant ? N'y a-t-il pas quelqu'un d'extérieur à notre petite famille qui t'incite à le demander ?

– Si tu veux savoir si quelqu'un m'a posé précisément la question, c'est non. Mais c'est vrai que j'ai eu envie de te le demander suite à une réflexion de Grisella. C'était quand nous faisions les courses dans les belles boutiques, elle se demandait quel métier tu exerçais pour pouvoir dépenser en un seul après-midi autant d'argent.

– Elle est bien curieuse, ta copine ! dit-il en se resservant du gratin.

Je le regarde mâcher consciencieusement la nourriture. J'ai le sentiment que je n'aurai pas la réponse ce soir. Qu'a-t-il à me cacher? Je repense à la femme qui avait importuné Martha et qui disait que mon père détenait des documents secrets dans sa maison. Je termine mon dessert et lui souris mécaniquement avant de quitter la table. Il m'adresse un geste autoritaire de la main pour que je reste assise. Je ne l'attendais plus mais il va me parler.

– Je travaille principalement pour le gouvernement, dans le domaine de la sécurité. Je collecte des données que je reçois par un réseau d'informateurs. J'ai en plus une activité privée, une activité commerciale dans la vente d'antiquités et plus particulièrement de bijoux. J'achète des lots à des particuliers qui ont besoin d'argent et je les revends au détail, parfois après réparation et mise en valeur, à des clients très fortunés.

– Merci, dis-je.

– C'est normal, tu es presque une adulte maintenant. J'ai le sentiment que tout est allé très vite et que je ne t'ai pas vue grandir. J'ai beaucoup été absent et aujourd'hui, pour moi, c'est un regret.

Je suis presque gênée par ses paroles. Je ne me souviens pas qu'il se soit confié un jour de cette façon. Je lui souris et monte dans ma chambre.

Allongée sur mon lit, je repense à Yolanda. Comment a-t-elle su pour le cahier de Martha ? Je me suis toujours enfermée dans ma chambre et j'ai guetté à chaque fois si quelqu'un circulait dans les couloirs avant de m'aventurer vers une des différentes planques. Elle doit donc elle aussi avoir un poste d'observation pour m'espionner dans ma chambre. Cette idée me glace le sang. Peut-être m'a-t-elle déjà vue me déshabiller, parler à mon miroir comme une adolescente un peu ridicule. Mon père l'utilise-t-il à l'occasion de ses passages ? Je vais ratisser au peigne fin toute ma chambre. Mais je ne dois pas me précipiter car si Yolanda m'observe en ce moment, elle saura que je me méfie. Je reste un instant à scruter le plafond, rien à craindre de ce côté-là car il est lisse et immaculé sur toute sa surface. Je me souviens d'un roman où l'héroïne était épiée à travers un miroir sans tain. Je me lève et vais me planter devant le mien. J'en touche les montants et essaye de le faire bouger, mais c'est impossible car il est fixé par au moins quatre attaches également réparties. Je fixe mon image en souriant. J'imagine que Yolanda est juste derrière et que mon regard se plante dans le sien. Se sent-elle gênée à son tour ? Je quitte mon tee-shirt et défais mon soutien-gorge pour accentuer son malaise. Malgré moi, je me sens rougir. C'est vrai que c'est la première fois que je me contemple ainsi en dehors de la salle de bains. Si je racontais le trouble que je ressens à cet instant à ma copine Grisella, elle me rirait au nez. J'entendrais les expressions dont elle aime m'affubler : « gamine », « pucelle », « oie blanche », « petite naïve ». Je sais qu'elle a déjà eu des expériences avec des garçons. Elle a raison, c'est moi qui suis nulle.

CHAPITRE 25

Je débarque chez Firmie que je sens tout de suite moins euphorique que ces derniers jours. Elle m'enlace presque à m'étouffer. Elle ne se met pas en mode éclairage, sans doute pour cacher ses larmes.

– J'ai eu des douleurs dans le ventre et j'ai beaucoup vomi, commence-t-elle.

– C'est classique en début de grossesse, je crois, dis-je pour tenter de la rassurer.

– Je sais, mais là c'est différent. C'est suite à l'ingestion d'une tisane préparée par ma mère qui n'avait pas le goût de d'habitude. Je me demande si elle ne cherche pas à provoquer une fausse couche. Elle avait un air bizarre en me servant, comme si elle avait décidé d'être enfin gentille avec moi. Ce qui de sa part est très suspect.

– Et ça avait quelle odeur? Tu as reconnu des plantes? Je pourrais en parler à Maurce, sa tante est guérisseuse.

– J'ai fait la poubelle ce matin mais je n'ai rien pu trouver. Je me souviens que ça sentait le thym et la sauge. Je ne comprends pas comment ma mère a pu se procurer l'argent pour un tel achat.

– Peut-être que tu te montes la tête et que c'est un hasard...

– J'aimerais, Lucen, mais j'ai encore entendu mon père parler de la prime offerte par le tien en cas de rupture de nos fiançailles.

– Pourtant tes parents devraient être heureux de s'unir à ma famille. Nous sommes situés plus haut qu'eux dans la ville. Les revenus de mon métier nous permettront de les aider même quand ils ne pourront plus travailler.

– Ils savent tout ça mais là, de l'argent cash, c'est trop tentant pour eux. Avec ce que mon père engloutit en alcool, il n'y a que sa prochaine beuverie qui occupe son esprit. Tu sais, j'ai rêvé cette nuit qu'il venait me donner des coups de pied dans le ventre pendant mon sommeil, et le pire c'est que ce matin j'avais des douleurs comme si j'étais tombée. Je n'arrive pas à voir, c'est sur le côté.

Je suis soudain très inquiet. J'allume ma lampe frontale et je disparais tel un mineur sous son ample chemise. J'effleure doucement sa peau. Elle me guide vers son flanc gauche où je ne constate aucune trace d'hématome. J'embrasse doucement la zone.

– Il n'y a rien.

– Tu es sûr? Je l'aurais rêvé alors? Tu sais qu'il en serait capable. Il me fait peur des fois, et je me sens si vulnérable pendant mon sommeil.

– Je ne veux pas que tu sois angoissée. Alors, cette nuit, on s'enferme tous les deux ici et on dort ensemble.

– Je n'osais pas te le demander, Lucen, mais je crois que c'est plus prudent en attendant que la situation soit admise par nos deux familles.

– Je vais de ce pas parler à mes parents pour qu'ils retirent leur offre. À ce soir.

Et moi qui croyais que tout allait devenir facile maintenant...

Je monte voir mon père et je me mets au travail sans attendre. Il m'a préparé un carton avec des objets à réparer. Si le problème n'est pas immédiatement visible, je démonte l'engin à la recherche de pièces cassées. En analysant les débris, on peut souvent déterminer la panne. Si ça vient du circuit électrique, il faut vérifier les soudures. Mon père a disposé devant lui tous les éléments d'un appareil que je ne parviens pas à identifier. Il y en a une bonne centaine. Il les prend un par un et les manipule dans le noir. Quand ce sont des pièces métalliques, il les passe sur sa langue pour reconnaître l'alliage employé. Il est si concentré que je n'ose pas lui parler tout de suite. Au bout d'une heure, il allume sa lampe dans ma direction, comme pour me signaler qu'il est de nouveau disponible.

– L'objet est arrivé en vrac, explique-t-il. D'après le marchand, le richard à qui il appartient a essayé de le réparer lui-même. Pour ce faire, il a tout démonté. Comme il ne parvenait à rien, il a enveloppé les morceaux dans un chiffon et les a apportés à la boutique. Jusqu'à présent, personne n'a été capable de reconstituer l'appareil. Alors j'ai accepté de relever le défi. Je le ferai à mes moments perdus. Il y a une grosse récompense pour celui qui réussira.

– Et tu sais ce que c'est?

– J'ai ma petite idée, je te le dirai quand j'en serai sûr. Cela fait aussi partie de l'épreuve.

Il se dirige vers l'escalier. Je me lève et recule ma chaise. Il ne peut plus passer. J'éteins ma lampe devenue inutile et je lui raconte ma visite chez Firmie. Comme d'habitude, il ne m'interrompt pas et réfléchit avant de demander:

– Tu es sûr que Firmie est enceinte?

– Elle en est certaine et je lui fais confiance. Avec Mihelle, c'est foutu, il faut oublier, Papa.

– Dans ce cas, je vais aller en parler à ta mère pour qu'elle règle le problème dès aujourd'hui, en espérant que le père de Firmie sera en état de l'écouter.

Je n'ai pas besoin de tendre l'oreille pour comprendre que mes parents s'engueulent en bas et que j'en suis la cause. Ce n'est pas aujourd'hui que je vais me réconcilier avec ma mère. Je suis quand même content que mon père ait osé l'affronter.

À la fin du repas, qui s'est déroulé dans un silence glacial, je déplie une couverture sur mon lit afin d'y ranger quelques affaires pour la nuit. Je découvre une enveloppe sous mon oreiller. Elle contient un pendentif doré et un message. Je m'approche de l'éclairage unique pour le déchiffrer.

Merci pour tout ce que vous avez fait pour moi.
Ludmilla

Ma sœur s'approche pour lire par-dessus mon épaule. Je froisse la feuille et déclare :

– C'est rien. Un vieux papier qui traînait dans mon pantalon. Bon, j'y vais. À demain.

– Tu m'abandonnes ? demande Katine.

– Juste pour quelques nuits, petite sœur.

Mes parents me regardent sortir sans réagir.

– À demain, répond finalement mon père quand je referme la porte.

– Maudite soit cette Firmie, rumine ma mère sans se retourner.

Je ne relève pas mais je me demande si je dormirai de nouveau ici un jour.

Avant d'aller retrouver ma promise, je fais un détour par le point de rendez-vous du soir. Mes trois amis semblaient m'attendre. Nous sommes enfin réunis, cela faisait longtemps. Depuis la dernière fois, il s'est passé tant de choses. Personne n'ose amorcer la discussion. Dans ce quartier où les maisons sont si proches les unes des autres et les cloisons si minces, les gens ont la sensation de tout savoir sur leurs voisins. Les propos et actions sont rapportés et déformés, et des tas de rumeurs naissent ainsi. Chez moi, ce serait plutôt Katine qui s'en chargerait, mais mon père n'apprécie pas.

– Lucen, commence Jea, tu déménages?

– Pour la nuit, je vais dormir dans la cave de Firmie.

– Je m'en doutais, on raconte que son père est très remonté, qu'il a parlé de la tuer de ses propres mains si elle ne lui obéissait pas. Il a dit ça quand il était bourré mais c'est quand même inquiétant, non?

– Ne vous en faites pas, les gars, ça va se calmer.

– Et pourquoi il lui en veut tellement en ce moment?

Je raconte à voix basse toute l'affaire mais en ne révélant pas que Mihelle est enceinte. Maurce ne peut s'empêcher de commenter :

– Le prends pas mal, Lucen, mais on peut se demander pourquoi les parents de la bourge ont voulu vous unir, vous avez trois cents mètres de différence quand même.

– Je ne sais pas. C'est un arrangement entre adultes et je suis tenu à l'écart, c'est classique, non ? Et Jea, tu en es où avec ta divine Moincent ? C'est fini ? T'en as déjà une nouvelle ?

– Non, les gars. Je m'apprête à battre mon record de fidélité qui est de vingt-deux jours et six heures.

– Waouh ! s'exclame Maurce.

Nous restons longtemps silencieux. Gerges est un peu en retrait. Il sait que le récit de ses exploits la nuit de son initiation est arrivé aux oreilles des deux autres. Ils ont chacun des parents plus ou moins proches ou des connaissances qui croupissent dans les sous-sols de la milice. Comment faire comme si de rien n'était ? Il n'y a que moi qui sois au courant qu'il ne reste dans l'organisation que pour essayer de réparer sa faute. Soudain Jea lâche :

– Jusqu'à maintenant, on a toujours su faire la différence entre toi et ta famille, Gerges. Mais aujourd'hui ce n'est plus possible !

– C'est quand même grâce à mes relations que Maurce est sorti du poste du port l'autre nuit! Mais si vous me trouvez infréquentable, libre à vous de m'éviter!

Dans un même élan, les deux autres s'éloignent. Moi, je reste. Jea m'apostrophe sur un ton agressif:

– Toi, Lucen, ça ne te dérange pas? T'es bien comme ton père!

À cet instant, j'ai l'impression de prendre un coup à l'estomac. C'est la première fois qu'il me parle ainsi. Un jour, il comprendra.

– Ouvre cette porte! Je suis chez moi! Firmie?

Nous sommes réveillés en plein sommeil. La porte tremble mais ne semble pas près de céder.

– Va te coucher! hurle Firmie.

– Écoutez votre fille, monsieur. Laissez-nous tranquilles.

– Lucen? Lucen, tu es là?

– Oui, monsieur. Bonne nuit, monsieur.

Le père de mon amie hésite un long moment avant de faire demi-tour sans rien ajouter. Firmie se serre contre moi. Nous restons immobiles, surveillant les bruits de la nuit. À sa respiration, je comprends qu'elle ne s'est pas rendormie. J'en profite pour lui glisser dans la main le bijou que m'a donné Ludmilla.

– Qu'est-ce que c'est?

– Un cadeau pour toi. Il faut que je te raconte comment je l'ai obtenu.

Firmie est silencieuse durant tout mon récit, mais je la sens s'agiter au moment où j'évoque la nuit que j'ai passée seul avec Ludmilla. Lorsque je termine, j'ai la sensation de m'être libéré d'un gros poids. Ma copine est pensive. La connaissant, j'imagine que nous allons en parler toute la nuit. Aussi, je m'étonne quand elle ajoute seulement :

– Merci pour le cadeau.

– Tu ne m'en veux pas de ne pas t'avoir tout révélé avant ?

– Tu as fait ce que tu pensais juste et j'ai confiance en toi comme toi en moi. Nos vies sont liées depuis toujours et encore plus maintenant. Nous n'avons pas d'autre choix.

Nous mettons un long moment avant de retrouver enfin le sommeil.

CHAPITRE 26

Je suis devant la maison de Chatal depuis plus d'une heure. Je sais maintenant qu'elle est bien vivante et qu'elle a été remise en liberté il y a peu. J'ai revêtu mon uniforme d'apprenti policier. Je suis censé patrouiller avec un collègue vers 100 mais j'ai la chance d'être aujourd'hui en binôme avec Arhur qui est un fainéant et un dragueur. Il ne conçoit le service que comme une succession de contrôles ciblés sur des jeunes femmes qu'il tente d'impressionner et de séduire. Je l'ai abandonné en milieu d'après-midi car il avait une « touche » avec la serveuse d'une taverne vers 110. Arhur ne rempile pas dans la milice le soir car la politique l'indiffère complètement. Je m'approche de la porte. Je n'arrive pas à déterminer ce qu'ils font à l'intérieur, ni combien ils sont. Je perçois juste une forte odeur de colle.

J'ai mentalement imaginé tous les scénarios. Je m'attends à ce qu'elle me crache au visage, qu'elle m'insulte, qu'elle me frappe, qu'elle parte sans m'écouter, qu'elle me fixe dans les yeux et me fasse sentir que je ne suis rien, ou juste une sale ordure comme mon père.

La porte s'ouvre et deux personnes sortent en même temps. Elles me frôlent sans me voir. Elles portent de grands sacs. Elles vont sans doute livrer le fruit de leur travail. Je les suis. Elles parlent fort :

– Cette nouvelle colle me monte à la tête. J'ai des migraines la nuit, dit une voix de femme.

– C'est pour ça que c'est pas trop mal payé, répond l'autre qui semble plus jeune.

J'identifie la voix de Chatal. Un liquide amer remonte de mon estomac. Le souvenir de ses plaintes revient à ma mémoire et surtout son « pourquoi ? » répété ce soir-là une bonne vingtaine de fois. Je stoppe net et les laisse s'éloigner. Je suis incapable de poursuivre. J'essaierai demain.

J'y ai pensé toute la journée et, à seize heures, je suis de nouveau sur place. Moins d'un quart d'heure plus tard, elles quittent leur domicile. Je décide de ne pas attendre pour les aborder. Il n'y a personne à la ronde. Je me lance d'une voix que j'espère ferme :

– Je suis venu pour m'excuser.

– T'es qui? demande celle qui est sans doute la tante de Chatal.

Elles se sont tournées vers moi mais je ne distingue pas leurs visages. Je n'allume pas ma frontale car je ne suis pas sûr qu'elles en soient équipées. La lumière braquée sur elles pourrait les effrayer, surtout venant d'un policier. J'allume une bougie pour qu'on soit éclairés tous les trois. Je croise le regard de Chatal qui s'abrite derrière sa tante en lui soufflant :

– C'est lui qui m'a...

– Qu'est-ce que t'es venu foutre, mon salaud? siffle la vieille.

J'ai soudain peur que des badauds se rassemblent autour de nous et qu'ils me prennent à partie ou, pire, qu'ils me lynchent. C'est déjà arrivé à des collègues.

– Je suis venu m'excuser. Ils m'avaient fait boire et ils m'ont forcé. Je venais voir si je pouvais réparer, faire quelque chose pour vous.

– Disparais de nos vies, dit la tante en crachant sur la bougie pour l'éteindre.

Je bats en retraite car j'entends des pas qui se rapprochent. C'est toujours la vieille qui parle :

– Qu'est-ce qu'il croit, celui-là ? Qu'on peut se livrer aux pires horreurs et venir ensuite comme ça faire ami-ami ?

Chatal pleure. Les deux femmes rebroussent chemin et rentrent chez elles. J'aurai essayé.

Je rejoins chaque soir la milice pour mon service. Je me demande combien de temps je vais pouvoir tenir. Je vis les tournées ou les gardes de plus en plus mal. J'y joue un rôle, je me force pour donner le change, mais dans mon lit, quand je repense à ce que j'ai dit ou fait à de pauvres malheureux pour la plupart complètement inoffensifs, j'ai du mal à trouver le sommeil. Lucen me manque. Il consacre tout son temps libre à Firmie car elle vit sous la menace de son poivrot de père. Il a refusé que j'en parle au poste car il est persuadé que les choses vont s'arranger d'elles-mêmes. J'en doute. Jea et Maurce m'évitent, et je reste souvent tout seul le soir après le dîner à notre point de rendez-vous habituel.

Aujourd'hui, je retrouve Snia au cinéma. Ma mère m'a obligé à me laver un peu avant d'y aller. Elle sait pourtant que ce ne sera pas un rendez-vous charnel. Je passe chercher ma promise qui me pose un baiser presque sur les lèvres.

– Je m'excuse, lance-t-elle d'une voix timide.

– C'est pas grave. Bientôt, on fera bien pire. Tu ne crois pas?

– Plus et mieux, j'espère surtout.

Je sens un sourire dans sa voix. Elle me prend la main. Nous grimpons la rue sans parler car il y a déjà beaucoup de bruit. Je perçois à partir de 500 une tension dans l'air, des hommes vocifèrent et se menacent. Je ne comprends pas l'enjeu de leur dispute, car ils en sont déjà aux cris. Je serre Snia contre moi et tente de sortir de la foule qui s'apprête à en découdre. Je me réjouis de ne pas être de service à cet instant. Nous progressons doucement. Je saisis soudain dans quelle situation nous nous sommes fourrés. Deux bandes rivales se sont donné rendez-vous. En signe de ralliement, elles ont chacune adopté une odeur très marquée: essence pour l'une, désinfectant pour l'autre. Au début de ces pugilats, il n'y a pas de confusion mais, après plusieurs corps-à-corps, il s'avérera difficile d'identifier à quel clan appartiennent les combattants. Ils auront alors recours aux cris ou grognements de reconnaissance. Ce qui ne se révèle pas toujours suffisant. Nous parvenons à nous extirper de la masse juste avant que les coups ne pleuvent. Après cinquante mètres parcourus sur un rythme très rapide, nous nous offrons une pause. Snia en profite pour m'embrasser sur les lèvres avec insistance. Je lui rends son baiser.

– Merci. J'ai eu si peur, dit-elle simplement, mais tu étais là.

Peut-être rougit-elle en prononçant ces mots.

– De rien.

Dans la salle de cinéma, nous nous installons très à l'écart des autres et enfilons les pédaliers. À peine plongés dans l'obscurité, nous nous tournons l'un vers l'autre pour nous embrasser. Je ne vois le film que par bribes quand nous reprenons notre souffle. Je ne pensais pas qu'elle serait à ce point entreprenante. Je suis content et je n'ai presque pas eu le temps de penser à Chatal durant la projection.

Enfin, Lucen est présent ce soir. Il m'attend contre le mur de l'entrepôt à deux pas de chez ses parents. Nous nous connaissons si bien tous les deux qu'il aborde le point sensible dès sa première question :

– Qu'est-ce que tu attends pour quitter la milice ?

– Je ne crois pas que ce soit le meilleur moment.

– Pars maintenant. Sinon, bientôt, tu n'auras plus le choix, tu auras tissé des liens avec certains et tu ne seras plus capable de les trahir.

– Parlons d'autre chose, Lucen.

Ma réponse est un peu sèche mais je ne trouve pas d'argument pour lui donner tort. Il n'insiste pas et nous restons un moment silencieux. Quelqu'un s'est approché de nous, une fille. Pas Snia, c'est sûr. J'ai encore son odeur en tête. La colle, elle sent la colle, c'est Chatal.

– Bonsoir, commence-t-elle après avoir pris une longue inspiration.

– C'est pour moi, Lucen. Il faudrait que tu me laisses.

– Pas de problème, répond-il en s'éloignant.

Elle est tout près de moi. Elle écoute les pas de mon copain qui se perdent dans la nuit puis me demande :

– Tu peux allumer une bougie ? Quand je parle avec quelqu'un, j'aime bien voir son visage.

J'obtempère sans rien ajouter. Ce soir-là, j'avais tout fait pour que nos regards ne se croisent jamais. Je l'avais même frappée sur le crâne pour qu'elle baisse la tête. Elle me contemple longuement avant de demander :

– Ton nom, c'est Gerges, hein ? Je me rappelle quand ils t'encourageaient. Et tu veux que je te pardonne, c'est ça ?

– Oui.

– Alors, trouve un moyen de faire sortir mes frères des geôles de la milice.

– D'accord, dis-je dans un souffle, d'accord. Mais tu n'as pas peur que cela provoque ton arrestation ? C'est de cette manière qu'ils les ont récupérés la dernière fois.

– Pas cette fois-ci, nous avons prévu de changer de monde. Au revoir, Gerges. Aujourd'hui, c'est bizarre, tu ne ressembles plus à un monstre. Tu ressembles à n'importe qui.

CHAPITRE 27

Grisella est une amie un peu envahissante. Elle cherche toujours à «percer mon âme» et à m'obliger à lui livrer mes secrets les plus intimes. À une époque, j'avais résolu d'en inventer mais elle s'est doutée très vite que je mentais et cela lui a fait de la peine. Et comme je n'ai qu'elle, je n'ai pas continué.

J'ai, paraît-il, l'air absent depuis mon retour du week-end, signe que je suis restée «coincée ailleurs». Et pour elle, cela ne peut signifier qu'une seule chose: je suis amoureuse. Je ne peux nier que les regards qu'a posés Lucen sur moi au début m'ont émue mais je me suis rendu compte qu'ils étaient avant tout empreints de curiosité pour le «spécimen de fille de là-haut». Quand je vois dans quelles conditions il vit avec sa famille, je pense qu'il a d'autres priorités que de venir batifoler avec moi dans les hauteurs. Il n'empêche que sa générosité, sa gentillesse désintéressée m'ont touchée, et puis c'est un gars courageux… et bien bâti, un gars qui rassure. J'envie son amie.

– Tu es sûre qu'il n'y a pas un garçon là-dessous? insiste-t-elle.

– Je te le jure. Ça te va?

– D'accord, alors si tu es vraiment libre, je vais t'en présenter, moi, des garçons. Il est temps que tu rattrapes ton retard.

Je la laisse parler en souriant comme pour lui faire croire que je ne prends pas au sérieux cette promesse. Mais au fond de moi, j'espère qu'elle tiendra parole. Ces escapades m'ont prouvé que j'aimais l'aventure et que je n'avais plus envie de rester terrée chez moi à attendre. Je réalise aussi que j'aimerais beaucoup avoir une relation amoureuse et ne pas réserver la vue de mon corps uniquement à mon miroir. Grisella ne me déçoit pas:

– Eh bien, entendu. Je vais organiser une petite fête à la maison sans mes parents. Tu crois que ton père acceptera que tu viennes un soir? Ce serait une première.

– Il commence à comprendre que j'ai changé.

– Ce n'est pas trop tôt.

De retour à la maison, je fais la grève de la parole pour signifier mon mécontentement à Yolanda. Je veux qu'elle se doute que je suis au courant de sa surveillance malsaine, et que ça la travaille. Lorsque je l'entends préparer le repas, je me glisse dans sa chambre pour fouiller son sac. Après tout, il ne sera pas dit que je me laisserai faire. Et puis, c'est équitable, je n'ai pas à en avoir honte car elle fait pareil. Œil pour œil, dent pour dent.

Je remue le contenu de ses tiroirs, fais les poches de ses tenues suspendues sur le portant. Je vais de temps à autre vérifier qu'elle s'active toujours pour le repas. Je trouve enfin quelque chose d'intéressant sous son matelas. Décidément, nous avons les mêmes cachettes. J'ai bien fait de détruire le cahier de Martha. C'est une photo d'elle avec un enfant de deux ou trois ans. Je remets le cliché en place et retourne discrètement dans ma chambre.

Elle a donc un enfant quelque part et pourtant elle reste avec moi vingt-quatre heures sur vingt-quatre. Quelle dette a-t-elle à payer? Est-elle comme une otage condamnée à obéir à mon père si elle veut recouvrer sa liberté et retrouver sa famille? Mais quel pouvoir détient-il pour décider ainsi de la vie des gens?

Mon père appelle pour se décommander pour le week-end. Je lui fais part de l'invitation de Grisella. Il accepte mais en fixant des conditions de sécurité. Yolanda devra m'escorter jusqu'au domicile de mon amie et venir me chercher à minuit pile. Je demande pour le principe :

– C'est vraiment nécessaire ?

– Toi, je te fais confiance, mais les rues la nuit ne sont pas sûres, surtout en ce moment. Les journaux sont pleins de récits d'attentats et d'incursions violentes et de...

– Tu ne me laisses pas lire les journaux. Comment veux-tu que je sois au courant ?

– C'est vrai. Je vais remédier à ça aussi. Il est temps que tu sois consciente des réalités de ce monde.

– Et pour revenir à ma sortie, tu crois qu'en cas de besoin Yolanda saura faire face à un groupe de terroristes armés ?

– Je pense qu'elle est mieux à même de repérer le danger et d'agir en conséquence... Et puis elle a certains talents que tu ignores.

– Admettons.

– Bonne soirée, Ludmilla, et passe-moi Yolanda.

Décidément les choses évoluent vite. Mon père réalise peu à peu que j'ai grandi. Et moi je m'en veux de ne pas avoir fait évoluer la situation plus tôt. Si j'avais su... Depuis quelques semaines, je me sens vivre plus intensément. Mes deux expéditions dans la ville basse m'ont révélé que j'avais un tempérament aventureux et que je brûlais de faire des rencontres, même si, je dois me l'avouer, j'ai eu de sacrées trouilles. Quand j'y repense, j'en éprouve presque du plaisir, surtout celui de m'en être sortie.

J'attends que le téléphone soit libre pour joindre Grisella qui se réjouit de la nouvelle.

Je suis prête. Je me contemple dans le miroir en faisant des grimaces. On ne sait jamais, si l'autre était derrière. Je suis bien moins sophistiquée que lors de la sortie avec mon père mais tout de même «très élégante», m'a assuré Yolanda à qui j'adresse de nouveau la parole. Elle m'a laissée me maquiller seule puis a corrigé quelques détails. Je passe un manteau et nous sortons. Yolanda marche derrière moi. Elle semble très concentrée sur le mouvement des quelques véhicules et des rares passants qui nous croisent ou nous doublent. J'entame la conversation:

– J'aime bien me promener la nuit. Pas vous?

– Je préférerais qu'on en discute plus tard. Votre père a été formel, je dois rester vigilante et éviter de parler pendant le parcours.

– Vous ne croyez pas qu'il exagère le danger?

Yolanda se contente d'un rictus pour toute réponse. Je comprends qu'elle n'ajoutera rien. Si mon père savait les risques que j'ai pris depuis quelques semaines, la confiance que j'ai accordée à des inconnus, qui plus est tous issus de la ville basse, peut-être qu'il aurait une vision moins noire de la réalité. Nous sommes parvenues à destination. Yolanda me regarde pénétrer dans la maison de Grisella et repart d'un pas rapide. Je suis la première arrivée. Je retire mon manteau et ma copine s'extasie sur ma tenue. Je trouve qu'elle en rajoute beaucoup car c'est elle qui l'a choisie pour moi.

– Tu vas faire des ravages !

– Toi aussi, dis-je avec sincérité, tu es très en beauté.

Les quatre autres invités ne tardent pas à arriver Je n'en reconnais que deux, Richard qui est en terminale mais à qui je n'ai jamais parlé et Rachel qui était avec moi en quatrième mais qui ne fréquente pas cette année notre lycée. Les deux autres garçons paraissent plus âgés. Grisella fait les présentations :

– Régis, mon cousin, et son ami Fabrice. Ce sont des étudiants de deuxième année de droit. Richard et Rachel, que tu connais déjà.

– Et toi, c'est Ludmilla ? interroge la fille, incrédule. Je ne t'aurais jamais reconnue. Avant tu étais, comment dire ? Complètement... invisible.

Je me retiens de lui rétorquer un « compliment » du même genre. Elle n'a pas changé, toujours aussi prétentieuse. Je souris et détourne le regard. Je m'intéresse plus aux deux inconnus qui portent la cravate. Grisella nous installe à table et nous sert du champagne.

– Où as-tu trouvé ce nectar? demande Fabrice, impressionné. La production est complètement arrêtée depuis plus de vingt ans! Ça coûte un fric fou.

– Moi, je n'en ai bu qu'une fois et seulement une coupe à l'occasion de la naissance de mon frère, ajoute son copain. Et tes parents te laissent vider la bouteille sans eux?

– Mes parents sont assez aisés, précise Grisella, gênée, mais pour tout vous dire, ils n'ont pas les moyens de se l'offrir.

– Alors comment tu l'as eu?

– Je n'étais pas censée le révéler mais je suis sûre que vous saurez garder le secret. C'est un cadeau du père de Ludmilla.

Je suis surprise. J'essaie de sourire pour cacher mon embarras.

– Ne fais pas cette tête, Ludmilla, ce n'est pas honteux d'être riche! affirme Richard en rigolant.

Je mets plusieurs minutes à me remettre de cet épisode tandis que chacun continue à s'extasier durant la dégustation. Je n'ose dire que c'est la première fois que j'en bois. Je vide ma coupe d'un trait. Fabrice me regarde comme si j'avais commis un crime. Heureusement, l'atmosphère finit par se détendre un peu et les deux étudiants rivalisent d'anecdotes très drôles sur leurs profs et leurs condisciples. Puis la discussion dérive sur les «trimards» de la ville basse, «tous plus voleurs les uns que les autres», «bêtes à manger du foin». Les invités renchérissent et rigolent de leurs propres réflexions. Je me tais et me force même à sourire. Je ne me sens pas capable de les affronter. J'ai tellement peur de me faire rejeter et de gâcher cette soirée dont je rêve depuis une semaine. Après le dessert, ma copine met de la musique et les couples se forment. Nous dansons très lentement, enlacés. Je suis avec Richard qui me presse contre lui. Je me sens étrangement bien, le cerveau engourdi sous l'effet de l'alcool. Grisella me lance des œillades quand mon cavalier s'aventure à m'embrasser dans le cou. Comme je ne réagis pas, il s'enhardit et me dépose un baiser sur la bouche. Il respire l'alcool mais ça ne me dégoûte pas. Mon corps est parcouru de frissons délicieux. Je regarde Rachel procéder avec Fabrice. Leurs langues se mélangent dans un bruit de succion. Je devine que ce sera la prochaine étape de mon initiation. Je me demande à cet instant si ce Richard antipauvres et tellement hautain est bien la bonne personne avec qui pratiquer ce genre d'activités intimes. Je préférerais le faire avec Lucen. On entend soudain hurler dans la rue et tous les corps se crispent. Grisella la première se détache de son partenaire pour aller voir à la fenêtre. Quelques personnes s'agitent en bas et bientôt une voiture de la police arrive sur les lieux, suivie de près par une ambulance. Ma copine ouvre la fenêtre pour entendre ce qui se dit, mais la sirène des forces de l'ordre couvre tous les autres bruits. J'interroge :

– Quelle heure est-il ?

– Bientôt minuit, annonce Rachel. Pourquoi ?

– C'est l'heure de mon rendez-vous avec ma gouvernante.

– Tu t'en fous, lance Richard en m'attirant à lui, elle peut attendre, ta boniche, elle a l'habitude. Surtout qu'il y a du spectacle ce soir, elle ne va pas s'ennuyer.

– Non, je préfère partir.

Grisella s'approche de moi, un peu contrariée :

– Tu veux vraiment rentrer ? Tu avais l'air de bien t'amuser.

– Oui, c'était très bien, Grisella, mais pour la première fois que mon père me laisse sortir, je préfère respecter l'accord qu'on a passé. À une prochaine occasion, c'est promis, je négocierai plus de temps.

Richard m'adresse un regard mauvais. Il sent sa proie lui échapper et sait que ce sera difficile d'en attraper une autre ce soir. J'ai eu de la chance qu'on soit interrompus. Je pense que demain j'aurais regretté de l'avoir laissé faire. Je récupère mon manteau et sors dans le froid. Droite comme un piquet, Yolanda m'attend en bas des escaliers.

À la maison, je l'interroge sur les événements qui se sont déroulés devant chez Grisella.

– Je suis arrivée après la bataille. Il semblerait que deux ivrognes se soient battus avec des couteaux. J'avoue que je n'ai pas eu envie d'aller voir ça de plus près.

– Je vous comprends, dis-je. Mon père aurait-il raison d'affirmer que les rues ne sont pas sûres la nuit tombée?

– Il semblerait que oui.

CHAPITRE 28

Pour en finir une bonne fois pour toutes, pour que nos familles cessent d'espérer une catastrophe, je décide d'aller m'entretenir directement avec Mihelle et ses parents. Pour la première fois, je vais sécher l'école. Quand je passe devant l'entrée de l'établissement, je croise des gars qui attendent l'ouverture. Je serre quelques mains avant de monter vers les hauteurs.

Lorsque je pénètre dans la grande boutique, je croise le regard de la mère de Mihelle qui est occupée avec une cliente. Elle me fait un large sourire avant de décrocher son téléphone. Sans doute croit-elle que je viens m'engager auprès de sa fille et que ses ennuis sont terminés. Dommage pour elle.

– Mihelle vous attend à l'étage, annonce-t-elle en me montrant un escalier.

Sa fille me lance un signe du haut des marches. Je découvre leur intérieur privé. C'est vaste et très éclairé. Les murs sont couverts de miroirs et de cadres dorés. J'imagine les pédaleurs moincents qui s'activent derrière les cloisons. Quel contraste avec notre intérieur minuscule, terne et encombré. Mihelle marche devant moi en balançant doucement ses hanches. Elle est pieds nus et porte un pantalon large et suffisamment court pour laisser admirer ses chevilles fines. À celle de droite est attaché un bracelet argenté orné de petites perles. Elle est vêtue d'une tunique qui laisse apercevoir une bonne partie de ses petits «ballons», comme dirait Katine. Une délicieuse odeur de gâteaux flotte dans la pièce. Ce doit être bon d'être riche. Je décide de lui parler sans détour:

– Je suis venu te prévenir que je ne te demanderai pas en mariage. Je vais épouser Firmie avec laquelle j'ai effectué plusieurs tests. Ma copine m'assure qu'elle est enceinte.

– C'est bien. J'en étais sûre, déclare-t-elle, tandis que son visage me montre pourtant qu'elle accuse le coup. Ce sont mes parents qui vont être déçus. Ils s'étaient un peu monté la tête.

– Les miens, c'est pareil, malgré mes affirmations, ils ne veulent pas encore le croire.

– C'est que notre union aurait bien arrangé leurs affaires. Je suppose que Firmie t'a dit pour mon état.

– Oui, mais seulement après notre rencontre. Je t'avoue que je ne m'étais douté de rien.

– Mes parents m'avaient fait jurer de tenir ma langue. Je n'étais pas d'accord, surtout quand j'ai compris que nous étions face à un gars gentil et honnête comme toi.

– Et vous allez faire quoi maintenant? Continuer à chercher un candidat?

– Non, c'est trop tard. Comme je n'accepte pas de le faire passer, en refusant par exemple d'ingurgiter des litres de décoction à base de thym, de sauge et d'armoise, ils vont certainement m'envoyer «étudier» dans une autre ville. Là-bas, j'accoucherai et on me prendra le bébé. Avec un peu de chance, il sera vendu à des riches de la ville haute et vivra dans la lumière.

Elle a fermé les yeux et reste un long moment sans parler, puis quand elle reprend, c'est pour elle-même, comme si je n'étais pas là:

– Cet enfant, c'est tout ce qui me reste de lui. Il aura ses cheveux, ses yeux aussi et j'espère son courage...

– Excuse-moi, Mihelle, je dois partir.

– Bien sûr, Lucen. Et tu peux compter sur moi. Je vais insister auprès de mes parents pour qu'ils joignent les tiens au plus vite. Au revoir.

Je rejoins mon père à l'atelier. Il s'étonne de ma présence.

– Il est temps que je travaille vraiment. À l'école, j'ai de plus en plus l'impression de perdre mon temps.

– Même si tu as l'âge de faire ce choix, j'aurais aimé que tu nous en parles avant de prendre une telle décision.

– En ce moment, il n'est pas facile de communiquer avec vous, surtout avec Maman.

– Je sais. Ça va s'arranger.

Pendant toute la matinée, chacun se concentre sur son travail. Vers midi, ma mère entre comme une furie dans l'atelier et va se planter devant mon père. Je ne crois pas qu'elle ait remarqué que je suis au fond de la pièce.

– Tu sais ce que je viens d'apprendre? Ton fils est allé ce matin annoncer aux parents de Mihelle qu'il renonçait au mariage. Qu'est-ce qu'il a dans la tête, celui-là? Firmie nous l'a ensorcelé.

– Bonjour, Maman, dis-je doucement. Il fallait bien que cette comédie s'arrête.

– Ah, tu le prends comme ça? Tu décides sans nous?

– C'est ma vie, non?

– Eh bien tu iras la faire ailleurs, ta petite vie.

Elle sort en claquant la porte. Mon père m'énerve car il se replonge dans ses branchements comme si de rien n'était. Je termine mon montage et descends l'escalier.

Ma mère a rempli deux cartons à mon nom qui sont posés sur la table. Elle me tourne le dos, sans doute pour cacher ses larmes, car son corps est parcouru de soubresauts. Elle n'est pas en état de parler, aussi je remonte près de mon père. Je lui décris ce à quoi je viens d'assister. Je le vois réfléchir. Va-t-il descendre et tenter d'arranger la situation? Non. Il se lève, attrape un sac de toile et le remplit d'outils divers. Il me le tend et déclare avec gravité:

– Il vaut mieux, je crois, que tu quittes la maison pour quelque temps. Avec ton expérience, tu devrais pouvoir trouver un peu de boulot pour subvenir à tes besoins.

– Papa, ce n'est pas dans les traditions auxquelles vous tenez tant à l'ordinaire. Vous devriez au contraire accueillir ma promise sous votre toit.

– C'est provisoire tout ça, Lucen. Ne complique pas les choses, tu veux?

Je saisis le sac et sans rien ajouter je vais récupérer mes affaires. Ma mère est restée dans la même position. Mes parents viennent de me mettre dehors.

– Tu voulais que les choses soient claires, c'est ça? Eh bien maintenant, on est servis, me lance Firmie.

Elle ne semble pas consciente de la gravité de la situation. Ses parents nous tolèrent car ils ne sont encore au courant de rien, mais ensuite, qui nous dit qu'ils ne réagiront pas comme les miens? Elle m'ouvre ses bras et je m'y abandonne. Elle me parle doucement :

– Tu as fait ce que tu devais faire. Tant que je fournis mes pelotes à ma mère, elle ne nous virera pas. Et puis elle doit se souvenir que je me suis souvent interposée pour lui éviter les coups de l'autre ivrogne. Par contre, je connais mon vieux, il veut me punir et m'interdira le frigo. Il va falloir que tu trouves de quoi nous nourrir. Plus tard, quand tu auras un boulot stable, on ira se louer une maison vers 150. On vivra tous les deux et on sera bien. D'ici quelques mois, on réunira des copains et on se mariera. Je suis certaine qu'on va s'en sortir. J'ai confiance en toi.

Je me détache à regret de Firmie et sors pour réfléchir. Je marche vers le port. C'est plutôt dans ce secteur qu'on embauche de la main-d'œuvre peu qualifiée. Je demande à plusieurs équipages s'il n'y a pas des déchargements à effectuer. Beaucoup m'envoient balader d'un mouvement hautain du menton. Sur un banc où je me désespère depuis quelques minutes, un jeune type vient s'asseoir. Il me semble l'avoir aperçu tout à l'heure chargeant des caisses sur un bateau.

– Tu ne trouveras aucun boulot en te présentant comme ça. Ici, ce sont les furtifs qui contrôlent la main-d'œuvre. En échange d'une partie de ce que tu gagnes, les gars t'autorisent à travailler.

– Où peut-on les rencontrer?

– Ça, je n'ai pas le droit de te le dire.

– Merci quand même.

Je décide d'aller chercher ma sœur à l'école pour la mettre au courant de la situation. Je veux aussi qu'elle aille piquer de la nourriture à la maison. Ce n'est que justice, j'ai travaillé depuis des années pour mes parents au minimum sept ou huit heures par jour, six jours par semaine. Quand elle me repère, j'entends de la crainte dans sa voix :

– Il est arrivé quelque chose?

– Rien de très grave.

– Alors pourquoi t'es venu?

Je comprends mieux le sens de sa question quand je m'aperçois qu'un garçon qui semblait l'attendre s'éloigne d'elle à regret. Je n'ai pas réussi à l'identifier. Je me garde de demander à Katine de qui il s'agit bien que j'aie très envie de le savoir. Je ne veux pas la braquer car j'ai besoin d'elle. Je lui fais part des derniers événements.

– C'est pas possible! dit-elle. Ils t'ont foutu à la rue! Pour la bouffe, je vais essayer de t'aider, mais ça ne pourra pas durer plus de deux jours car ils font très attention aux stocks. Pour le boulot, je vais voir avec Snia.

Elle se rapproche pour me chuchoter à l'oreille:

– J'ai cru comprendre qu'elle connaissait quelqu'un...

un furtif qui justement bosserait sur le port. Je t'en reparlerai ce soir.

– Heureusement que tu es là !

– Je suis la meilleure de la famille. Il est temps que tu en sois conscient.

Ce soir, je vais retrouver Gerges qui semble un peu déboussolé. Des choix difficiles s'offrent à lui et il hésite. De mon côté, je me sens curieusement bien car, même si l'avenir s'annonce compliqué, j'ai l'impression d'avoir franchi un grand pas. Je ne lui parle pas de mes dernières mésaventures car je ne veux pas l'ennuyer. Je ne peux pas non plus lui dire que Snia va me mettre en relation avec la mafia du port. Il est quand même apprenti policier dans la journée et c'est à elle de lui livrer, si elle le désire, ses secrets. Nous restons silencieux un long moment. Une fille débarque et s'adresse à Gerges qui me demande de le laisser. D'après ce que je parviens à discerner quand mon copain allume une bougie, elle est plutôt jolie. Je ne l'ai jamais vue ni à l'école ni dans le quartier. Pourtant elle s'adresse à lui comme si elle le connaissait depuis toujours. J'espère en savoir plus sur elle bientôt.

Posté devant la maison de mes parents, qui jusqu'à ce matin était aussi la mienne, je guette le moment où ma sœur sort les poubelles. J'entends grincer notre porte d'entrée, puis le bruit du container métallique qui résonne sur le pavé. Avant de rentrer, Katine envoie un baiser sonore à la cantonade. Je m'approche. Un paquet fermé est posé sur le couvercle. Je récupère le colis et fonce chez ma copine.

Nous dévorons la presque totalité de la nourriture. Ma sœur a joint un mot aux victuailles :

Tu as rendez-vous avec Snia à l'entrepôt C8 demain à sept heures trente. Elle te présentera quelqu'un. Munis-toi d'une bougie d'au moins dix minutes. Elle m'a demandé que tu détruises le message. Je vous embrasse, les amoureux.

Katine

CHAPITRE 29

Libérer ses frères, c'est ça le prix à payer pour son pardon. Je dois agir vite, sans trop y réfléchir. Si je me mets à peser le pour et le contre, à évaluer le nombre de ceux qui me tourneront le dos ensuite, je risque de renoncer.

Que va en penser Snia? Elle qui n'a rien à voir là-dedans. Mais comme notre mariage est arrangé par nos parents, il pourra être remis en cause si je déconne. Vais-je aussi la perdre? C'était une question sans importance il y a quelques jours encore, mais depuis la sortie au cinéma, non seulement je ressens pour elle de l'attirance, l'envie d'être avec elle tout le temps, mais je crois qu'il pourrait s'instaurer une vraie complicité entre nous.

Mon père le saura tôt ou tard, il le saura forcément, même si j'imagine un plan qui permettra de sauver les apparences. Que fera-t-il ensuite? Demandera-t-il mon bannissement? Étouffera-t-il l'affaire pour ne pas compromettre l'avenir de la famille? Je devrais avoir peur et pourtant ce n'est pas le cas. J'ai surtout envie que ce soit fini au plus vite.

Toutes les occasions sont bonnes pour picoler à la milice. Samedi soir, on fêtera «mon premier mois parmi les hommes» et c'est moi qui dois choisir le programme.

– Qu'est-ce que tu veux qu'on organise, petit gars? interroge Alponce. Tu veux des filles? Ou un combat un peu sanglant?

– C'est quoi ces combats?

– On désigne des prisonniers qu'on oblige à se battre jusqu'au K-O. On peut même miser sur le vainqueur. Qu'est-ce que tu en dis?

– Pourquoi pas?

– OK, alors on en reparle.

Tout en l'écoutant, une idée de plan s'est fait jour. Je pourrais d'abord choisir les deux frères. Ensuite, il faudrait que, dans les couloirs, ils puissent tomber «par hasard» sur une arme dont ils se serviraient pour prendre un garde en otage. Ils se feraient ouvrir les portes et pourraient s'enfuir. Mais, entravés comme ils le seront par leurs chaînes, cela supposerait qu'à la sortie des complices les transportent dans un endroit sûr. Les règles de sécurité en cas de prise d'otage sont si strictes qu'aucun milicien ne cédera à la menace. Ce sera donc à moi de jouer le rôle du faible qui craque sous l'emprise de la peur. Je ne vois pas d'autre solution. Je me doutais bien que ça allait être dur.

Voilà, c'est décidé. Dans une semaine, j'aurai débuté une nouvelle vie. Autour de moi, mes collègues boivent et s'apostrophent dans la bonne humeur. Je me force à leur sourire mais j'évite leurs regards. Tous ces hommes, je m'apprête à les trahir.

Pour que mon plan fonctionne, je dois mettre Chatal au courant. J'imagine qu'elle m'a contacté sans en avertir sa tante et il faut donc que je sois discret. Je ne trouve pas avant mardi la possibilité d'aller attendre devant chez elle. Heureusement pour moi, elle ne tarde pas à sortir. Elle devait espérer de mes nouvelles car elle ne semble pas surprise de me sentir dans les parages.

– C'est toi, dit-elle simplement, alors?

– C'est pour la nuit de samedi à dimanche.

– Viens.

Elle m'entraîne dans un recoin et se serre contre moi pour que personne ne nous entende. Je sens son corps appuyé sur moi et son souffle chaud quand elle articule:

– Parle.

– Je ferai sortir tes frères vers minuit ou une heure du matin dans la nuit de samedi à dimanche. Il faudrait que des gars soient là pour les aider à s'échapper. Ils ne pourront pas courir avec leurs chaînes.

– Qui me dit que ce n'est pas un piège pour attraper toute la bande? demande-t-elle en faisant encore davantage pression sur moi.

– Tu es obligée de me faire confiance, dis-je en la repoussant doucement. Pour que tes frères acceptent de me suivre, j'ai besoin que tu recopies cette lettre que je vais leur transmettre. Si ça vient directement de moi, ils ne me croiront pas.

– Donne-moi le papier. Je vais réfléchir. Je sais où te trouver.

Je pense sans cesse à cette nuit où tout va se décider. Même si je ne suis pas découvert, je quitterai la milice et peut-être la police et la ville basse où nous vivons. Je rêve de repartir à zéro. Cela impliquera du risque et de la solitude. Suis-je prêt à quitter à jamais Lucen, mon presque frère, et Snia dont je sens l'amour naissant? Ne plus réfléchir jusqu'à samedi. Ne plus réfléchir jusqu'à samedi.

Snia est venue me chercher à la fin de mon service au poste de police. Je suis très heureux de cette surprise, même si mon avenir avec elle est suspendu aux événements de cette fameuse nuit. J'aimerais lui en parler mais je crains de l'impliquer dans ce projet à l'issue incertaine ou qu'elle réussisse à m'en dissuader. Nous restons un long moment à nous embrasser. Elle m'annonce que nous pourrons nous voir un peu après le dîner jeudi soir car elle dort chez Katine. Elle occupe pour une nuit la place laissée libre par mon copain depuis une semaine.

Ce soir, j'ai décidé de faire part de mon plan à Lucen. À la fin de mon récit, il conclut simplement par un «C'est bien». J'en viens à douter qu'il m'ait réellement écouté. A-t-il compris qu'il allait peut-être bientôt me perdre? Est-ce que je représente encore quelque chose pour lui maintenant qu'il vit avec Firmie et qu'ils attendent un enfant? Avant qu'on ne se sépare, je lui lance comme un appel au secours:

– Tu t'en fous de moi maintenant, c'est ça?

La réponse est violente. Il m'attrape par le col et me plaque contre le mur. Il respire fort. Il semble réfléchir. Il me lâche au bout de trente secondes. J'ai eu tort de lui faire des reproches. Mon copain est très touché. Il a bien conscience, me dit-il, que ma tentative de faire évader les deux prisonniers peut très mal tourner, mais il sent chez moi une détermination qu'il n'a pas le droit de contrer. C'est tout ça qu'il y avait dans son «C'est bien» et j'aurais dû m'en contenter.

Il termine avec la phrase que j'attendais le plus venant de lui :

– Dimanche matin, si tu as besoin de moi, je serai là.

Il part retrouver sa belle. Je reste un instant seul, tout à mon émotion.

J'ai traîné un moment près de chez Chatal mais je n'ai pu l'apercevoir. Ça commence à devenir urgent. Je n'aurai bientôt plus d'occasions de récupérer le message. Je m'approche de la porte. La maison semble vide et l'odeur de colle a disparu. Serait-elle partie en abandonnant ses frères, et pour quelle destination? Après tout, si elle ne donne pas suite à mon plan, cela résoudra tous mes problèmes. Je n'aurai pas à prendre de risques et je négocierai en douceur mon départ de la milice. J'aurai tendu la main et elle l'aura refusée.

Durant le repas, mon père m'interroge sur la discussion orageuse que j'ai eue la veille avec Lucen devant la maison. Il espère m'entendre dire que nos chemins se séparent définitivement. Je ne veux pas lui donner tort car c'est une manière pour moi d'écarter les soupçons de complicité qu'il pourrait avoir par la suite. Je ne veux pas non plus lui donner raison car je déteste quand il prend l'air supérieur de celui qui avait tout deviné à l'avance. Alors, je le laisse parler, comme si je trouvais sa question trop personnelle. Il n'insiste pas, il est persuadé qu'il est dans le vrai.

Comme promis, je retrouve Snia et Katine après vingt heures. Les parents de Lucen ont insisté pour que l'invitée ne sorte pas toute seule. Mon copain nous rejoint. Il s'éloigne pour discuter avec sa sœur. Je me doute qu'il veut aussi nous laisser un moment d'intimité, dont nous profitons pour nous embrasser. Chatal, que je n'ai pas entendue arriver, se plante devant nous et demande à me parler. D'un signe de tête, elle indique à ma promise qu'elle est de trop. Snia va retrouver Katine. Je ne vois pas ses yeux mais je l'entends souffler. Elle est en colère.

– Tiens, Gerges. Je parie sur ta loyauté. Ne nous déçois pas sinon vous le paierez, toi et ta famille. Et ta copine, comment elle s'appelle déjà ?

– Donne-moi le papier et rentre chez toi. Il ne faut pas qu'on soit vus ensemble.

– Je crois que c'est raté, dit-elle en s'éloignant.

Après quelques minutes, Snia revient près de moi mais elle garde ses distances.

– C'est qui ?

– Je préférerais te laisser en dehors de ça.

– Elle vient de me parler, tu sais.

– Qu'est-ce qu'elle t'a dit ?

– « Tu lui demanderas qu'il te raconte comment on s'est connus tous les deux. »

CHAPITRE 30

Je retrouve Grisella au lycée qui me raconte brièvement la fin de la soirée chez elle, Richard frustré parti en claquant la porte quelques minutes après moi, Rachel vomissant dans la salle de bains.

– Comme tu vois, un bon début mais une fin pitoyable, commente ma copine.

– Quand mon père t'a-t-il apporté le champagne?

– Il est passé chez nous jeudi soir. Il était accompagné d'un type qui a visité la maison et vérifié les fermetures des portes. Puis il a sorti deux bouteilles en indiquant qu'une serait pour nous et l'autre pour mes parents.

– Je n'en reviens pas qu'il ne m'ait pas prévenue. J'avais l'air de quoi!

– Il voulait te faire la surprise.

– C'est réussi.

Ma copine me reparle de la bagarre qui s'est déroulée devant chez elle pendant notre soirée. Elle me résume ce qu'elle a lu dans la presse en prenant son petit déjeuner ce matin. La police a conclu à un double homicide à l'arme blanche. Le meurtrier n'a pas été identifié. C'est un travail de professionnel. Les deux victimes étaient des terroristes recherchés issus de la ville basse et appartenant au groupe « Jamais soumis ». Ils auraient été surpris alors qu'ils effectuaient une planque. La police s'interroge sur le but de leur mission car ils étaient postés dans un quartier résidentiel où n'habitent que des familles appartenant à la classe moyenne. *A priori* donc, aucune cible potentielle dans les environs.

– Qu'est-ce que tu en penses, Ludmilla?

– Je ne sais pas. Peut-être que la police trouvera bientôt la solution.

– J'aimerais bien parce que maintenant moi je vais avoir peur de sortir, surtout le soir.

Ce matin avant mon départ, Grisella m'a téléphoné pour me prévenir qu'elle ne viendrait pas aujourd'hui au lycée. C'est la première fois qu'elle s'absente depuis le début de l'année. Personne ne me parle ni ne me regarde. Je me réfugie au fond de la classe pour suivre le cours. Sur la table sont écrits divers messages au crayon à papier. Je découvre des commentaires sur des filles de terminale que je connais de vue. Les auteurs, que je suppose être des garçons, se montrent d'une grande agressivité envers ces filles qui ne daignent sans doute pas s'intéresser à eux. Voilà au moins une raison de me réjouir de passer inaperçue. Après la pause de dix heures, quand je regagne ma place, je m'aperçois qu'un message a été ajouté. Est-ce à mon intention? Pourquoi tant de mystères? Il est inscrit en haut à droite de la table: *v4 2/2 à 12*. Nous sommes justement le deux février et c'est donc sans doute un rendez-vous à midi dans le vestiaire 4. V4, c'est ce qui est écrit sur la porte.

Que faire? Si je n'y vais pas, je vais le regretter longtemps. D'un autre côté, cela pourrait être un piège, mais tendu par qui? Je prends la décision de me rendre sur les lieux.

La porte est fermée et je reste près de dix minutes à me reprocher d'être venue pour rien. C'est alors que deux filles pénètrent dans le couloir et se dirigent vers moi. Ce sont les deux sœurs Broons, une est en première, l'autre en terminale. Elles me sourient et la plus âgée glisse une clef dans la serrure. L'autre m'invite à m'asseoir sur un des bancs. Elles me font face et me dominent de leur hauteur.

– Quelqu'un nous a dit que tu t'intéressais à la cause des pauvres de la ville basse.

– Qui?

– Cela n'a aucune importance. Est-ce que c'est vrai?

– Oui, dis-je d'une voix timide.

– Pourquoi?

– Mon ex-gouvernante m'a parlé des conditions terribles dans lesquelles vivent ces gens à cause de nous.

– Es-tu prête à agir pour que ça change?

– Je ne sais pas.

Elles se regardent et marquent leur étonnement en fronçant les sourcils. L'une souffle bruyamment et articule dans mon oreille :

– Alors t'oublies ce qu'on vient de te demander, t'oublies aussi qu'on s'est vues. Oublie même qu'on existe.

– D'ac... cord, dis-je en tremblant.

Au moment de quitter la pièce, la plus jeune se retourne et me fixe dans les yeux :

– Ne t'avise pas de baver, sinon on te fera la peau. Compris?

Pendant l'après-midi, je ne peux m'empêcher de penser à cette scène. Je m'en veux terriblement d'avoir été dans l'impossibilité de leur répondre. J'ai encore dû passer pour une gamine apeurée. C'est vrai aussi qu'elles m'ont prise de court. Je n'étais pas préparée. Lorsque j'étais près de Lucen ou au sein de sa famille, j'ai ressenti toute l'injustice de leur situation. Et je me doute que je n'ai pas vu le pire. Pourtant, là tout de suite, j'ai peur de m'engager. À quoi cela pourrait-il servir? Je ne suis qu'une adolescente et je n'ai aucun pouvoir.

Je me rallierai à leur cause plus tard. En ce moment, j'ai l'impression que le monde s'ouvre à moi, que je vais sortir de l'étouffement dont je souffrais. Mon père consent enfin à me laisser fréquenter des gens en dehors de lui. Je vais peut-être tomber amoureuse. Pourquoi irais-je prendre le risque de tout perdre pour des gens que je connais à peine?

Je rentre à la maison pour prévenir Yolanda que je désire aller porter les devoirs à mon amie et passer un moment avec elle.

– Merci de m'en avertir, déclare ma gouvernante. Cela me contrarie de vous imposer ma présence, je sais qu'à votre âge cela pourrait vous rendre honteuse, mais permettez-moi de vous suivre discrètement à distance. Je ne veux pas que vous soyez exposée à un acte violent.

– Vous pensez vraiment que c'est nécessaire?

– Absolument.

– Vous me laissez pourtant sans surveillance quand je rentre du lycée. Ce trajet serait-il plus dangereux?

– Permettez-moi d'insister, dit-elle seulement.

J'accepte car elle semble sincèrement inquiète. Je suis pratiquement certaine que l'ordre émane de mon père et qu'elle pourrait être punie si elle ne l'exécutait pas.

Je sors de la maison et marche rapidement sur le trottoir peu fréquenté à cette heure de l'après-midi. Avant de gravir les marches du perron qui conduit chez mon amie, je tourne la tête pour repérer Yolanda. Elle n'est pas visible. Peut-être a-t-elle fini par renoncer.

Grisella me reçoit dans sa chambre. Elle paraît très fatiguée. Son visage est rougi par la fièvre et elle peine à garder les paupières ouvertes. Sa première réflexion est risible mais le ton qu'elle emploie me dissuade de me moquer d'elle :

– Sois gentille, ne décris mon triste état à personne au lycée. Tu es la seule en dehors de mes parents à qui j'ai autorisé l'accès à ma chambre. Le médecin m'a dit que j'en avais encore pour quelques jours.

Je la rassure sur ma discrétion et lui demande ce qu'elle pense des sœurs Broons.

– Pourquoi tu t'intéresses à elles ?

– Elles m'ont abordée dans un couloir.

– Pour quelle raison ?

– Je ne sais pas. Peut-être parce qu'elles ont vu que j'étais complètement seule. Elles m'ont demandé si je voulais devenir leur amie.

– Et alors ?

– Je n'ai pas répondu. Ça m'a paru trop bizarre.

– Tu as eu raison. On raconte des sales trucs sur elles.

– Comme quoi?

– D'après certains, elles seraient d'origine bâtarde. Elles auraient du sang de pauvres dans leurs veines.

Grisella prononce cette phrase avec un tel dégoût que je ne trouve rien à ajouter et reste un long moment sans rien dire.

– À quoi tu penses, Ludmilla?

– À rien.

– Si. Dis-le.

– Qu'est-ce qui te dit qu'ils sont tellement horribles, ces pauvres? Tu en as déjà rencontré?

– Non, jamais, et heureusement. Mais mon père, oui. Ils sont sales à l'extérieur mais aussi à l'intérieur et ils sont remplis de haine à notre égard. Ne sois pas romantique, Ludmilla, n'aie pas la faiblesse de penser comme ces imbéciles de Réunificateurs qu'on pourrait vivre tous ensemble.

Je quitte ma copine quelques minutes plus tard quand sa mère vient lui donner ses médicaments. Dans la rue, le soir est tombé et je presse le pas pour rentrer. Je trouve Yolanda dans la cuisine.

– Finalement, vous ne m'avez pas suivie?

– Si, bien sûr, mais je sais m'y prendre de façon à ne pas me faire remarquer.

– Je dois comprendre que vous me suivez aussi quand je vais au lycée?

– En effet.

Je mets ma tête dans mes mains et me sens près d'éclater en sanglots. Elle m'observe dans ma chambre, dans la rue et où encore? Je n'ai donc aucun droit à la liberté. Je me mouche pour masquer les larmes qui commencent à poindre. Elle reprend d'une voix douce:

– Dans la rue, je ne suis pas à portée de vos conversations. Je suis juste là au cas où.

Je me retiens de lui envoyer: «Et dans ma chambre, vous respectez mon intimité peut-être?» et je quitte la cuisine sans rien prendre à grignoter. Devant mon miroir, je me déchaîne en insultant la terre entière, mon père et ma gouvernante inclus. Puis je m'allonge sur mon lit où je continue à vociférer et à me plaindre. Je m'entends prononcer: «Ah, si j'étais Grisella, les choses seraient plus simples!»

Cette phrase résonne longtemps en moi. Quand je rejoins mon bureau quelques minutes plus tard, je ne suis plus certaine du tout de le penser. Serais-je prête à renier les souvenirs que j'ai de ma mère, les moments de complicité avec Martha et mes escapades aventureuses dans la ville basse? Grisella ne sait pas de quoi elle parle, elle est superficielle. Je l'aime car je n'ai qu'elle et parce que je n'ai pas le choix. Je m'en veux presque de penser ça mais je crois que c'est la vérité. Demain, j'aborderai les sœurs Broons et leur dirai que j'accepte de les suivre.

CHAPITRE 31

Je suis en avance au rendez-vous. Pour la bougie, celle qui me restait sera peut-être un peu juste. Dès que je toucherai de l'argent, il faudra que je m'en procure une autre.

Les furtifs souffrent d'une maladie héréditaire. Ils ne disposent pas d'un réseau nerveux et musculaire suffisant pour parvenir à alimenter des batteries. Ils ne peuvent donc pas utiliser de chenillettes et constituer des réserves de lumière grâce à l'utilisation de dynamos. Dans nos villes, où chaque déplacement s'accompagne d'un bruit de frottement, ils sont quasiment indétectables, d'où le surnom de «furtifs». Pour survivre, ils n'ont que trois solutions. Certains d'entre eux, très peu nombreux, s'enrichissent grâce à des activités commerciales douteuses et récupèrent l'énergie fabriquée par d'autres. Mais la grande majorité des furtifs sont très pauvres et survivent en recourant à la mendicité. La dernière solution est plus mystérieuse : ils disparaissent. On ignore s'ils meurent, ou s'ils parviennent à quitter la ville basse et à s'intégrer clandestinement dans les villes hautes.

Snia arrive une dizaine de minutes après moi. Elle m'embrasse sur la joue et me parle avec gentillesse :

– J'ai appris par Katine... tes parents qui t'abandonnent, c'est inimaginable. Ton père a pensé à sa succession ?

– Il dit que c'est provisoire. En attendant, il faut bien que nous mangions.

– Smon est mon cousin. Ce n'est pas un truc que je crie sur les toits, mais ma mère est issue d'une famille de furtifs. Je te fais confiance pour garder le secret. Tu sais la réputation qu'on leur fait ?

– Tu parlais de moi, cousine ? demande un homme à la voix grave. Alors, c'est lui, le fils de rafistoleur qui a besoin d'argent ?

– Oui, il s'appelle Lucen. Smon, je dois aller au collège, je compte sur toi pour lui proposer des travaux sérieux, si tu vois ce que je veux dire.

– Va étudier, Snia, ne t'inquiète pas. Et puis ce gars-là est assez grand pour savoir de quoi il est capable et jusqu'où vont ses limites.

Snia s'éloigne. Le furtif se rapproche de moi.

– Allume ta frontale et suis-moi.

Nous parcourons plus de trois cents mètres dans un dédale d'entrepôts. Je ne suis pas sûr de retrouver mon chemin tout seul quand il me faudra repartir. Nous entrons dans un grand hangar par une porte métallique que le furtif referme derrière moi avec une clef.

– Allume ta bougie, que je te voie et qu'on s'entende parler.

Je m'exécute. Il tourne autour de moi comme pour m'évaluer. Il prend son temps. Je pense à la bougie qui se consume et je n'aime pas l'idée de la gâcher pour rien. Il parle enfin :

– Je vais te tester dans diverses activités. Je ne vais pas t'exposer trop dans un premier temps car je sais que Grégire est sur ton dos. Tu vois, je me suis renseigné. Ce matin, tu vas aller capturer des rats dans les égouts. Comme endroit discret, on ne fait pas mieux. Un collègue t'expliquera. Pour les conditions financières, la moitié de ta paye et de l'énergie que tu produis me revient. T'es content? Tu n'as pas l'air?

Je grimace depuis quelques secondes car la bougie est presque entièrement consumée. Dans le creux de ma main, je contiens la cire chaude en priant pour que la mèche ne s'y noie pas. Je réponds en m'efforçant de cacher ma souffrance :

– Si, si, tout va bien. J'accepte vos conditions.

Il me sourit une dernière fois avant de souffler pour éteindre la lueur vacillante. Il quitte l'entrepôt et m'enferme à l'intérieur. Je m'assois par terre. Je décolle délicatement la cire de ma paume et en fais une boule que je glisse dans ma poche quand elle a refroidi. Près d'une heure plus tard, j'entends un bruit dans la serrure, suivi d'une voix adolescente éraillée :

– Le nouveau ? T'es là ?

– Oui, dis-je en me levant.

– Ramène ta fraise, on a du boulot.

Dans la rue, il se présente.

– Syvain, et toi c'est Lucen, je crois. On a un ami commun, Taf, ce vieil escroc de fouineur. Tu coupes ta frontale. J'ai accroché une ficelle à mon falzar, tu la lâches pas jusqu'à ce qu'on s'arrête. La lumière, on en aura besoin dans les tunnels.

Le gars est très rapide mais comme sa ficelle est longue, nous ne nous gênons pas. Nous longeons les quais parfois très près du bord. L'eau sent la pourriture. Au niveau de la mer, c'est vraiment la nuit noire et je dois me fier totalement à mon guide. Si nous plongeons dans ce liquide épais et puant, nos chances de survivre sont pratiquement nulles.

– Est-ce que tu aimes les rats, Lucen ?

– Bah non.

– Tu as tort. Moi qui les connais depuis longtemps, je les trouve admirables.

Nous marchons dos courbé dans un très large tuyau, ce que Syvain nomme un collecteur. Un filet d'eau noirâtre coule entre nos pieds. Nous progressons doucement pour ne pas glisser. Avant d'accéder aux égouts, nous avons fait une halte dans un container pour nous changer et prendre du matériel. Je suis équipé de hautes bottes couvertes de plaques de métal. J'ai un manteau rembourré et des gants de cuir de nombreuses fois reprisés. « Ça n'empêche pas les morsures, mais si ton doigt est coupé, il reste à l'intérieur et on peut le faire recoudre. » Enfin, je porte devant la bouche et le nez un foulard humidifié à l'eau de Cologne frelatée. Nous transportons à deux une grande cage avec six compartiments et, dans l'autre main, chacun une épuisette en métal. Je commence à entendre le couinement des rongeurs. Nous arrivons sur notre premier terrain de chasse. Nous posons la cage par terre. Les rats nous entourent, se dressent sur leurs pattes arrière et tentent d'escalader nos bottes.

– Reste bien au milieu du collecteur. Si tu es trop près des parois, ils peuvent prendre de la hauteur et se jeter sur ton pantalon, et là, ils te boufferont les couilles. Il paraît que c'est leur plat préféré. Bon, avant d'allumer nos frontales, je vais te décrire les candidats qui nous intéressent. On ne veut que des dominants bien impressionnants, des chefs de bande, de ceux qui s'empiffrent en premier et laissent les miettes aux autres, de ceux qui engrossent toutes les femelles.

– Je pourrais fabriquer des pièges avec de la nourriture. Si tu dis qu'ils sont les premiers à manger, c'est ceux-là qu'on prendra.

– Tu les prends pour des cons ou quoi? Tu les vois uniquement comme des bébêtes juste bonnes à se faire fracasser par des chiens ratiers, c'est ça? Eh bien figure-toi qu'une colonie de rats, c'est très organisé, et leur chef est loin d'être un débile. Si tu installais une de tes cages, le dominant enverrait d'abord un de ses esclaves en repérage, pour évaluer le danger et goûter l'appât. Quand il verrait la trappe se refermer, il ferait tranquillement le tour et irait récupérer la bouffe que l'autre lui ferait passer à travers la grille. Et ensuite, il changerait d'endroit dès qu'il se trouverait confronté à une autre de tes cages.

– C'est incroyable. Mais tu es sûr de ça?

– Bah oui, mon pote, c'est moi le spécialiste. Dans le taudis où j'ai grandi, on vivait avec eux. Allez, on allume et je te montre.

Syvain observe longuement les rongeurs puis se déplace avec lenteur. Il taquine parfois quelques spécimens avec le manche de l'épuisette. Il jette aussi un peu de nourriture et scrute les réactions. Après plus d'un quart d'heure de silence, il me désigne celui qu'il a élu. Il m'explique qu'on va le cerner des deux côtés en abattant nos épuisettes exactement en même temps, mais en étant précis : ni trop loin, ce qui lui laisserait une issue, ni trop près, pour ne pas endommager notre futur champion. Il précise que nous n'aurons qu'une seule chance car ensuite, quand les autres auront compris, ils se sacrifieront pour permettre à leur chef de fuir. Il commence un compte à rebours silencieux avec les doigts de sa main.

– Zéro, crie-t-il.

Nous sommes coordonnés à la seconde près mais, dans ma précipitation, je touche l'animal qui semble un peu groggy. Sylvain le capture et l'enferme dans la cage.

– Heureusement, la cage est compartimentée, commente mon compagnon, pour que chaque bête soit séparée des autres. Si on les laissait ensemble, elles se boufferaient entre elles, c'est une question de défense de territoire.

Il fait un geste qui m'indique qu'il en a dans le cerveau. Nous changeons de zone entre les prises. Je fais échouer plusieurs tentatives mais Syvain reste bienveillant et me qualifie même de « doué pour un débutant ». Nous arrêtons vers dix-sept heures, quand la cage est pleine. Nous portons notre livraison dans une petite maison de tôle près du *Milord*. Le patron ne s'adresse qu'à Syvain, comme si j'étais transparent.

– Ce sont de belles bêtes. Six pièces chacune.

– Huit, c'est mon tarif pour cette qualité.

– Allez, sept, et n'en parlons plus. Pour demain, tu m'en trouves autant et tu rajoutes un sac avec des « normaux » pour faire nombre sur la piste. Les records de cadavres, ça excite les clients !

Dans la rue, mon camarade partage les gains. Il m'explique qu'on va faire deux tiers pour lui et un tiers pour moi, car c'était un jour d'apprentissage. Si je m'améliore, on passera à fifty-fifty. Avant de me quitter, il me donne rendez-vous à l'entrée du collecteur pour le lendemain et me rappelle que je dois passer au *Tonneau percé* à dix-neuf heures précises pour filer sa part à Smon. Enfin, il me conseille de me remuer avant le rendez-vous pour regonfler mes batteries.

– Aujourd'hui, mon pote, on a fait beaucoup de surplace avec la frontale allumée. On n'est pas loin de la panne sèche.

Je règle mes chenillettes au maximum et je fais des allers et retours sur un quai désert pendant presque deux heures. Après un passage éclair dans le repaire du furtif, je rentre complètement épuisé chez Firmie.

– Avec ce qui nous reste, dis-je, on peut juste s'acheter un demi-litre de lat et un pan de 300 grammes.

– On pourrait vendre le médaillon, propose ma copine. À mon avis, on pourrait en tirer pas mal. Il a l'air d'être en or.

– Gardons-le en cas de malheur.

Après notre maigre repas, je vais rejoindre Gerges pour qu'il nous dépanne d'un peu de nourriture. Je m'inquiète surtout pour Firmie qui est en début de grossesse. Sans me laisser le temps de placer un mot, il me détaille le plan qu'il a élaboré pour faire échapper les frères de la fille qu'il a violentée pendant son initiation. Ce doit être celle qui est venue lui parler il y a quelques jours. Son visage est fermé. Il est tellement déterminé à réparer le mal qu'il a fait que sur le coup je ne trouve rien à objecter, même si ce projet apparaît bien risqué. Que voudrait-il que je lui réponde? Il se met soudain à me reprocher mon manque d'intérêt, alors que de son côté il ne m'a pas demandé comment nous allions, Firmie et moi, qu'il parle depuis cinq minutes et que je l'écoute patiemment. Sur le coup, j'ai bien envie de l'envoyer balader mais je me domine. Ce n'est pas le moment de perdre un ami. Je ne tarde pas à le quitter car après notre dispute je ne me vois plus lui demander un service. Je ne sais pas comment il pourrait l'interpréter. Pourquoi notre amitié devient-elle si compliquée?

Pendant les deux jours qui suivent, je retourne à la chasse aux rats dans les égouts. Comme je deviens plus adroit et que nous avons de la chance, d'après Syvain, nous remplissons deux caisses de dominants le dernier jour. Le même soir, en passant rétribuer mon furtif, je lui explique que je suis prêt à prendre plus de risques pour gagner plus d'argent. Il me promet d'y réfléchir.

Vers vingt heures, je retrouve ma sœur qui accompagne Snia à son rendez-vous galant avec Gerges. Sa copine va dormir dans mon lit. Nous laissons les amoureux à leurs affaires et ma sœur me donne des nouvelles de la maison. Elle transporte un gros sac de nourriture à mon intention.

– C'est beaucoup, fais-je remarquer. Les parents vont s'en apercevoir.

– Ne t'inquiète pas. J'ai plus ou moins leur bénédiction. Le frigo s'est coupé durant la nuit dernière. Depuis que tu es parti, ton énergie nous manque. Quand Maman l'a ouvert dans la journée, ça sentait bizarre et elle a fait le vide. Le malheur des uns... Tu connais la suite.

– Et comment ils comptent faire demain? Ils vont être obligés d'aller acheter des piles rechargées au marché noir?

– Non, Maman a ressorti le pédalier et nous a assuré qu'elle fournirait le nécessaire. Elle voulait couper court à toute discussion sur ton retour éventuel à la maison.

– J'avais compris.

CHAPITRE 32

Je suis dans le couloir des hommes, au deuxième sous-sol des locaux de la milice. Comme il est encore tôt, beaucoup discutent à voix basse, certains sont collés aux barreaux et passent leurs bras au travers comme s'ils cherchaient à nous attraper au passage. Alponce pousse son cri pour qu'ils reculent. Il vient aussi frotter sa matraque sur le métal. Les prisonniers nous défient et semblent ne céder à l'injonction du vieux geôlier que quand eux-mêmes le décident. Jusqu'à maintenant, j'évitais de les regarder et je faisais ma ronde pratiquement tête baissée. Ce soir, je dois faire passer un message à deux d'entre eux et je ne pourrai éviter les menaces que m'adressent certains. Je connais les visages d'Alai et de Didir. J'ai profité d'une permanence dans le bureau pour inspecter leurs dossiers. Je sais où ils sont enfermés et me dirige vers leur cage. Ce ne sont pas eux qui réagissent à ma présence mais deux jeunes gars à l'attitude agressive qui semblent jouer les sentinelles. Ces derniers se lèvent brusquement pour me faire face. Sont-ils là pour masquer certains trafics ou la préparation d'un complot? Je devine par-dessus leurs épaules les deux frangins de Chatal qui m'observent en silence dans la pénombre.

– Casse-toi! tente un des jeunots.

Je l'ignore et continue à fixer les deux autres qui commencent à s'interroger. Alponce me fait signe de le rejoindre. D'un geste de la main, je lui demande de patienter quelques secondes. Didir se lève lentement et pousse ses compagnons de cellule pour parvenir au plus près de moi. J'avance vers lui. Je suis à portée de ses poings.

– Qu'est-ce que tu viens nous narguer? glisse-t-il sur le ton de la confidence. Tu crois qu'on ne sait pas qui t'es et ce que tu as fait? On a juré sur la tête de notre sœur de te pendre par les pieds et de te saigner comme une bête dès qu'on sera sortis!

– C'est pas demain la veille, dis-je sans ciller.

Il m'attrape par la chemise et me colle contre les barreaux. Je glisse la boule de papier dans sa poche. Alponce que je n'ai pas vu venir frappe violemment la grille. L'autre me lâche et je m'éloigne.

– Ça va? Il ne t'a pas fait mal?

– Non, non. Merci, Vieux.

– Qu'est-ce qui t'a pris?

– Ce soir, j'ai essayé de ne pas me laisser impressionner.

– C'est bien mais, la prochaine fois, ne t'approche pas si près et ne descends pas sans ta matraque. Y a que ça qu'ils comprennent.

– Au départ, je voulais juste prendre le temps de les observer. J'ai deux combattants à sélectionner pour ce week-end.

– Ah oui, j'oubliais. Et t'as repéré qui?

– Didir et Alai.

– Tu voudrais voir s'affronter les deux frangins? T'es cruel des fois. Ça plaira à ton père.

Snia est fâchée et n'a pas cherché à me voir depuis deux jours. Elle n'a pas supporté que je refuse de la mettre dans la confidence. Mais c'est mieux ainsi. Je suis incapable d'imaginer ma vie au-delà de la nuit de samedi à dimanche. En attendant je ne pourrais que lui mentir et je ne veux pas. En fonction de ma situation dimanche matin, elle saura à quoi s'en tenir et si un avenir avec moi est possible.

Le temps passe avec une lenteur angoissante. J'interprète tous les signes du quotidien en fonction de la nuit fatale. Un pauvre chat qui se faufile entre mes jambes et me fait trébucher m'annonce sans doute ma chute prochaine, une diseuse de bonne aventure qui m'interpelle pendant une ronde et me crie de prendre garde aux démons de la nuit me semble un bien funeste présage. Je dors à peine et rejoue mille fois dans ma tête le scénario prévu. À chaque fois, un élément ou une personne le fait dégénérer en drame : mon père qui m'accompagne, l'arme cachée que ces imbéciles ne voient pas ou qu'un rat a déplacée, les portes qui refusent de s'ouvrir, ou moi pétrifié par la peur qui ne peux plus mettre un pied devant l'autre.

Et puis, il y a les regards louches de mes proches, de mon paternel d'abord qui me demande sans cesse si je vais bien, si je n'ai pas quelque chose à lui raconter, d'Alponce qui me trouve une gueule de cadavre, de ma mère qui fouille dans mes affaires quand je ne suis pas là. Tous semblent se douter de ce que je complote, tous savent et, au moment voulu, ils me tomberont dessus.

Je me suis endormi en cours. Lucen était absent. J'ai sombré dans un sommeil de plomb pendant près de deux heures et le prof, croyant que j'étais malade, m'a laissé roupiller.

Le grand soir est arrivé. Auront-ils lu le message de Chatal ? Vont-ils croire à ma sincérité ? Seront-ils d'accord pour tenter le coup ? Je vais bientôt avoir les réponses à ces questions. Il est minuit passé et les patrouilles rentrent une à une. Ce soir, à l'occasion de la fête, il n'y aura pas de grande ronde. Des gars poussent les tables de la salle de réunion contre les murs pour faire de la place aux combattants. Alponce et moi partons vers les cellules. Je suis très excité. Le vieux s'en aperçoit et ça le fait sourire.

En bas, personne ne dort et la tension est forte. Peut-être savent-ils tous qu'un événement exceptionnel va avoir lieu. Didir et Alai ont sans doute parlé. Le vieux tape violemment sur les barreaux de la cage à ouvrir puis sort un pistolet dont il retire la sécurité avant de le braquer sur les prisonniers. Il leur hurle l'ordre de s'agenouiller. Tous s'exécutent sans attendre. Ils savent ce qu'on est venus faire. J'appelle Didir et Alai d'une voix que je veux assurée. J'entends murmurer des injures : « pervers », « porc » ou « gros malade ». Les deux hommes se lèvent péniblement, s'approchent de la porte entrouverte et se glissent à l'extérieur. Alponce referme derrière eux et range soigneusement son arme dans son étui. Nous avançons à travers les couloirs, accompagnés par le bruit des chaînes qui frottent le sol. Les deux frères se tiennent côte à côte. Je suis juste derrière et je les vois communiquer par des grimaces. Aussitôt après les premières portes à battants, sur le rebord du soupirail, j'aperçois le manche de la fourchette qui dépasse de quelques centimètres. Didir s'écarte pour s'en saisir et se jette sur le vieux. Il lui enfonce les dents de l'instrument dans la gorge jusqu'au sang.

– Le môme, tu fais comme prévu, tu récupères les clefs et tu nous ouvres la grille.

Je lis dans les yeux de mon « tonton » tout son désespoir et son incompréhension. Il essaie de crier mais il semble paralysé par la douleur. L'autre maintient la pression et le sang coule sur la chemise du geôlier. Je détourne le regard au moment de détacher le trousseau et je les précède. J'ouvre la deuxième porte et me retourne pour les regarder passer. Didir me sourit et achève d'un geste sec Alponce qui s'écroule, pris de spasmes. Soudain, j'entends des cris autour de moi, des gars me jettent par terre et m'assènent de violents coups de pied dans le ventre et la tête. Je me replie et fais le gros dos. Je ne vois rien de ce qui se déroule autour de moi. Un bruit de chaînes se perd dans le lointain. Brusquement, les coups s'arrêtent. J'ouvre difficilement un œil et je me traîne jusqu'au vieux. Je plaque ma paume sur sa plaie pour empêcher le sang de s'échapper et je hurle dans la nuit.

Les gars surgissent de l'intérieur et m'écartent pour s'occuper d'Alponce. Les secours arrivent et je m'endors avec la sensation que ma tête va éclater.

Je suis sur mon lit. Ma mère est à mon chevet et me tient la main. Une douleur forte au niveau des paupières m'empêche de garder les yeux ouverts. Elle me parle à l'oreille. Elle me raconte son angoisse quand elle a appris que j'étais blessé. Les souvenirs de la mort de mon frère Kéin qui sont remontés avec la crainte que tout recommence et qu'elle se retrouve «meurtrie une nouvelle fois dans sa chair». Après un long silence pendant lequel elle tremble, elle me rassure sur mon état de santé. Le médecin qui m'a examiné n'a rien diagnostiqué de grave. Je dois dormir autant que je peux en attendant que mon corps récupère, que mes bosses s'aplatissent et mes bleus disparaissent.

– Dors, dors, répète-t-elle. Tu n'as plus que ça à faire.

– Et Alponce?

– Il est mort, chuchote-t-elle dans un sanglot. Ton vieil oncle est mort à cause de ces chiens. Mais les gars vont se venger. Ils sont en train de ratisser le quartier de ces pourris, ils ont prévu d'exécuter vingt otages à la première heure, si les deux salauds ne viennent pas se rendre. On ne se laissera pas faire, mon petit, on les aura, ces terroristes. Ils regretteront ce qu'ils t'ont fait.

Ma mère m'embrasse le front et s'en va. Alponce plus vingt innocents du quartier, mes conneries vont coûter cher en vies humaines. Avant, j'avais le sentiment que je ne pouvais pas faire autrement, maintenant, au vu des dégâts provoqués, je commence à en douter. Mes yeux me brûlent. Je ne peux plus tourner la tête. Je me sens partir.

Mon père me réveille en sursaut. Il me secoue et me fait mal. Il veut être certain que je l'entende :

– Gerges, Alponce m'a parlé avant de mourir. Je sais que tu n'as pas seulement paniqué comme une mauviette mais que tu nous as trahis. Tu me dégoûtes, tu me fais honte.

CHAPITRE 33

Deuxième jour de lycée sans Grisella. Je suis plantée au milieu du hall et j'attends de croiser une des sœurs Broons. Richard s'approche de moi. J'amorce un sourire poli.

– Sale petite allumeuse, lâche-t-il simplement avant de me dépasser.

Une main me frôle le coude. Je sursaute.

– Tu cherches quelqu'un? m'interroge la plus jeune des Broons.

– Oui. Vous.

– Tu attends le signal et tu nous suis, chuchote-t-elle en s'éloignant.

Sa sœur se tient à l'autre bout du hall. Elles discutent quelques secondes puis l'une d'elles me fixe et plisse son nez avant de prendre le couloir. Je me mets en marche. Elles m'attendent près des toilettes. La plus jeune fait le guet pendant que l'autre m'invite à entrer.

D'un signe du menton, l'aînée me somme de parler. Je me lance :

– J'ai envie d'agir pour la cause des Réunificateurs.

– Tu rentres dans une cabine et tu lis ça très attentivement, dit-elle en me tendant un papier plié, ensuite tu le jettes dans la cuvette et tu tires la chasse. Tu me rejoins dans le hall et tu me donnes ta réponse. Au fait, moi, c'est Léna, et ma sœur, c'est Fiona.

Je déplie délicatement le message car le papier est très fin. Je déchiffre difficilement la petite écriture serrée.

• *Je m'engage à servir la cause avant mes intérêts personnels.*

• *Je m'engage à ne jamais parler de mes activités à mes amis et à ma famille, sauf si l'organisation m'en donne l'ordre.*

• *Je m'engage à ne rien faire qui pourrait mettre en péril l'organisation.*

• *Je m'engage à respecter à la lettre les consignes de sécurité.*

Je ne suis pas étonnée par les clauses du contrat et ne mets pas trop de temps à quitter les toilettes pour aller donner mon accord. Fiona me prend à part.

– Jure sur ta famille !

– Je jure sur ma famille.

– Très bien.

– Qui vous a parlé de moi?

– On te le dira en temps voulu.

– Et qu'est-ce que je fais maintenant?

– Tu vas t'inscrire au club d'échecs du vendredi.

Je suis de nouveau en cours. Heureuse d'avoir franchi le pas mais également dubitative sur ma première «mission». Ces clubs du midi ne sont peuplés que de premiers de la classe et d'asociaux. Pour moi qui essaie de m'intégrer depuis le début de l'année, cela ne semble pas être le meilleur moyen d'y parvenir. Et que va en penser Grisella? Elle qui profite de la pause pour rencontrer des gars de terminale et des filles en vue. Si c'était une mauvaise plaisanterie des sœurs Broons pour me tourner en ridicule?

En rentrant en fin d'après-midi, je vois au visage de ma gouvernante qu'il est arrivé quelque chose. Elle me met tout de suite au courant. Elle explique les faits avec calme:

– Des gens se sont introduits dans la maison ce matin pendant que j'étais sortie pour surveiller votre trajet vers le lycée. Ils devaient guetter mon départ. Ils ont dû faire passer un enfant entre les barreaux du soupirail. Il est allé ensuite ouvrir la porte aux autres. Ils ont principalement fouillé le bureau de votre père mais peut-être d'autres pièces. De votre côté, essayez de voir si des objets ont disparu. Je pense en particulier à vos bijoux.

Ma chambre a été visitée et, comme prévu par Yolanda, mon coffret à bijoux a disparu. Je rejoins ma gouvernante qui prépare un thé dans la cuisine.

– Alors?

– Ils ont volé les bijoux.

– J'ai eu votre père au téléphone dans la matinée. Il va arriver dans moins d'une heure. Une équipe de techniciens est passée en début d'après-midi pour relever d'éventuelles empreintes.

– Et vous savez s'ils en ont trouvé?

– Ils n'ont fait aucun commentaire.

J'ouvre mes livres et je m'apprête à lire ma leçon mais je constate que je n'y parviens pas, comme si soudain je ne savais plus donner de sens aux mots. Ma tête est assaillie par des images d'intrus tripotant mes objets personnels, salissant mes habits... Dois-je avoir peur? Depuis peu, la menace se rapproche. D'abord ces deux hommes tués devant chez Grisella quand j'y étais, et puis ce cambriolage. Mon père qui m'inflige une surveillance de tous les instants. Et moi qui vais au-devant des complications en m'engageant auprès de filles dont je ne sais pratiquement rien.

Mon père débarque très vite. Il s'assoit en face de moi et me prend les épaules.

– Ça va ?

– Oui, mais ça fait bizarre de savoir que des gens sont venus...

– Je sais, coupe-t-il. Je prépare la liste des objets volés. Portais-tu des bijoux sur toi aujourd'hui ?

Je lui montre tout en commentant :

– La chaîne de Maman et ce petit bracelet vert.

– D'accord.

– Tu penses qu'on va retrouver les autres ?

– J'en doute. Ils risquent d'être démontés. Les pierres vont être retaillées et le métal fondu. Mais je suis certain qu'on mettra tôt ou tard la main sur les voleurs et qu'ils seront durement sanctionnés. Visiblement, ils ont laissé des traces.

– Ils gagneraient davantage s'ils les vendaient directement, non ?

– S'ils le font, ils seront tout de suite repérés. Je vais quand même envoyer le descriptif des bijoux à tous les commerçants et les prêteurs sur gages des villes des alentours, les hautes comme les basses. On ne sait jamais, mais malheureusement, pour tes bijoux, je te le répète, ça m'étonnerait qu'on les revoie un jour.

– Dommage.

– Je t'en rapporterai d'autres bientôt.

– Merci.

– Ah oui, s'il te plaît, ne parle à personne de cet incident. C'est une consigne de la police, nous ne sommes pas les seuls dans le voisinage à être touchés. Il ne faudrait pas que se crée une psychose dans le quartier.

Je prends des nouvelles de Grisella par téléphone. Elle va un peu mieux et sera de retour en classe après le weekend. Je lui promets de passer dimanche. J'informe mon père de mon désir de participer au club d'échecs du lycée. Il s'en étonne mais ne peut cacher son contentement :

– Quand tu sauras bien jouer, nous pourrons faire des parties ensemble. Je m'en réjouis d'avance.

– Si tu trouves le temps de passer.

Mon père ne relève pas ma remarque et sort de la cuisine. Il parle brièvement avec ma gouvernante avant de quitter la maison avec les policiers.

J'attends devant la porte du club d'échecs. Ce n'est pas exactement ce que j'avais imaginé. Le public est varié et la parité filles-garçons quasiment respectée. Je remarque tout de même qu'il y a majoritairement des élèves de terminale. À peine entrés, les joueurs se précipitent sur les armoires pour sortir les échiquiers. Ils placent les pièces comme s'ils reprenaient une partie inachevée. Les sœurs Broons arrivent les dernières. Un gars va se poster près de la porte tandis que les autres se regroupent autour de Léna et Fiona.

– Je vous présente Ludmilla qui n'est pas venue pour jouer aux échecs, déclare l'aînée en envoyant un clin d'œil à l'assistance.

Je hoche timidement la tête pour dire bonjour. Les autres me renvoient des sourires polis.

– Nous allons donc pouvoir nous livrer sans attendre à nos activités clandestines. Ludmilla, avant que tu découvres ce que nous faisons réellement ici, j'ai quelques précisions à te demander. Pourrais-tu me raconter dans le détail tes deux incursions dans la ville basse ainsi que la visite du garçon chez toi?

Je marque un temps. Je ne sais pas qui l'a renseignée aussi bien et je doute qu'elle me le dise. Je lui fais donc pendant plus de vingt minutes le récit précis de mes expériences. Je la vois prendre des notes. Lorsque j'annonce que c'est fini, elle revient sur un point:

– Ce Lucen, tu dis qu'il est apprenti rafistoleur en 410. Connais-tu le prénom de son père?

– Oui, j'ai entendu sa femme l'appeler à plusieurs reprises quand j'ai dormi chez eux. Il s'appelle Arand.

– Parfait, Ludmilla, déclare-t-elle en souriant. Viens, je vais te présenter François qui va s'occuper de ta formation.

Léna m'entraîne à l'écart du groupe vers un garçon roux de grande taille qui relève la tête de son bouquin en nous entendant approcher. Puis elle rejoint les autres sans lui adresser la parole.

– Bienvenue, Ludmilla. Comme tu l'as vu, à chaque réunion nous commençons par organiser le décor. En cas de contrôle de la part de l'administration – ça peut arriver –, tout le monde doit se tenir prêt à jouer son rôle. D'ailleurs, nous jouerons tous les deux réellement aux échecs avant la fin de l'heure pour que tu puisses donner des détails si une copine ou un parent te demande de lui raconter cette première séance. Ici, l'activité principale est actuellement la reproduction de tracts. Nous préparons une action d'envergure pour le 22 février, la date anniversaire du jour où un des frères de Léna et Fiona a été tué par la police lors d'une manifestation pacifique. C'était il y a bientôt un an.

Je m'approche des tables pour observer le travail. Les tâches sont très spécialisées. Certains décalquent le dessin d'un adolescent coiffé d'une casquette, d'autres repassent les traits avec des feutres indélébiles tandis qu'un dernier groupe, de loin le plus nombreux, recopie un texte en script. Je fais remarquer à mon guide :

– Le résultat est satisfaisant mais ce n'est pas très efficace. Il faut cinq bonnes minutes, et à plusieurs, pour en fabriquer un seul.

– C'est vrai. Avant, nous avions une machine à alcool récupérée dans la réserve d'une école. Mais elle est en panne et personne n'est capable de la réparer. Notre groupe a aussi d'autres activités, nous collectons parfois des informations pour les gens d'en bas, il nous arrive également de cacher des clandestins et d'assurer leur ravitaillement. Viens, il faut que je te donne ton livre.

Il sort d'un tiroir un ouvrage intitulé *Wilhelm Steinitz, le père du jeu d'échecs moderne*. Je le feuillette rapidement. Il est occupé aux deux tiers par un long texte, suivi d'une série d'analyses de parties mémorables.

– Ce n'est pas seulement pour donner le change aux autres. C'est ton livre de code. Tu t'y connais un peu en matière de codes secrets?

– Pas du tout.

– Je t'explique et ensuite tu feras un exercice. Imagine que tu veuilles écrire ton prénom en code: *Ludmilla*. Tu ouvres le livre à n'importe quelle page, plutôt dans la partie biographique, c'est plus facile. Tu cherches un L dans la page et tu le codes avec le numéro de page, le numéro de ligne et la place de la lettre dans la ligne. Vas-y.

Je tombe sur la page 17 et parcours la première ligne.

Je me souviens de parties interminables sous les vieux arbres...

– Si je prends le premier L que je rencontre, je le code 17 pour page 17, 1 pour première ligne et 1, 2, 3..., 32e lettre, donc L = 17 1 32.

– C'est ça. Ensuite, quand tu auras de nouveau besoin d'un L, tu veilleras à en choisir un autre pour varier son codage.

– Pourquoi?

– Si tu utilises toujours le même code pour une même lettre, les spécialistes peuvent très vite percer à jour ton système car les lettres n'ont pas les mêmes fréquences dans la langue française, le E par exemple est la plus utilisée. Mais si tu appliques rigoureusement la technique que je viens de t'enseigner, ton message sera absolument indéchiffrable pour qui ne connaît pas le livre de référence. Maintenant je vais t'écrire un message et, pendant ce temps, tu m'en écriras un. Je veux être sûr que tu as bien compris. Juste trois mots, ça suffira.

Je m'exécute avec enthousiasme. Mon «professeur» me trouve rapide et précise. Ensuite nous passons aux échecs pour quelques minutes. Il m'apprend seulement à déplacer les pièces, puis nous engageons une partie. Il consulte sa montre et, trois coups plus tard, je suis mat.

Je vogue sur un petit nuage tout l'après-midi et je me fais rabrouer sèchement par un professeur qui me surprend en pleine rêverie.

– Mademoiselle Ludmilla, vous n'écoutez rien. Je vous trouve bien dispersée ces derniers temps. Je pense que vos notes vont s'en ressentir.

– Excusez-moi, dis-je timidement. Je vais me rattraper.

– Je l'espère bien, répond-il sur le même ton, sinon je convoquerai votre père.

Je passe le dimanche chez Grisella qui a retrouvé toute son énergie. Elle s'est même maquillée pour me recevoir. Elle m'oblige à raconter dans le détail tout ce que j'ai fait depuis trois jours. Je me rends compte que, tenue au secret, je ne peux rien partager avec elle. Je lui lâche quand même avec une certaine appréhension que j'ai rejoint le club des échecs du lycée. Curieusement, elle ne se moque pas de moi mais se montre très intéressée :

– Il y a plein de gars de terminale qui y sont inscrits, si je ne me trompe pas. Tu as des vues sur qui ? Allez, ne fais pas ta mijaurée ! Je ne dirai rien.

– Non, je t'assure. J'y suis allée parce que je m'ennuyais.

– Mais qui t'a initiée au jeu ?

– François, un grand avec des cheveux...

– Oui, oui, je vois à quoi il ressemble : très musclé, des yeux verts, un sourire magnifique. Tu te débrouilles très bien quand je ne suis pas là, toi... Tu sais, ma petite, ce que je viens de décider : vendredi, je m'inscris dans ton club !

CHAPITRE 34

Firmie s'endort souvent pendant la journée et son rendement en pelotes de laine s'en ressent. Sa mère lui en fait le reproche. Son père est même passé une nuit pour nous menacer de nous virer de sa cave si elle ne rattrapait pas son retard.

Smon m'informe qu'il a identifié à plusieurs reprises des indicateurs de la milice dans les parages de mes lieux de travail. Chaque jour, quelqu'un de différent me suit à la trace et établit probablement ensuite un rapport. Il lui est donc impossible pour l'instant de me donner des boulots plus lucratifs car je le ferais repérer. Je crois que lorsqu'il parle de « lucratif », il faut comprendre « illégal et clandestin ». Aussi, je suis obligé d'accepter n'importe quelle activité qu'on me propose. Parfois, je travaille dans les tripots la nuit à surveiller les tables de jeu pour traquer les tricheurs. Le plus souvent, je sers d'assistant à Syvain qui se fait appeler le «Roi des rats» lors des combats contre les chiens. Il m'a plusieurs fois proposé de parier mais jusqu'à maintenant je résiste. C'est vrai que voir repartir un Moincent avec les poches pleines certains soirs, ça peut donner envie. Je me raisonne en regardant tous les autres qui regrettent amèrement d'avoir joué leur paye du jour pour rien et qui attendront le lendemain pour manger. Il faudrait que je puisse avoir un peu d'argent d'avance pour tenter un coup.

Cette nuit, un pauvre chien s'est fait mettre en pièces par quelques-uns de nos dominants. D'après Syvain, notre cote va monter, on pourra donc vendre plus cher nos nouvelles prises.

Je ne vais plus aux rendez-vous du soir avec Gerges. J'essaie de dormir quand j'en ai l'occasion. Mais je ne peux m'empêcher de penser à mon copain. Demain dans la soirée, il va risquer sa vie et, s'il se fait démasquer par la milice de son père, il se retrouvera sans doute banni de la ville pour le restant de ses jours.

Sionne, l'amie de Firmie et depuis peu la femme de Maurce, est passée voir ma copine pendant mon absence. Elle lui a apporté à manger et est restée lui tenir compagnie. Mon amie a eu droit aux pâtés «suspects» du père de Jea mais il semble qu'elle les ait bien supportés.

Elles ont évoqué mon amitié brisée avec Jea et Maurce. Sionne a expliqué à Firmie, mais je crois que le message m'était destiné, que tant que je n'aurais pas fait un choix définitif entre eux et Gerges, je ne devais pas espérer les revoir. J'ai la conviction que le temps arrangera les choses. Il le faut parce qu'ils me manquent.

Grâce à Syvain, je connais maintenant le quartier du port presque comme ma poche, à la fois en surface, mais aussi en sous-sol, car je n'ignore rien de ses égouts et ses souterrains. J'apprends que mon compagnon vit sans sa famille depuis l'âge de huit ans, qu'il a d'abord fait partie d'une bande avant de s'en détacher quand son meilleur ami a été obligé de se dénoncer pour une faute commise par leur chef.

– Tu vois, ça fonctionnait comme chez les rats, avec un dominant et des esclaves. Je ne souhaite pas devenir un dominant mais je veux être maître de ma vie, alors j'ai choisi d'être un solitaire.

– Et ils t'ont laissé les quitter facilement?

– Tu rigoles, j'ai eu à payer mon droit de sortie. Mais maintenant c'est du passé. J'ai ma piaule vers 80 et je fais ce que je veux.

Mon histoire l'intéresse beaucoup. Il envie mon enfance tranquille, mes connaissances techniques et surtout le fait que je sache lire.

– Tu voudrais que je t'apprenne?

– Tu ne crois pas que je suis trop con pour ça?

– Bah non! Il faudrait juste qu'on y consacre du temps parce que ça n'est pas facile.

– Alors, ça attendra. Merci de l'avoir proposé.

Smon me trouve une journée de travail comme électricien. Cela me permet d'utiliser les outils que mon père m'a donnés. C'est l'éclairage d'un des bars du port, le *Rendez-vous des gentlemen*, qui est défectueux. Je dois vérifier tout le circuit depuis la cage à écureuil jusqu'à la moindre ampoule. Pendant ma journée d'intervention, le patron a ressorti les bougies. La plupart du temps, je fais tout au toucher et j'utilise peu ma frontale. Je suis donc très souvent complètement invisible. J'écoute les conversations des clients. Alors que j'ai presque fini et que je m'apprête à descendre de mon échelle pour remettre en route le système, je reconnais la voix de l'homme qui m'avait donné un coup de poing dans le ventre quand je défendais Maurce au *Milord*. Je crie au patron :

– Vous pouvez relancer votre gamin, je pense que ça va fonctionner.

Ce dernier donne trois coups de poing dans la cloison derrière lui et après moins d'une minute les ampoules s'allument. Lorsque je m'approche de la caisse pour me faire payer, je découvre, accroché au bar, mon agresseur portant l'uniforme de la milice. Je suis donc sûr que nous avons eu affaire ce soir-là à une provocation et que

Maurce était personnellement visé. Grégire a dû vouloir donner une leçon à son fils sur les dangers qu'il y a à fréquenter des amis suspects.

Je me rends compte que je suis beaucoup mieux payé pour un boulot moins pénible et moins salissant.

Je rentre de bonne humeur dans notre refuge. Firmie m'attendait :

– J'ai mal depuis plusieurs jours mais je n'osais pas t'en parler parce que je pensais que ça allait passer et... qu'on n'a pas trop les moyens de consulter un médecin, mais là je souffre et j'ai peur qu'on le perde.

– Tu peux marcher?

– Je peux essayer, dit-elle en grimaçant.

– Attends, je vais appeler un brouetteur.

Presque à chaque coin de rue stationnent tout au long de la journée des ados dont le travail est de transporter des marchandises ou des gens, souvent les deux à la fois. On peut aussi partager la course avec quelqu'un qui va dans la même direction. En général, je choisis mon brouetteur à l'odeur en évitant de passer après un chargement trop nauséabond. Quand on s'approche, certains annoncent la capacité ou le poids dont ils disposent. Il faut bien sûr négocier le prix. Pour Firmie, j'en trouve un qui cherchait à compléter un chargement de pommes de terre. Ce n'est pas terrible mais il y a pire et nous sommes pressés. Nous montons vers 413 et je suis obligé à deux reprises de seconder notre pousseur pour qu'il progresse. Firmie ne dit rien mais elle respire profondément, ce qui m'indique qu'elle souffre.

Nous attendons sur les marches de l'immeuble pendant plus de vingt minutes avant d'être reçus. Je fournis une de mes piles pour alimenter la frontale du médecin. Il ausculte mon amie et échange quelques mots avec elle. Je le paye et nous sortons. Il nous reste juste de quoi acheter du pan. Pour la descente, je propose à Firmie de la porter sur mon dos. Elle y consent volontiers. Je marche doucement en me tenant à la corde. Elle me chuchote à l'oreille ce que lui a expliqué le médecin. Il lui a confirmé sa grossesse mais lui a recommandé de bouger le moins possible durant la journée. J'apprends à cette occasion que ma copine a eu des saignements ce matin.

De retour dans notre cave, Firmie me déclare froidement :

– Peut-être faudrait-il renoncer à ce bébé. Je vais être obligée de travailler encore moins. Mes parents seront en droit de nous mettre dehors. Si les tiens ne nous accueillent pas, on ne pourra jamais s'en sortir.

– On va le garder. Et je vais aller voir mes parents.

– Lucen, qu'est-ce que tu fais là ? demande sèchement ma mère.

– Je suis venu vous expliquer.

– Il n'y a rien à expliquer, dit-elle en haussant le ton. Tu as fait le mauvais choix. Tu l'as choisie elle, plutôt que nous !

Mon père surgit de son atelier et vient faire écran entre nous deux. Il m'entraîne dehors et referme la porte. Je lui raconte tous nos soucis, la faim, les problèmes de santé de Firmie. Il me regarde sans réagir. Alors, je lui rappelle ses devoirs de père. Son visage reste impassible. Que veut-il ? Que je le supplie ? Il me met dans la main un sac de pièces et déclare simplement :

– Aujourd'hui, c'est tout ce que je peux te donner.

– Et si j'allais porter plainte ?

– Tu sais ce qui se passerait. Nous aurions une lourde amende et les autorités nous saisiraient presque tous nos biens. Tu engagerais l'avenir de Katine, et ta mère continuerait à te rejeter. Alors, Lucen, laisse-moi encore un peu de temps, je vais arranger les choses.

Firmie guettait mon retour. À ma tête, elle comprend que je n'ai pas réussi. Je lui donne les sous que mon père vient de me remettre en cachette. Elle les range dans une boîte et soupire :

– Je m'en doutais. Au fait, j'ai oublié de te dire que Sionne a laissé un message de la part de Maurce. Il s'agit apparemment d'une proposition de travail intéressante. Tiens, c'est là. Tu as rendez-vous vers minuit en 200.20.

Je suis posté devant la grille baissée d'un commerce de bougies. Le quartier semble complètement désert. Je perçois bientôt un bruit de pas sur la chaussée. Un homme s'assoit près de moi et engage la conversation :

– Regarde devant toi et ne t'avise pas de tourner la tête dans ma direction. Quelqu'un m'a dit que tu pouvais nous faire les mêmes détonateurs que ton père, ceux qu'il ne veut plus nous fournir. Les petits boîtiers en métal gris qu'il prend la peine de sceller pour qu'on ne perce pas le secret de leur fabrication. Tu vois de quoi je parle ?

– Oui.

– Tu t'en sens capable ?

– Oui.

– Alors, tu me rédiges une liste de matériel maintenant, ajoute-t-il en me tendant un papier et un crayon, et tu attends un signe de nous.

Je m'exécute avec application mais au moment de lui donner le papier, je le retiens dans ma main et demande :

– Et l'argent ?

– Quelques heures pour trente écus d'or. C'est inespéré dans ta situation, non ? Ferme les yeux et reste là encore quelques minutes avant de rentrer. À bientôt, Lucen.

Il est parti. Trente écus d'or. Plus d'argent que je n'en ai jamais vu. Avec ça, une autre vie sera possible. Mais pour gagner cette somme, il me faudra construire des engins qui aideront à tuer des gens. Je vais aussi livrer un secret de fabrication de mon père et donc le trahir. Mais ai-je le choix? Ne dois-je pas d'abord penser à Firmie et au petit à naître qui en ce moment court de graves dangers? Et puis, si ce n'est pas moi, ils finiront bien par trouver quelqu'un pour le faire à ma place. Moi ou un autre, qu'est-ce que ça change?

CHAPITRE 35

Je me réveille dans le grenier de la maison. Mes parents m'y séquestrent jusqu'à nouvel ordre. Ils le font pour mon bien, pour que je réfléchisse, que je mûrisse et que je change, disent-ils. Mon réduit mesure trois mètres sur deux. La seule issue est une trappe fermée à clef de l'extérieur. Pas de fenêtre, une simple ampoule que j'alimente moi-même grâce à une manivelle mal huilée qui épuise vite mes forces. Je dispose du minimum : un matelas, une couverture, une bouteille d'eau, un bloc de papier à lettres jauni, un crayon.

Je vais rester confiné ici jusqu'à ce que mon père soit convaincu que « je ne représente plus de danger pour moi, pour la famille et pour la milice ». Il attend une lettre d'excuse, de repentance, et surtout que j'explique pourquoi j'ai orchestré l'assassinat du vieil Alponce et qui sont mes complices. Comme s'il pouvait comprendre des sentiments comme la compassion ou la pitié, comme si lui aussi pouvait éprouver des remords.

En m'allongeant par terre et en collant mon œil contre le trou de la serrure de la trappe, je peux voir les gens que mes parents reçoivent mais, à moins qu'ils ne gueulent, je ne parviens pas à saisir le sens de ce qu'ils disent. Je ne sais pas ce que mes vieux leur racontent mais les visiteurs les prennent ensuite dans leurs bras pour les consoler, comme si j'étais mort.

Lucen est venu une première fois ce matin mais il n'y avait que ma mère qui, comme d'habitude, ne l'a pas laissé entrer. J'ai cru comprendre qu'il allait repasser. Il faut qu'il sache que je suis là-haut. Comme les cloisons ne sont pas épaisses, les bruits de la rue et des voisins font un tel brouhaha qu'il ne pourra pas, je crois, percevoir un signal sonore. Dans la quasi-pénombre où il sera plongé, la lumière l'attirera davantage. Je n'ai pas de montre. Je tente d'évaluer le temps qui passe en repérant à l'oreille les activités quotidiennes de ma mère.

Mon père est là. Il mange tôt car ensuite il repart pour ses activités nocturnes. La porte s'ouvre, c'est mon ami. Mon père parle très bas. Aux réactions de Lucen, je comprends que le ton est menaçant. Je me doute bien qu'il aimerait l'impliquer dans cette affaire pour avoir une bonne raison de s'en débarrasser et de mettre fin par la même occasion à notre amitié pour toujours. Il va falloir que je l'écrive, cette foutue lettre, et que j'avoue tout.

Je vais envoyer le signal avant que mon copain ne s'en aille. Je tourne la manivelle quelques minutes. Il devrait apercevoir le rayon qui descend du plafond. Je place le bout de mon index sur la serrure pour cacher la lumière. Puis je lève à trois reprises mon doigt pendant deux secondes, puis trois fois plus rapidement, puis encore trois fois comme au début. Trois longues, trois courtes, trois longues, c'est le message en morse du SOS. Je recommence au cas où il n'aurait pas levé la tête au bon moment. Je plaque mon œil sur la serrure. Il est parti. Je vais bientôt savoir s'il a compris que j'étais cloîtré là. Ça lui rappellera des souvenirs anciens. Enfant, j'étais souvent soumis à l'isolement et on avait inventé des systèmes pour communiquer. Je vais utiliser notre vieille méthode des fils pendus. Je détricote le haut de ma couverture pour obtenir les trois mètres de longueur nécessaires. Ensuite, je noue à une extrémité un morceau de gomme que j'ai au préalable percé et auquel j'accroche mon message.

Prisonnier comme autrefois, j'attends des nouvelles.

À l'autre bout, je fixe mon crayon qui empêchera le fil de tomber. Mes parents n'ont pas passé comme moi des jours entiers à explorer les moindres recoins du grenier. Ils ne savent pas que la charpente présente des jours qui permettent de glisser des objets de petite taille à l'extérieur de la maison. J'envoie donc mon papier lesté par la gomme et j'espère que mon copain « mordra à l'hameçon ». L'objet se balance doucement contre le mur à deux mètres de hauteur et personne n'éclaire jamais si haut.

Il se passe près d'une heure avant que le crayon ne se déplace d'une cinquantaine de centimètres. Quelqu'un vient de tirer sur le fil. Je ne vais pas tarder à savoir si c'est Lucen. Un coup sec m'indique que je peux remonter le message.

Content que tu sois là.

Version officielle pour le voisinage : tu as disparu dans le quartier du port, peut-être enlevé par des terroristes.

Ce soir, ton père m'a dit qu'il pensait que tu avais été approché par des Coivistes par mon intermédiaire. Il cherche à réunir des preuves pour me faire bannir de la ville. Il m'a carrément foutu la trouille.

Je vais prévenir Snia que tu es en sûreté et qu'on peut communiquer avec toi.

J'écris la lettre réclamée par mon père, où je lui explique pourquoi j'ai trahi la milice. Je lui raconte tout avec précision. J'insiste sur le fait que j'ai tout organisé moi-même sans avertir personne. J'espère que cela suffira pour qu'il laisse tranquille mon meilleur ami. J'ajoute que je regrette et que je m'excuse pour la mort d'Alponce que j'aimais bien malgré tout. Jamais je n'avais pensé mettre sa vie en danger et j'affirme que j'aurais préféré mourir à sa place. Je termine en disant que je ne souhaite plus participer aux activités de la milice car je me sens indigne de la confiance des autres. J'accepte d'avance toutes les punitions qu'il voudra me faire subir.

Mon père trouve mon message en rentrant du travail le lendemain. Placé sous la source lumineuse, il relit mon texte plusieurs fois sans laisser paraître le moindre trouble, puis il va s'asseoir dans son fauteuil. Il fume plusieurs cigarettes avant d'ouvrir ma trappe. Il chuchote quelques mots à ma mère qui attrape un manteau pour sortir. Nous sommes face à face un long moment avant qu'il ne se décide :

– Écoute-moi, dit-il sèchement. Ce que tu racontes, je l'avais quasiment deviné depuis le début. Depuis toujours, tu me déçois. Je me suis laissé aller à croire de nouveau en toi à ton entrée dans la milice, surtout à cause de ce que me racontaient les autres, et Alponce en particulier. Le pauvre, là où il est, il doit bien le regretter. Tu es un faible et un idiot, et tu l'as toujours été. Tu n'as jamais compris qu'il n'y a pas à choisir entre sa famille et les étrangers. Ta famille doit passer avant en toute circonstance. C'est pourtant simple, pour toi, il y a ta mère et moi, et le souvenir de ton frère à honorer. Puis il y a tes «oncles», les fidèles de la milice, qui se sacrifieraient pour toi, et puis... il n'y a rien d'autre, personne, tu m'entends! Lucen n'existe pas, tes deux anciens copains non plus d'ailleurs, ni cette Chatal, une inconnue qui aurait dû le rester. Si tu ne choisis pas ton camp sur-le-champ, je ne donne pas cher de ta peau. Tu crois que nos ennemis vont te respecter maintenant? Non, à leurs yeux tu n'es qu'un lâche et un traître à ta cause. Sur ce point, au moins, je suis d'accord avec eux.

«Pour l'avenir, voici ce qui va se passer. Demain, je te laisserai sortir, mais tu devras faire tes preuves devant les gars pour qu'ils puissent à nouveau te respecter. Pour eux, tu t'es fait surprendre et tu as agi comme un gosse trouillard et sans cervelle. Tu te doutes bien qu'ils ne savent rien de ta trahison, sinon tu ne survivrais pas deux heures à l'air libre. Ta mère n'est pas au courant non plus, ça la tuerait. C'est grâce à elle que tu es toujours parmi nous. Si cela n'avait tenu qu'à moi, j'aurais lavé notre honneur dans le sang. Il paraît qu'avec le temps les plaies cicatrisent et qu'un jour je pourrai te regarder sans avoir envie de vomir. Je n'en suis pas si sûr. Remonte te cacher dans ton trou.

Mon père tient à sauver les apparences et s'oppose à mon départ de la milice. Je vais donc avoir à supporter le regard humiliant des autres et je serai forcé de faire des trucs dégueulasses jusqu'à la fin de mes jours pour donner le change. Je dois absolument m'enfuir. Je ne dis plus «mourir» parce que je pense à Snia qui m'a envoyé plusieurs messages très tendres au cours de la journée. Elle sait tout mais ne me condamne pas. Malgré ce que j'ai avoué à mon père, Lucen se sent toujours menacé. Il a surtout peur que Firmie se trouve abandonnée de tous s'il se faisait arrêter. Ses craintes sont justifiées. Pour me faire mal, mon père sait qu'il faut s'en prendre à mes amis.

CHAPITRE 36

Le lundi, je retourne au lycée un peu désemparée. Je n'ai aucun argument pour empêcher Grisella de s'inscrire au club des échecs. Que va-t-il se passer? Ils ne pourront pas faire semblant pendant toutes les séances où elle sera présente. Je dois absolument prévenir un des membres du club. Dans le hall, à la pause de dix heures, j'aperçois François et je me rapproche de lui. Grisella ne me lâche pas:

– Tu me présentes?

Je m'exécute poliment. Je tente de faire comprendre au garçon que j'ai besoin de le voir en particulier. Il plisse légèrement la bouche en guise de réponse. Je pense qu'il a saisi.

– Je ne sais pas si tu m'avais déjà remarquée, commence ma copine, je suis nouvelle de cette année et j'essaie de me faire des amis. Pour les garçons, j'avoue trouver plus intéressants ceux qui sont en terminale.

– Je pourrais peut-être t'en présenter.

– Ce serait sympa de ta part.

– Rendez-vous ici après la cantine alors, lance-t-il en s'éloignant.

Grisella est euphorique durant toute la matinée et se dépêche ensuite d'avaler son déjeuner pour avoir le temps de passer aux toilettes se refaire une beauté.

– Maquillage discret mais maquillage quand même, dit-elle en ouvrant son sac.

Nous rejoignons un petit groupe de garçons. Je reconnais des membres de l'équipe de foot du lycée. Ils figurent sur la photo à l'entrée du hall. L'un d'eux a sa copine pendue à son bras. Grisella est très à l'aise et s'installe au milieu d'eux pour discuter. Je m'éloigne un peu avec François.

– Grisella veut venir au club vendredi et je ne sais pas comment l'en dissuader.

– Je m'en occupe.

En sortant de mon dernier cours, je suis frôlée par une des sœurs Broons. Son mouvement était tellement rapide que je n'arrive pas à savoir laquelle c'était. J'ai un message dans ma poche que je lirai plus tard. Grisella fait le trajet avec moi. Elle passe en revue les gars qu'elle a rencontrés. Au final, le bilan lui semble être plutôt négatif.

– Sympas, ces gars, mais pas beaucoup de conversation. Tout compte fait, je préfère les étudiants en droit, même s'ils sont parfois un peu pédants. Et toi, t'en penses quoi?

– Je ne sais pas.

– Toi, en dehors de François, tu ne regardes plus personne, c'est ça?

– N'importe quoi.

Le message m'indiquait d'aller aux toilettes du premier à l'intercours de onze heures le lendemain. Il y a beaucoup de monde quand j'arrive sur place. Plusieurs filles du club, dont Léna Broons, s'affairent tranquillement en attendant que les «autres» quittent les lieux.

– Nous nous sommes renseignés sur Grisella. Ses parents sont membres de la «Ligue de protection des bonnes gens», une organisation fasciste qui défend la séparation par tous les moyens. Tu crois qu'elle a les mêmes convictions que ses parents?

– Oui.

– Et c'est ta copine?

– Nous parlons rarement de politique.

– Vendredi, débrouille-toi pour te faire porter pâle au lycée. On va lui faire passer le goût des échecs. C'est mieux pour toi de ne pas être mêlée à ça. T'es d'accord?

– Bien sûr. Vous avez enquêté sur ma famille aussi avant de m'accepter?

– À ton avis?

– Et vous n'avez rien trouvé du côté de mon père? Je vous demande ça parce que moi-même je ne sais pas précisément ce qu'il fait en dehors...

– Nous, nous savons et nous en reparlerons bientôt. Les cours vont reprendre, il faut se disperser.

Taf, à plusieurs reprises, a fait des allusions aux pouvoirs immenses et pourtant secrets de votre père. Ces propos de Martha me reviennent. Que vais-je découvrir? Les sœurs Broons m'ont-elles recrutée à cause de lui? Savaient-elles avant? Qui les a renseignées? Connaissent-elles Taf, le fouineur de la ville basse? J'ai promis d'être un bon petit soldat et je n'ai d'autre choix maintenant que d'attendre les ordres et de les exécuter.

Nous sommes vendredi. Il est dix heures et je suis toujours au fond de mon lit. Quand j'ai déclaré à Yolanda que j'avais besoin des cachets de la boîte bleue, elle me les a apportés et a déclaré d'office :

– J'appelle le lycée pour excuser votre absence. Vous pensez y retourner cet après-midi comme la dernière fois?

– Je ne sais pas. Je vous le dirai dans une heure ou deux.

– Je vais vous excuser tout de suite pour la journée, si vous n'y voyez pas d'inconvénient. Vous êtes fatiguée en ce moment, cela vous fera du bien.

– Je vous remercie, Yolanda.

Je traîne jusqu'au déjeuner dans ma chambre et passe un gilet sur ma robe de nuit pour me rendre à la cuisine. Je garde une mine sombre pour montrer que mon état de santé n'est pas encore parfait mais je n'en rajoute pas.

– Ça fait du bien, une petite journée de repos?

Je souris. Peut-être se doute-t-elle de quelque chose. Elle n'insiste pas. Dans l'après-midi, j'entends vrombir l'aspirateur. Elle s'occupe des tapis du salon et du bureau. Je profite de ce moment de liberté pour inspecter plus avant ma chambre. Il est grand temps que je découvre où se situe le point d'observation de ma gouvernante. J'explore les murs minutieusement en passant les mains sur les papiers peints et en bougeant les tableaux. Ce n'est pas la première fois que je me livre à une telle inspection mais je ne l'avais jamais fait d'une manière aussi précise. Rien, je ne vois rien en dehors du miroir. La cloison sur laquelle il est fixé donne sur une chambre d'amis plus ou moins condamnée.

Je m'attendais à ce que ce soit très poussiéreux mais je m'aperçois que Yolanda l'entretient de temps en temps.

Des housses recouvrent les meubles. J'évalue sur le mur mitoyen à ma chambre la position du miroir. À cet endroit, le mur est nu. Le bruit rassurant de l'aspirateur m'invite à continuer mon exploration. Au coin de la pièce, je soulève une tenture et découvre une petite porte dérobée. La poignée a été démontée et il est donc impossible de l'ouvrir. Je regagne ma chambre pour réfléchir. Il y aurait ainsi un passage secret ou une pièce interdite. Je vis dans une maison de conte de fées. Le silence est revenu et Yolanda m'appelle pour le thé.

– C'est une belle maison, fait-elle remarquer, mais les parquets sont bruyants. Je peux suivre d'en bas tous vos déplacements.

Elle me regarde d'un air amusé. Je ne suis pas certaine qu'elle dise la vérité. L'aspirateur faisait beaucoup de bruit. À moins qu'elle ne l'ait laissé fonctionner pendant qu'elle grimpait à l'étage pour m'espionner. Je dois peut-être trouver une raison avouable à mon expédition. Elle reprend :

– Vous n'allez pas me dire ce que vous cherchiez dans cette chambre poussiéreuse qui sert de débarras?

– Je ne suis pas obligée de vous informer de tous mes faits et gestes.

– C'est sûr, mademoiselle.

– Je voudrais renouveler le mobilier de ma chambre,

peut-être même changer de chambre, je ne suis plus une enfant et je veux que cela se voie.

– Je comprends.

Grisella me téléphone dans la soirée pour me raconter sa séance d'échecs.

– J'ai tout de suite senti que ce serait nul. Ils ont été distants. Après avoir longtemps parlementé avec une des horribles sœurs Broons, une fille s'est enfin dévouée pour s'occuper de moi. Elle a été très désagréable en me reprochant de ne pas comprendre assez vite, de ne pas être concentrée. Les autres riaient de ses remarques. J'ai failli lui mettre une claque et m'enfuir avant la fin. Le pire, c'est que j'ai constaté que tous les gars étaient pris. Ils jouaient tous avec leur copine à qui ils prenaient la main ou chuchotaient des blagues à l'oreille. J'en étais presque gênée. Toi, je sais que si ça t'a plu, c'est parce que tu as eu la chance que François s'intéresse à toi. Alors, depuis ton petit nuage, tu ne t'es pas aperçue que les autres étaient antipathiques. D'ailleurs, ton beau rouquin n'était pas là. Il devait savoir que tu étais absente. C'est une torture, ce club! Je ne suis pas près d'y remettre les pieds.

J'écarte l'appareil pour laisser libre cours à mon soulagement. Mais Grisella n'a pas fini:

– Au fait, t'avais quoi? Pourquoi tu n'es pas venue?

CHAPITRE 37

Ce matin, en descendant vers le port, mes yeux me piquent et une odeur âcre de fumée envahit mes poumons. Comme presque tous les habitants du bas quartier, si je ne peux pas me confiner en attendant que les fumées se dissipent, je trempe mon foulard dans de l'eau, fixe le tissu devant ma bouche et mon nez pour tenter de filtrer les particules asphyxiantes. Au coin d'une rue, on y voit comme sur un écran de cinéma quand il fait soleil. Plusieurs maisons sont en feu et des miliciens encerclent l'incendie. Ils interdisent le passage à ceux qui voudraient éteindre les flammes ou secourir les gens. Ils sont là pour «purifier le quartier», c'est comme ça qu'ils disent. Il y a de la vengeance dans l'air. J'aperçois Grégire qui donne des ordres au milieu de ses hommes. Des familles de pauvres, sans doute sortis en hâte des maisons en feu, contemplent le désastre en silence. Des miliciens font leur choix dans le groupe et entraînent vers leurs locaux des suspects à interroger. S'il s'agit de venger des miliciens, ces gens seront sans doute exécutés en représailles, d'habitude ce sont douze personnes pour un milicien mort, mais ça peut monter à plus s'il était gradé. Je contourne le quartier et j'entre au *Tonneau percé*. Je commande un verre d'eau claire. J'en vérifie la transparence avant de déposer une pièce sur le comptoir. J'ai besoin de boire pour nettoyer ma bouche de la sale odeur de brûlé. Rien qu'en écoutant quelques minutes les consommateurs matinaux d'alcool de foin, j'apprends les raisons de cette opération. Hier soir, deux terroristes ont réussi à s'échapper en prenant en otages deux gardiens. Ils ont tué le plus vieux et l'autre a disparu. La police évoque un probable enlèvement. Gerges est passé à l'acte et il est en danger. Au moins est-il sans doute encore vivant.

– Ils n'ont pas choisi n'importe qui, ils ont kidnappé le propre fils de ce salaud de Grégire, une enflure comme son père. On raconte même qu'il est pire que le vieux, plus imaginatif, si tu vois ce que je veux dire.

– C'est des membres de « Plutôt mourir » qui ont fait le coup. Connaissant les lascars, si Grégire ne négocie pas, il va récupérer son bébé en lambeaux.

Gerges est en danger et étant donné l'esprit borné de son père, je ne donne pas cher de mon ami. Je passe voir Syvain pour lui annoncer que j'ai à faire dans mon quartier et que je le rejoindrai un peu plus tard. Je fonce chez Maurce mais il n'y a personne et la maison est bouclée. Le père de Jea m'envoie promener alors que je n'ai même pas terminé ma phrase. Son fils n'a pas de temps à perdre avec moi. Je retourne auprès de Syvain et lui demande s'il ne saurait pas comment rentrer en contact avec ces terroristes qui détiennent mon ami.

– Dans ma vie, j'ai toujours tout fait pour les éviter.

– Mais tu en connais de vue que tu pourrais me montrer..

– Oui, mais ce serait une erreur. En plus il paraît que les indics de la milice te filent le train. Un suicide, je te dis.

– Je crois que ces gars sont bien occupés ce matin et puis il en va de la vie ou de la mort de mon meilleur ami.

– Ne m'explique rien, surtout. Viens, je t'emmène. Promets-moi de ne pas leur dire comment tu les as trouvés. Alors, tu veux «Jamais soumis» ou «Plutôt mourir»? Attention, ne te trompe pas de crèmerie, ils se détestent.

– «Plutôt mourir».

Je suis posté à la sortie d'une taverne proche du cimetière, *Le chat qui rote*. Syvain m'a décrit l'homme à suivre. Il ressemble à mon professeur de mécanique d'il y a deux ans. Je ne pensais pas que ça pouvait ressembler à ça, un terroriste. Il sort au bout d'une vingtaine de minutes et je le prends en filature. Nous nous dirigeons vers les entrepôts en empruntant des passages étroits et complètement déserts, ça sent le piège à plein nez. Trop tard, des gens cagoulés bloquent les deux issues. Ils sortent de leurs manteaux des tuyaux ou des manches de bois. Je crie avant le tabassage que je sens imminent :

– Je veux juste parler !

Une pluie de coups s'abat sur moi, puis je suis traîné et jeté dans une salle obscure. Après quelques secondes, la douleur envahit tout mon corps, à l'exception de mon visage qu'ils n'ont pas cherché à atteindre. Un gars m'arrache ma frontale et la fixe sur sa tête pour m'éclairer. Je ne distingue rien de ses traits.

– Crache le morceau et n'essaie pas de nous rouler, sinon tu termines au fond du port. D'abord, comment tu nous as trouvés ?

– Sur le port, en donnant un peu de fric à un Moincent, on peut savoir presque tout sur tout le monde.

– Mauvaise réponse.

Je prends une violente claque dans l'oreille et pendant plusieurs secondes j'ai l'impression que je n'entends plus aucun son. Une voix située derrière moi me parvient bientôt. Le ton est moins agressif. C'est sans doute un chef.

– Malheureusement, il n'a pas tort. Pourquoi t'es là?

– Je suis un ami d'enfance de Gerges, le fils de Grégire...

– Et tu nous balances ça comme ça? De mieux en mieux, s'énerve celui qui me fait face.

– Laisse-le parler, intervient l'autre.

– Je ne me mêle pas de politique. Je suis juste inquiet pour mon copain. Il paraît que vous l'avez enlevé. Et connaissant son père, j'ai peur qu'il le laisse crever plutôt que de céder à...

– Nous ne détenons pas son fils, assure celui que j'ai identifié comme étant leur responsable, ni nous ni les autres. C'est la milice qui fait courir ce bruit pour justifier les fouilles et la mise à sac de quartiers entiers. Son fils, on l'a épargné hier soir parce qu'il nous a rendu un service, mais si tu le revois, dis-lui bien que la prochaine fois, s'il est toujours avec ces chiens, nous ne le raterons pas.

Je les entends chuchoter derrière mon dos. Puis après quelques longues minutes, le gars reprend:

– Tu t'appelles Lucen? C'est ça? Ton père a bossé pour nous dans le passé, tu sais?

– Je ne savais pas.

– Tu attends un quart d'heure qu'on ait quitté le quartier et tu te barres.

Je suis rassuré pour mon copain et je pense savoir où il se trouve. Son père doit le boucler dans son grenier, il faisait ça souvent quand Gerges était petit et qu'il se montrait désobéissant. Peut-être Grégire sait-il qu'il est impliqué dans l'évasion des frères de Chatal?

Je passe chez lui mais sa mère ne veut rien me dire et me conseille de revenir vers dix-neuf heures. Je fais alors une petite visite à Firmie qui dort tranquillement, puis je fonce rejoindre Syvain dans les égouts. Il faut bien que je rapporte un peu d'argent aujourd'hui.

À l'heure dite, j'hésite à frapper chez Grégire. Avec la haine qu'il me porte, je prends le risque de me trahir et de me faire envoyer directement dans une de ses cellules. Il faut pourtant que je m'assure que mon copain est bien là-haut. La porte s'ouvre brutalement.

– Qu'est-ce que tu veux?

– Avoir des nouvelles de Gerges.

– C'est toi qui devrais m'en donner, petite ordure de terroriste! Tu fréquentes de drôles de gens dans les bas-fonds! Sache, mon petit gars, que ton dossier commence à s'épaissir et que bientôt tu vas disparaître du paysage. Mais, j'y pense, puisque tu es là, je vais en profiter pour relever tes empreintes. Comme ça, tu ne seras pas venu pour rien.

Il débouche devant moi un flacon d'encre de Chine, en répand sur un chiffon et, sans que j'aie le temps de réagir, il saisit ma main droite pour imbiber le bout de mes doigts. Puis il sort de la poche intérieure de son blouson un carton gris et appuie ma main dessus.

– Voilà, c'est fait. Cette fiche va aller rejoindre celles des voyous de ton espèce.

Je repère enfin un clignotement au plafond mais je détourne le regard pour ne pas attirer celui de mon interlocuteur. Je me lève et pars à reculons. J'évite de peu une bourrade de Grégire visant à me faire sortir plus vite. Il hurle :

– C'est toi qui as perverti mon fils, qui lui as mis dans la tête ces sales idées. Tu vas payer pour ça et plus tôt que tu ne le crois.

Je suis dans la rue, sain et sauf, mais pour combien de temps ? Il devient nécessaire de quitter au plus vite ce quartier.

Avant de rentrer, je longe le pignon droit de la maison et lève le bras vers le toit. Un fil de laine pend bien à cet endroit, lesté par une gomme trouée. Je décroche le message. Je n'ai pas joué à ça depuis des années et ça me fait presque sourire. Une fois dans la journée, c'est déjà ça.

Je raconte à Firmie les événements de ces dernières heures, mais sans faire mention des menaces directes de Grégire. Elle m'interroge à son tour sur mon rendez-vous de la nuit en 200.20. Je reste évasif, je ne veux pas lui donner de faux espoirs. De son côté, ça s'arrange un peu. Elle n'a plus saigné et s'est bien reposée. De plus, elle a réussi à acheter un peu de tranquillité en filant quelques pièces de monnaie à sa mère.

Je rédige un message pour Gerges et vais l'accrocher. Je passe rassurer Snia et lui explique notre vieux système de courrier clandestin. Elle se sent soulagée et étouffe quelques larmes dans mes bras. Je suis content que mon ami puisse compter sur une fille comme elle.

Je peine à trouver une position pour dormir. J'ai une zone très douloureuse au bas du dos. Quand je me mets sur le côté, c'est comme si on m'enfonçait une aiguille entre les côtes. Je repense aussi au visage de Grégire, déformé par la haine. Même si Gerges me dédouane en lui révélant toute la vérité, il ne changera pas d'avis à mon sujet. Il ne m'a jamais apprécié. Quand nous étions enfants, il disait à son fils que je n'étais pas franc et qu'il devait se méfier de moi. Je me suis toujours demandé d'où lui venait ce sentiment. Il faut que je me mette dès maintenant à la recherche d'un endroit sûr pour Firmie et que j'envisage le pire. Être séparé d'elle et peut-être pour toujours.

CHAPITRE 38

Pour que ça fasse plus vrai et, je suppose, pour libérer aussi cette envie de me détruire qui le ronge, mon père m'a soigneusement cogné à coups de poing, de pied et de ceinture avant mon retour dans le monde. La milice m'a soi-disant découvert au fond d'une cave près des quais, à moitié mort de faim et de soif. Je suis maintenant exhibé aux voisins. Ma mère tient une bougie près de mon visage tuméfié. J'aimerais bien me regarder dans un miroir. Entre mon passage à tabac lors de l'évasion des frères de Chatal et cette deuxième volée, je dois ressembler à un monstre.

Snia est passée me voir. Elle m'a demandé si elle pouvait serrer un endroit de mon corps sans réveiller de douleurs. Je l'ai enlacée avec fougue. Avec elle, la souffrance paraît plus douce. J'étais si bien à cet instant que j'ai dû lutter pour contenir des larmes de joie.

Ma mère enduit de crème cicatrisante les plaies ouvertes par les coups de ceinture paternels. Elle ne peut se retenir de justifier l'attitude de mon père. Elle cite pêle-mêle son enfance avec un père violent, l'amitié qui le liait depuis toujours à Alponce, son angoisse de me voir mal tourner. Je ne l'écoute que d'une oreille. Pendant ce temps, j'essaie d'envisager mon avenir et je ne le vois pas très rose. Je sors dans l'après-midi pour me rendre au poste de police. On me confine seul dans un bureau à faire du classement. Avant de partir, je suis convoqué par le «patron» de mon père. Je suis contraint d'improviser une version des faits. Je vois le commissaire faire la grimace à deux ou trois reprises. Je suis peut-être en train de contredire la version officielle. Ce n'est pas si grave. Tout le monde sait que, depuis quelques années, la milice peut tout et que la police se contente de donner ensuite dans ses rapports un vernis respectable aux pires exactions.

Je repasse chez moi pour raconter à mon père l'entrevue que je viens d'avoir. Comme je m'en doutais, il n'est pas inquiet et mon récit le fait plutôt sourire.

– Ce soir, tu demanderas à Clude de te montrer le dossier que nous avons sur ton pote Lucen, en particulier sur ses fréquentations du moment. Tu verras si je me fais des idées.

– Vous n'allez pas l'arrêter?

– Pas encore.

Je suis soulagé car avec mon père je dois m'attendre au pire. Avant de sortir, il ajoute:

– Mais c'est pour bientôt.

Je vais frapper chez les parents de Lucen qui me renvoient chez Firmie.

– Il est parti ce matin pendant que je dormais, m'explique celle-ci. Il m'a laissé un message m'avertissant qu'il avait une urgence et serait de retour avant la nuit. Il est souvent absent en ce moment. T'es dans un drôle d'état! Il t'est arrivé un truc depuis ton agression devant les locaux de la milice? J'avais cru comprendre que depuis tu étais juste bouclé au grenier par tes parents?

– Oui, j'ai croisé mon père hier soir.

– Il ne vaut pas mieux que le mien.

– Ça ne s'arrange pas pour toi?

– Mon vieux a enfin compris qu'il n'aurait pas «sa prime à la rupture», mais vis-à-vis du quartier Monsieur veut montrer que je n'ai pas eu raison contre lui. Alors il continue à venir m'insulter, me menacer. Ma mère me tolère tant que je travaille et que je ne quitte pas la cave. Je reste ici parce que je ne sais pas encore où aller. Et Lucen t'a dit, ses parents l'ont viré...

– Il ne m'a rien dit... C'est juste pour quelque temps, j'imagine, parce que, après le mariage, tu devras vivre chez lui. C'est la loi.

– Sauf que sa mère s'y oppose et que je n'ai pas envie de vivre dans l'hostilité et les conflits. Du coup, Lucen travaille un peu partout afin de gagner un maximum d'argent pour qu'on puisse habiter tout seuls.

– Il ne va plus du tout à l'école alors?

– Pas depuis deux semaines. C'est fini tout ça. À dix-sept ans, c'est la vraie vie.

– Je suis d'accord. De mon côté, je n'ai pas non plus trop fréquenté le bahut ces derniers temps.

J'explique à Firmie que Lucen est dans le collimateur de mon père et qu'il doit très probablement être suivi lors de ses déplacements. Après mon départ, la copine de mon ami se barricade.

Comme je l'avais prévu, tous les miliciens se montrent très distants avec moi. Aucun n'accepte de me serrer la main. Je renonce au bout de la deuxième tentative. Clude me récite ce que mon père a décidé à mon sujet : je n'ai plus le droit de porter d'arme, pas même la matraque de défense. Je ne suis plus autorisé à me rendre à l'étage des prisonniers ni à faire des rondes.

– Personne, explique-t-il, ne se sent plus en sécurité à tes côtés.

Je demande :

– Jusqu'à quand ?

– Je ne sais pas. À mon avis, tu en as pour un moment. En attendant, tu seras cantonné aux travaux administratifs et au ménage.

Il a prononcé ce dernier mot en souriant. Visiblement, cela lui fait plaisir. Même lorsque je débutais dans la milice, personne n'aurait osé m'assigner une tâche aussi dégradante. Ce sont les prisonniers qui s'en chargent. Protester ne servirait à rien. Je sais que je suis là pour en baver. Si mon père croit me punir ainsi, il se trompe. Je préfère me salir les mains de cette façon. C'est moins grave.

Je commence donc par nettoyer une salle d'interrogatoire où visiblement ils n'y sont pas allés de main morte : du sang, des cheveux et des débris d'ongles jonchent le sol. Ensuite, comme annoncé, Clude m'a préparé le dossier de Lucen. Je me plonge dedans avec intérêt. Depuis l'agression de mon père en 700, le pauvre a systématiquement quelqu'un sur le dos quand il sort de chez lui. Tout est consigné. Il y a même quelques photos.

Le 28 janvier

Lucen est repéré près du cimetière hors la ville en compagnie d'une fille inconnue originaire de la ville haute.

Clare Sucsec, mendiante au carrefour 50.00 et informatrice habituelle de la milice, a été formelle quant à l'odeur corporelle de la jeune fille, malgré les vêtements sales qui la couvraient.

Le soir même, la perquisition au domicile des parents de Lucen n'a rien donné.

Le 31 janvier

Lucen rencontre Snia Delet pendant de longues minutes vers sept heures du matin dans un endroit désert près du port.

À partir du 31 janvier

Lucen se rend pratiquement chaque soir vers dix-neuf heures au *Tonneau percé* où il rencontre un membre connu de la mafia des furtifs. Des transactions d'argent sont constatées. On suppose qu'il se livre dans la journée à des activités illégales (enquête en cours).

Le 5 février

Lucen passe sa journée au *Rendez-vous des gentlemen*, lieu de rassemblement connu des membres de la milice du port. Il y répare le système électrique défectueux.

Le lendemain matin, vers quatre heures, une bombe préalablement cachée derrière le bar explose sans faire de victime. (Coïncidence ? Enquête en cours.)

Le 6 février

Lucen est vu près du *Chat qui rote*, repaire bien connu des Coivistes les plus radicaux. Il semble avoir rendez-vous avec quelqu'un. Plus tard dans la matinée, il est de nouveau localisé sortant d'une des planques connues du groupe terroriste « Plutôt mourir ».

Dans la soirée, il est repéré avec Snia Delet pour une rencontre plus « intime ».

Sur la photo, je les découvre tendrement enlacés. J'accuse difficilement le choc mais je parviens tout de même à terminer ma lecture.

Le 7 février

Lucen est contrôlé par la police du port. Il est porteur d'une grosse somme d'argent. Une forte odeur de « gomme » est détectée sur ses mains. On suppose qu'il a eu à manipuler des matières explosives, sans doute de la plastrite (un dérivé du plastic). Ordre a été donné de le relâcher et de renforcer sa surveillance pour identifier des complicités.

Clude a épié mes réactions pendant ma lecture. Il doit être satisfait car je termine avec les mains devant les yeux pour cacher mon trouble. Je m'efforce de me calmer et de réfléchir. Je respire lentement.

Je ne peux pas reprocher à Lucen ses activités illégales. Dans la situation difficile qu'il traverse, j'admets qu'il doive trouver des solutions efficaces pour subvenir aux besoins de sa future famille. Pour ce qui est de ses rapports avec les terroristes, là, c'est différent... Lucen est mouillé jusqu'au cou avec ces salauds. Tous les faits rapportés vont dans le même sens. Il est maintenant clair qu'il a choisi son camp, celui de Maurce, celui des sauvages qui ont égorgé sans raison le vieil Alponce et qui m'ont roué de coups alors que je leur venais en aide. Il s'est bien gardé de me l'avouer en face, et c'est dans un rapport de la milice que je découvre sa trahison. Qu'est devenu l'ami en qui j'avais toute confiance?

Mais ce qui me choque le plus et me fait le plus mal, ce sont ses rencontres clandestines avec Snia et cette photo sans équivoque où ils se serrent dans les bras l'un de l'autre. Dès qu'ils m'ont cru mort, ils en ont profité, c'est ça? Que valent leurs signes d'affection envers moi? À quoi jouent-ils? Pourquoi me trahissent-ils? Snia a-t-elle fait semblant de m'aimer jusque-là pour entrer dans l'intimité du fils de Grégire, le chef de la milice? Participe-t-elle aussi au complot des extrémistes sanguinaires? Suis-je donc tout seul maintenant, sans plus personne sur qui compter à part mon père?

Je relève enfin la tête puis reclasse les fiches avant de tendre le tout à Clude qui ne peut s'empêcher de me demander :

– Alors, tu commences à comprendre à qui on a affaire ?

– Je crois, dis-je sobrement. Et il n'y a pas d'autres rapports depuis ?

– Si, mais ils sont classés *top secret* et, étant donné tes exploits, tu n'es plus habilité.

Je passe les heures qui suivent à regarder le plafond et à réfléchir. J'ai beau retourner toutes les informations dans ma tête, je ne vois pas comment Lucen pourrait être innocent. Il y a trop de coïncidences suspectes, trop de témoignages qui l'accablent. Je dois me rendre à l'évidence : mon ami m'a trahi et Snia aussi. Mon père aurait-il raison quand il soutient qu'il faut toujours préférer sa famille de sang à celle qu'on s'est choisie ?

Un coup de téléphone me fait sursauter. Je vois Clude se décomposer progressivement à mesure qu'il prend conscience de ce qu'on lui annonce. Il marque un long silence avant de se tourner vers moi.

– Ta maison a été plastiquée. Mon petit, ta mère vient de mourir.

CHAPITRE 39

J'ai décliné une invitation de Grisella, ce qui l'a un peu chagrinée. Je ne ressens plus le besoin de sortir à tout prix pour rencontrer du monde. C'est vrai que depuis que je fréquente le club d'échecs, je me sens plus entourée. Rien que le fait d'être gratifiée de discrets signes de reconnaissance tout au long de la journée au lycée me donne l'impression d'exister. Pendant les séances au club, je suis une «recopieuse» efficace. La dernière fois, des gars nous ont montré une machine à envoyer les tracts. Ils avaient chacun dans son sac quelques éléments servant à sa construction: un bras métallique, une boîte à gâteaux, un gros ressort et du fil électrique. Ils l'ont reconstituée devant nous et en ont expliqué le principe de fonctionnement. Ils réfléchissent encore sur le meilleur moyen pour le déclenchement : minuterie ou mèche lente. Léna nous informe que plusieurs de ces engins seront installés sur les toits-terrasses qui entourent la place du marché et qu'à un horaire donné des milliers de tracts tomberont en pluie sur les passants. Ceux qui auront déclenché les mécanismes auront eu, bien entendu, le temps nécessaire pour quitter l'endroit.

J'explique aux sœurs Broons que je suis étroitement surveillée à l'intérieur et à l'extérieur de chez moi, et qu'il n'y a qu'au lycée que je suis plus ou moins tranquille, et encore quand Grisella n'est pas collée à moi. Léna et Fiona m'assurent qu'elles vont trouver des solutions à ce problème.

La solution s'appelle François. Pour les besoins de la cause, ce dernier devra jouer à être mon amoureux. Il pourra ainsi à sa guise me séparer des autres pour me parler au creux de l'oreille et même venir chez moi. L'affaire est décidée et je n'ai pas mon mot à dire. Nous sortons donc du club main dans la main. Grisella n'en revient pas.

– Ah, d'accord ! dit-elle en joignant les mains. J'avais raison.

Ma copine m'observe comme une bête curieuse pendant tout l'après-midi. Je lui demande à plusieurs reprises : « Qu'est-ce qu'il y a ? » Elle se contente de sourire en dodelinant de la tête. Elle se doute peut-être de quelque chose. François m'attend à la sortie du lycée. Grisella m'embrasse et s'éloigne en nous lançant un «Bonsoir les amoureux!».

Nous restons silencieux pendant près de cent mètres avant que mon «amoureux» ne m'interroge:

– Tu t'inquiètes pour ton amie? Il ne faut pas. Léna ne va pas tarder à lui jeter un beau garçon entre les bras. Plusieurs sont prêts à se sacrifier pour devenir un temps le petit copain de ta jolie copine.

– Toi, ça ne te gêne pas de faire la même chose avec moi?

– Non. Il y a des missions plus dangereuses et moins agréables.

– Et ta petite amie, elle l'accepte?

– Je n'ai pas de petite amie. Et toi, tu as un copain?

– Ça ne risque pas.

Lorsque nous arrivons devant chez moi, François m'enlace et me chuchote:

– J'ai cru comprendre que quelqu'un t'espionnait. Tu crois que là elle nous regarde?

– Sûrement.

– Alors, il faut qu'on s'embrasse comme le feraient des amoureux avant de se quitter. Tu te détends et tu me laisses faire.

Je n'ai pas le temps d'acquiescer que déjà il m'embrasse la bouche avec douceur. Nous nous détachons après presque une minute. Je rentre à la maison toute chamboulée. Yolanda évite mon regard pour ne pas trahir le fait qu'elle a assisté à la scène. Je ne doute pas que mon père sera prévenu dès ce soir. Je monte dans ma chambre et me jette sur mon lit. Que c'est bon d'être une militante !

Mon père annonce son arrivée pour le samedi en fin d'après-midi. Il a prévu de m'emmener au restaurant. Je dois être élégante et très bien couverte. Cette dernière recommandation m'indique que nous allons utiliser un dirigeable. J'en suis réellement ravie. Cela fait au moins cinq ans que je n'en ai pas pris avec lui. Je me souviens que j'adorais. Emmitouflés dans nos couvertures, nous faisions face au vent en silence et parfois nos yeux pleuraient. « C'est le vent ! » répétait mon père comme pour s'en persuader. Aujourd'hui, je pense qu'il pleurait souvent ma mère mais qu'il ne voulait pas que je le sache. Les couleurs du ciel, voilà ce qui me plaisait surtout, et les nuages qui ressemblaient aux créatures de mes rêves.

Accoudés au bastingage, nous regardons le soleil se coucher. Nous descendons vers le sud. Je ne peux m'empêcher de scruter sous mes pieds le nuage mauve qui maintient mes amis de la basse ville dans la nox.

– Cela faisait longtemps, Ludmilla, qu'on ne s'était pas retrouvés ensemble dans le ciel.

– Oui, ça me manquait. Je me suis toujours demandé d'où vient le gaz qui permet au dirigeable d'avancer...

– De la biomasse. En bas sous le nuage, il y a des zones où la nature se désagrège en dégageant des gaz. Ils sont aspirés et concentrés dans des réservoirs avant de servir au chauffage des maisons ou à la propulsion des ballons.

– Et ces gaz sont toxiques?

– Oui, plus ou moins à l'état naturel. Mais pour nous, aucun risque, ils sont prisonniers de structures étanches et sécurisées.

– Et pour les gens d'en bas, c'est différent?

– Si tu veux vivre pleinement ta vie, Ludmilla, il faut que tu essaies d'oublier qu'il y a des gens qui vivent en bas.

– Je ne peux pas. Tu ne veux pas répondre à ma question?

– Si, bien sûr. En général, les villes sont construites loin des zones de production. Ce qui n'empêche pas une ou deux fois par an que des courants d'air entraînent les gaz vers les populations. Les gens se barricadent alors chez eux et bouchent les interstices des fenêtres et des portes avec des chiffons mouillés. Mais il existe quand même des gens qui vivent dans ces forêts en décomposition et qui œuvrent à la transformation en gaz de la biomasse. On les appelle les parias, ce sont des hommes et des femmes bannis de la ville basse et condamnés à ces travaux dangereux. Leur durée de vie est, tu l'imagines, encore plus courte que celle des autres. Mais parlons de toi. Comment va le lycée? Tu as de nouveaux amis?

– Je crois que tu es déjà au courant par Yolanda.

– Yolanda s'occupe de ta sécurité et ne se mêle pas de ta vie privée.

Je n'ai pas envie de l'affronter maintenant sur ce terrain. Je bredouille quelques informations que, j'en suis certaine, il possède déjà:

– Il s'appelle François. Il est en terminale. Je l'ai rencontré au club d'échecs... Pour le reste, c'est un peu tôt pour en dire davantage.

Nous arrivons à Grandville. À la différence de l'endroit d'où je viens, cette ville est implantée sur un large plateau. On y éprouve un sentiment d'espace que je ne ressens jamais chez moi. J'y suis déjà venue avant, mais à cette époque je ne cherchais pas à en savoir plus. Ici les pentes sont très abruptes, donc les pauvres sont tous terrés au fond de la vallée. Mon père m'indique que huit mille habitants peuplent cette ville. Quand je lui demande si son compte inclut les pauvres, il fait mine de s'étonner:

– Ah oui, j'avais déjà oublié que ma fille s'intéressait à tout le monde. Non, en tout c'est dix fois plus. C'est le ratio commun : dix pauvres pour un riche. On va pouvoir parler d'autre chose maintenant ?

Nous marchons un long moment dans la ville. Je remarque qu'il y a peu de présence policière. J'imagine que cette cité vit comme un château fort protégé par ses murailles naturelles. Mon père veut savoir si j'apprécie l'endroit. Je pressens qu'il ne pose pas la question pour le plaisir.

– Rien n'est fait, explique-t-il, mais j'envisage de nous y installer d'ici un an, peut-être moins. Ne t'affole pas. Nous aurons l'occasion d'en reparler.

– Aurai-je le choix de m'y opposer ?

– Pas vraiment. Mais n'y pensons plus et profitons de la soirée.

De retour au lycée, je guette avec impatience l'arrivée du futur prétendant de Grisella commandité par le club d'échecs. Il se présente enfin le mercredi sous les traits d'un élégant brun avec une longue mèche et un sourire carnassier. Je le regarde aborder ma copine à la cantine. Elle est très vite conquise mais se garde de m'en parler le jour même.

Je fais part à François de mon envie d'ouvrir la porte secrète de la chambre d'amis. Il m'explique que rien n'est techniquement plus simple. N'importe quelle poignée s'adapte à n'importe quelle porte. Il me suffit donc de démonter celle de ma chambre et de m'en servir pour ouvrir l'autre. Je lui avoue ne jamais m'être intéressée de près à ce genre de système. Il me propose de me faire une démonstration sur place samedi après-midi. De toute façon, une visite chez moi lui semble nécessaire si on veut crédibiliser notre relation aux yeux de Yolanda et de mon père. Je suis tellement contente de ses tendres baisers du soir que j'accepte sa suggestion avec joie.

– Tu diras à ta gouvernante que je viens t'entraîner aux échecs.

François arrive vers quinze heures. J'ai récupéré une table pliante sur laquelle j'ai fait trôner l'échiquier de mon père et disposé les pièces. La mise en scène est prête. Mon complice m'a conseillé de mettre de la musique pour couvrir notre conversation. Yolanda sera persuadée que nous voulons ainsi cacher nos jeux amoureux et ne pensera jamais que nous complotons pour une cause plus haute. Nous entamons une partie pour faire plus vrai, puis François organise mon expédition dans la pièce d'à côté. Il me confie la poignée de sa propre chambre et fait le guet près de la porte. Il monte le son de la musique. Il a aussi prévu de sautiller dans ma chambre pour donner l'illusion que nous dansons. Je me demande si ce n'est pas un peu trop. S'il tape contre la cloison, je suis censée me réfugier au bout du couloir, dans les toilettes. Je suis très excitée au moment de quitter la chambre et je peine à garder mon sérieux. François me mime des exercices de respiration qui permettent de faire le calme en soi. Je marche en chaussettes et sur la pointe des pieds, et réussis sans difficulté à ouvrir la petite porte. Premier choc, il s'agit d'un placard vide. Mais en y regardant de plus près, je vois un jour le long d'une des parois. Je pousse le fond qui s'ouvre devant moi. C'est noir et étroit mais je suis munie d'une lampe de poche. Un couloir d'à peine cinquante centimètres de large se déploie de part et d'autre. C'est un passage secret aménagé dans l'épaisseur de la cloison. Je m'engouffre sur la gauche et parviens à ce qui pourrait ressembler à une fenêtre qui donne sur ma chambre. Il s'agit bien d'un miroir sans tain, comme dans les romans d'autrefois. J'aperçois mon ami qui se dandine avec application. Il est un peu ridicule mais ses efforts me touchent. Je décide d'explorer l'autre direction mais je me retrouve vite face à une porte cette fois-ci fermée par une serrure. Je bats en retraite. Au moment où je vais entrouvrir la porte du couloir, j'entends un coup contre la cloison. Je me précipite dans les toilettes. Je compte quelques secondes et je tire la chasse d'eau puis me lave les mains en chantonnant. Dans le couloir, Yolanda m'attend, un sourire amusé aux lèvres :

– Votre père vous demande au téléphone. Ludmilla, remettez vos chaussures. J'ai peur que vous ne glissiez dans les escaliers.

– Allô, Ludmilla ?

– Oui, tu passes bientôt ?

– Ce soir. Il faudra que nous ayons une discussion à propos de ton club d'échecs.

– Pourquoi ?

Je plaque ma main sur l'appareil et respire profondément pour me calmer.

– Je veux juste vérifier quelques informations avec toi. Je viens d'avoir une discussion très intéressante avec ton amie Grisella qui m'a parlé de certains de ses membres. Tu sais qu'elle est très fine et très perspicace, ta copine ? À ce soir, Ludmilla.

– À ce soir, Papa.

CHAPITRE 40

Ce matin, en descendant rejoindre Syvain, je suis bousculé par un vieux qui s'esquive sans même se retourner. Ce petit incident, qui arrive pourtant si souvent dans le milieu opaque où nous vivons, me perturbe un temps. J'ai le sentiment que le geste était intentionnel. Je pense aux hommes de Grégire qui ont peut-être reçu la consigne de m'éliminer dès aujourd'hui. Je ralentis l'allure pour tenter de me calmer. Je respire doucement, comme me l'enseignaient autrefois mes parents: «Moins tu ouvres ta bouche, moins tu laisses entrer la mort.»

Syvain a un plan plus rémunérateur que d'habitude à me proposer. Vu l'état de nos finances, j'accepte avant même qu'il ne commence ses explications. Même si je me doute que ça va être un peu louche, je n'ai pas le choix.

– OK, dit-il, je t'expliquerai en chemin.

Mon copain a été contacté pour organiser des combats illégaux «rats contre rats» sur un cargo qui mouille à trois cents mètres au large. Les gars de l'équipage sont en quarantaine suite à une épidémie de grippe étrangère et s'ennuient à mourir. Le capitaine en a parlé à Smon qui s'occupe de leur ravitaillement depuis leur arrivée. Le chef des furtifs a proposé à Syvain que nous nous occupions seuls de cette affaire. Syvain est enthousiaste:

– Si ça se passe bien, on aura d'autres contrats et on gagnera plus. Je pourrai m'installer en 700 d'ici la fin de l'année.

Nous emportons notre matériel pour la traque des rats car nous utiliserons ceux qui infestent leur navire.

– Ils ont essayé, m'explique mon copain, d'improviser des combats avec des spécimens qu'ils avaient réussi à attraper eux-mêmes, mais les rats refusaient de s'affronter et s'en prenaient aux marins. Ils ne savent pas reconnaître les dominants et ont donc besoin de spécialistes comme nous.

Un zodiac en caoutchouc très rapiécé nous attend quai 17. Je ne suis pas rassuré et je me cramponne aux boudins durant toute la traversée. Le pilote perçoit ma peur et en plaisante avec son matelot:

– Il ne faudrait pas qu'il nous perce le canot avec ses ongles! Ça me rappelle quand on amène des filles.

Je relâche la pression et me force à sourire. C'est la première fois que je fais un tour en mer et je sais que si je tombe, je mourrai englouti au fond et qu'ensuite les poissons-chats ou d'autres poissons hideux me dévoreront. Nous montons enfin à bord du cargo. Nous allumons nos frontales. Tout est rouillé et sent le moisi, même les vêtements des hommes. Nous descendons dans les cales partiellement inondées pour commencer la traque. La puanteur est à son maximum. Les rats viennent en nageant à notre rencontre.

– Là, Lucen, il ne faut pas tomber dans cette soupe.

Je laisse Syvain prendre toutes les initiatives car je suis mal à l'aise dans ce nouveau milieu où le sol tangue. L'expérience et le sens de l'adaptation de mon camarade font merveille et nous mettons moins d'une heure à dégoter nos champions.

– Le spectacle va être grandiose car j'en ai chopé des bien vicieux, dit-il en serrant un chiffon à la base de son pouce en sang.

Les marins ont scié le haut d'un grand réservoir circulaire à un mètre de la base. Ils se regroupent autour. Syvain fait le bonimenteur et prend les paris, moi je manipule les « monstres ». Le crâne des rats est marqué d'une grosse tache de peinture jaune ou bleue. Les combats se suivent, ça gueule, ça se bouscule, mais les bagarres sont vite maîtrisées. Les gars s'empruntent de l'argent ou se vendent des objets tels que des couteaux ou des bijoux. Je jette des cadavres de rongeurs par-dessus bord tout l'après-midi. Vers six heures, ayant épuisé notre stock, nous repartons les poches bien pleines. La mer est plus agitée que le matin et je ne me décramponne pas des poignées du canot durant la traversée. À notre débarquement, nous avons la mauvaise surprise de découvrir que nous sommes attendus par la police du port. Sans même nous adresser la parole, ils nous tabassent copieusement. Puis ils nous fouillent brutalement et jettent le contenu de nos poches par terre. J'enrage car je vois Syvain contraint de donner notre recette à l'officier pour nous éviter une incarcération de plusieurs jours. Un de leurs chiens vient me renifler les mains et se met à aboyer. Un gars relève mon nom. Après quelques menaces, ils nous laissent filer. Je récupère trois pièces de monnaie restées sur le sol. Je découvre à côté une boule de papier gris dont je n'avais pas le souvenir. À l'abri des regards, Syvain défait sa ceinture et tire sur un fil qui maintient ensemble les deux fins bandeaux de cuir. Il les sépare et en sort des rouleaux de billets qu'il avait cachés à l'intérieur.

– Ah les salauds ! On a perdu la moitié de notre fric, mais rassure-toi, après avoir versé notre commission à Smon, il nous restera quand même un bon petit paquet.

Je rentre à la cave retrouver Firmie et lui montrer mes gains de la journée. J'allume ma frontale pour ouvrir le papier que le vieux de ce matin a dû glisser dans ma poche en me bousculant.

Toujours d'accord pour 30 écus d'or?
Demain entrepôt 17 à cinq heures avec tes outils.
N'en parle à personne.

Je commente d'un ton neutre :

– Un boulot pour demain matin. Je te raconterai en rentrant.

Je passe voir si Gerges n'a pas laissé pendre de message pour moi. Rien. Je suppose qu'il préfère communiquer avec Snia. Je le comprends.

Je ne réveille pas Firmie avant de partir. Le couvre-feu est à peine levé et rares sont les gens qui circulent déjà. Je suis en avance et je prends le temps de faire des détours et de m'arrêter pour vérifier que je ne suis pas suivi. L'entrepôt 17 est ouvert. Deux hommes m'attendent. Ils me bandent les yeux avec un chiffon et me bouchent les oreilles avec de la cire à bougie. Ils m'installent dans une voiture à bras et me recouvrent de sacs de jute. Ils me poussent dans les rues du port. Ils auraient dû me boucher les narines car je repère tous les endroits que nous traversons. Cela veut peut-être dire qu'ils viennent de la ville haute où les gens ne savent pas sentir comme nous. Nous nous arrêtons tout près d'un chantier de calfatage, à une cinquantaine de mètres à droite d'une poissonnerie et à proximité d'une forge. J'en déduis que nous ne sommes pas loin de la ruelle du *Rendez-vous des gentlemen*. Nous abandonnons le véhicule et entrons dans une maison qui sent fort le tabac froid et l'alcool de foin. Ce n'est pas l'odeur de l'endroit où j'ai réparé le circuit électrique, c'est donc un bar clandestin comme il y en a beaucoup aux alentours du port. La porte est fermée derrière moi à double tour. On me débarrasse du bandeau et de la cire, et on m'invite à m'asseoir à une table éclairée par des bougies, autour de laquelle sont installés quatre hommes et deux femmes dont les peaux paraissent bizarrement grisées. Mon voisin par exemple a sous l'oreille une petite «tache» de propre. Mes guides repartent sans rien dire.

C'est la femme placée juste en face de moi qui prend la parole :

– Si vous êtes parmi nous, j'en conclus que vous acceptez nos conditions. Comme vous le savez, nous avons besoin de vos compétences techniques. Mais plutôt que de vous regarder les fabriquer, nous voulons que vous nous enseigniez comment faire par nous-mêmes des détonateurs aussi efficaces que ceux de votre père. Cela explique aussi le prix que nous vous proposons. Ensuite, quand nous saurons, il n'y aura plus jamais d'autres commandes. Êtes-vous d'accord?

– Cela me convient, dis-je simplement.

Je découvre des cartons de matériel et d'outils. Je distribue les divers éléments nécessaires à chaque participant. Ensuite, je détaille chacun de mes gestes en fournissant le plus d'explications possible. Tous prennent des notes ou dessinent des schémas. Je recommence de nombreuses fois. À plusieurs reprises, je les vois qui se parlent à l'oreille. Toutes les questions passent par la femme qui s'est adressée à moi au début. Certains me demandent de valider leur travail. J'observe à la dérobée ces gens appliqués qui, grâce à moi ou plutôt par ma faute, répandront la mort et la destruction autour d'eux. À l'issue de la séance, les participants ont le sourire et semblent fiers d'avoir réussi à réaliser plusieurs objets. Mes deux guides du matin réapparaissent vers onze heures. Ils m'équipent comme à l'aller, je les laisse faire car je ne sais pas s'ils apprécieraient que je leur dise qu'ils s'y prennent comme des débutants. Ils m'abandonnent près du cimetière. Je passe mettre mon argent en lieu sûr dans la cave de Firmie et je rejoins Syvain à qui je débite un mensonge pour justifier mon retard. Je suis presque content aujourd'hui d'être à la chasse aux rats dans les égouts.

En rentrant, j'apprends par Firmie que Gerges a été « libéré ». Il est, paraît-il, bien amoché. Je décide de l'attendre une partie de la soirée pour apprendre enfin ce qui s'est passé. Je veux surtout savoir s'il m'a blanchi aux yeux de son père ou si le vieux m'en veut toujours. Je piétine depuis une heure. J'essaie de voir à l'intérieur s'il est là. Je ne croise que le regard revêche et menaçant de sa mère. Au bout d'une heure, je renonce.

Je retrouve mon amie occupée à toucher, respirer et recompter notre fortune. Quand elle s'aperçoit de ma présence, elle me demande :

– Tu ne m'as pas dit comment tu les avais gagnées, ces pièces d'or ?

– C'est une partie de mon héritage que je touche avant l'heure.

– Tu les as volées chez tes parents ?

– Non, je plaisantais. Je te promets de te raconter plus tard. Mais ne t'inquiète pas, je n'ai rien fait de terrible. Il faut absolument que je dorme maintenant, je suis debout depuis près de vingt heures.

Je ferme les yeux, plus apaisé que la veille. Et si notre avenir s'éclaircissait enfin ?

CHAPITRE 41

Je suis sur les lieux, une heure plus tard. Il ne reste presque rien de notre maison. La cloison qui donnait sur la rue n'existe plus. Quelques gars transportent des affaires encore utilisables. Mon père est planté au milieu du désastre. Quand je m'approche, il m'ouvre ses bras et je me précipite pour le serrer contre moi. Je le vois pleurer pour la première fois et je suis au bord d'en faire autant.

– Ils m'ont pris Kéin, maintenant ta mère. Il ne faut plus qu'on se sépare désormais.

– Où est-elle?

– Ils viennent de l'emmener.

Nous prenons la direction des bureaux de la milice, où Clude a fait dégager un local pour qu'on puisse y dormir et stocker ce qui a pu être récupéré. Mon père insiste pour que je me repose et repart avec ses hommes, sans doute pour exercer sa vengeance. Je ne parviens à dormir que quelques heures. Les gars me réveillent en rentrant de patrouille. Snia est en bas dans la rue et me réclame. Je lui fais dire que je ne veux plus la fréquenter et qu'elle doit savoir pourquoi. Qu'elle soit déjà contente que je ne la fasse pas interroger par mes copains sur-le-champ!

Je passe devant chez moi où des ouvriers s'activent à fixer des plaques de bois pour fermer le trou béant. J'erre plus d'une heure avant que mes pas ne me ramènent à la milice. Je n'ai nulle part ailleurs où aller. Je n'ai plus d'amis. L'idée m'a effleuré un instant de rendre visite à Firmie pour lui relater les aventures sentimentales de son compagnon. Mais à la réflexion, je n'ai rien à faire chez elle. Comme le dit mon père, ce sont des étrangers et même peut-être des ennemis, s'il s'avère que Lucen est mêlé à la mort de ma mère.

L'attitude des gars a changé depuis ce matin. Ils respectent mon deuil et se montrent prévenants. Mon père a les yeux rougis par la fatigue mais il se tient debout devant ses hommes. Il répartit le travail d'enquête des patrouilles. Quand il a terminé, il s'écroule dans un fauteuil et m'appelle près de lui. Il colle son front contre le mien pendant quelques secondes.

– J'ai besoin d'être sûr que tu es avec moi, dit-il d'une voix fatiguée.

– Je te le jure, Papa, j'ai choisi mon camp. Je suis avec toi.

– C'est bien. Il t'aura fallu du temps pour comprendre mais tu y es arrivé.

Il feuillette quelques instants ses dossiers avant de me tendre plusieurs feuilles tamponnées *top secret*.

– Lis ça attentivement. Je vais essayer de dormir une heure. Réveille-moi quand les gars seront de retour.

Il se lève péniblement et titube jusqu'à la remise qui nous sert maintenant de chambre. Je m'assois à sa place. Il y a trois papiers portant le même titre mais datés de trois jours différents. Les notes sont dactylographiées et des analyses sont ajoutées au crayon, probablement de la main de mon père.

Rapport de l'agent D, infiltré au sein de l'organisation terroriste coiviste « Plutôt mourir »

<u>Dans la nuit du 5 au 6 février</u>

Lucen rencontre vers 200 un haut responsable coiviste recherché pour fait de terrorisme, connu sous le nom de Benot. Lucen lui donne à cette occasion la liste des composants et des outils nécessaires à la fabrication de détonateurs.

Le contact est avéré. La liste a même été récupérée par notre espion. L'écriture est, sans aucun doute possible, celle de Lucen.

<u>Le 8 février de 6 heures à 11 heures</u>

Dans une planque coiviste située près du port, Lucen organise la formation de six artificiers terroristes venus de plusieurs hautes et basses villes du pays.

Pour ce travail, il est payé trente écus d'or.

Trois détonateurs ont été saisis et expertisés. Ils portent pour deux d'entre eux les empreintes de Lucen, ce qui ne laisse aucun doute sur sa participation active à cet atelier.

Rapport du milicien chargé de pister Lucen le 8 février dans la soirée

<u>Le 8 février en fin de soirée</u>

Lucen est repéré près du domicile de Grégire. Il regarde à l'intérieur de la maison mais se cache quand il est surpris par la femme du chef.

Lucen est venu examiner les lieux avant l'attentat afin de déterminer où placer la charge le moment venu pour qu'elle cause un maximum de dégâts. La présence de Josane ne l'a pas dissuadé de perpétrer son crime.

Cette nuit, peu après l'attentat

Plusieurs passants l'ont aperçu rôdant autour des lieux de l'attentat.

Lucen est venu se rendre compte de l'efficacité de l'engin explosif.

Rapport d'expertise sur l'explosion du domicile de Grégire dans la nuit du 8 au 9 février

Un des deux engins n'a pas explosé. Les empreintes de Lucen ont été relevées sur le détonateur.

Lucen a donc, sans aucun doute, eu un rôle actif dans le lâche attentat meurtrier perpétré au domicile du chef de la milice, qui a causé la mort de Josane, 37 ans, une mère de famille innocente.

Comme disait mon père, il m'a fallu du temps pour comprendre, mais ça y est, je ne doute plus. Lucen est un salaud. Mon meilleur ami, mon « frère », est devenu une enflure. Rien ne justifie de trahir ses amis. C'est visiblement l'argent qui le motivait, ce qui le rend encore plus détestable. Je l'entends d'ici s'expliquer : « Je l'ai fait pour Firmie, je l'ai fait pour l'enfant qui va venir, je n'avais pas d'autre choix... » Hypocrite, toujours là pour faire la morale aux autres, pour dire : « Ce n'est pas bien de s'en prendre à une femme sans défense... » Et ma mère, elle n'était pas innocente et désarmée, peut-être ?

Comme prévu, je vais réveiller mon père. Je l'interroge :

– Pourquoi, si tu étais au courant de tout ça, tu ne l'as pas fait arrêter plus tôt?

– Au départ, ton «copain» nous a permis de mettre au jour plusieurs réseaux clandestins. Mais tu as raison, j'aurais dû agir avant... Je ne pensais pas qu'il irait si loin. Je m'en veux, je me sens responsable de la mort de ta...

– Tu ne pouvais pas savoir... Moi-même, je n'aurais jamais pu imaginer qu'il en était capable.

Mon père réunit ses troupes. Les gars sont rentrés bredouilles, Lucen est introuvable. Ils ont un peu secoué Firmie mais sans succès. Mon père se tourne vers moi :

– Tu connais la bête, elle ne parlerait pas sous la torture. Toi, elle t'aime bien, tu peux l'embobiner. Si elle a des informations, elle te les donnera.

– Je peux essayer, dis-je. Mais il faut d'abord que je te confie tout ce que je sais des escapades de Lucen dans les hauteurs et de cette fille qui s'appelle Ludmilla.

Le domicile des parents de Firmie est ouvert à tous les vents. Je salue sa mère qui ne me répond pas. Sans attendre, je descends dans la cave. J'entends Firmie appeler :

– Lucen, c'est toi?

– Non, c'est moi, Gerges.

Firmie travaille en faisant des gestes brusques et mécaniques. J'allume une bougie pour la voir. Sa lèvre inférieure est très gonflée.

– Qu'est-ce qui t'est arrivé?

– Devine... Les copains de ton père. Ils disent que Lucen est un terroriste, qu'il aurait tué ta mère. Toi, tu sais bien que ce n'est pas possible? Hein, tu ne crois pas à ces conneries? Gerges, tu es son ami?

– Bien sûr. Et qu'est-ce qu'il t'a dit la dernière fois que tu l'as vu?

– Qu'il fallait qu'il te rencontre. Seul à seul.

– A-t-il précisé où et quand il voulait me voir?

– Non, il m'a dit qu'il te trouverait.

Je ne pourrai pas revoir ma mère une dernière fois car, selon le médecin, sa dépouille n'est pas présentable. Sur son cercueil, on a placé une photo d'elle assez ancienne. Je ne devais pas avoir plus de six ou sept ans quand le photographe était venu immortaliser notre bonheur. C'était juste avant le décès de Kéin. Ma mère y avait vu un signe. «Il ne faut pas trop se réjouir d'être heureux parce que ça porte malheur», avait-elle déclaré à mon père qui rigolait. Impossible de voir que le cliché a été pris dans la maison car seul le visage de ma mère est éclairé par le flash de l'appareil. Son sourire est un peu crispé.

Les gens défilent, embrassent le majeur et l'index de leur main droite, et viennent ensuite les coller sur le cliché. Beaucoup d'officiels sont présents, peut-être même des gens de la ville haute, car certaines chaussures brillent un peu trop. Seule une partie de notre milice est là, puisque la plupart des gars sont en faction un peu partout dans le cimetière à guetter Lucen qui ne s'est pas encore montré. Depuis hier, je suis suivi de loin en permanence par deux miliciens chargés de l'interpeller. J'ai tourné dans les rues toute la journée en espérant qu'il trouverait une occasion de s'approcher de moi. Peut-être ne tiendra-t-il pas sa promesse. Ce ne serait pas étonnant, venant d'un lâche et d'un hypocrite comme lui.

Hier soir, les gars sont retournés chez Firmie pour fouiller la cave et ont constaté qu'elle avait emporté toutes ses affaires. Sans doute s'est-elle enfuie avec son terroriste chéri.

Quatre anciens de la milice descendent le cercueil au fond du trou puis remontent la corde. Tous les participants se prennent par la main et entourent la fosse. Je donne la main à mon père. Je pense à ma mère. Je sais qu'elle m'aimait à sa façon même si elle ne me l'a jamais dit. Nos hommes se relaient maintenant pour reboucher le trou avec les deux pelles disponibles. Mon père et moi, nous les regardons faire. Les femmes, les enfants et les gens importants repartent en silence. Nous restons sans rien dire un long moment. Mon père me tient toujours par la main.

Soudain, des cris s'élèvent dans le lointain. Clude surgit en courant quelques minutes plus tard et nous glisse tout bas :

– Ça y est, on a chopé le Lucen. Vous voulez le voir avant le jugement ?

Mon père fait non de la tête puis il ajoute :

– Le juge sait ce qu'il a à décider : condamnation à mort par pendaison, précédée de six mois de travaux forcés au sein des parias. J'espère seulement qu'il survivra à son séjour dans la forêt pourrissante jusqu'à son exécution. Ce serait dommage de se priver du spectacle de son agonie au bout d'une corde. N'est-ce pas, mon fils ?

– Oui, Papa, j'espère aussi ne pas manquer ce grand moment de plaisir.

CHAPITRE 42

— Alors, que t'a dit Grisella?

– Qu'à ton club d'échecs on ne jouait pas toujours aux échecs. Que ça cachait sans doute une autre activité plus clandestine... peut-être politique. Pourquoi pense-t-elle ça?

– Elle ne s'est pas remise de sa tentative pour y entrer. Elle venait juste là pour les garçons et elle s'est retrouvée à apprendre à déplacer les pièces. Comme elle n'était pas attentive, je crois qu'ils l'ont un peu chahutée pour lui faire comprendre qu'elle n'avait pas sa place parmi eux. Ça l'a blessée et depuis elle cherche des justifications. Le fait que j'aie rencontré François au sein du club l'a rendue jalouse. Elle dit à tout le monde que c'est un club de rencontres et pas un club d'échecs. Tu vois, tout s'explique!

– Elle m'a parlé aussi des sœurs Broons qui dirigeraient plus ou moins ce club. Sais-tu que leur frère appartenait à une organisation terroriste?

– Non. Tu peux m'en dire plus? Ça m'intéresse.

– Une autre fois peut-être. Ludmilla, je veux surtout te mettre en garde. En dehors de moi et de Yolanda, tu ne peux faire confiance à personne. Tu comprends?

– Oui.

Au lycée, Grisella m'évite mais j'ai l'impression qu'elle n'est jamais loin et qu'elle me surveille. J'apprends qu'elle a refusé le premier candidat à sa neutralisation. J'espère que le club en a prévu un autre, ne serait-ce que pour l'occuper quelques jours. J'ai eu l'occasion de raconter aux sœurs Broons la discussion que j'ai eue avec mon père mais cela ne les a pas inquiétées.

– Nous ne remettrons pas en cause l'opération du 22 février, m'a déclaré Fiona. Ils pourront toujours nous soupçonner, ils n'auront aucune preuve.

Je me sens de plus en plus proche de François et je crois que de son côté c'est pareil. Nous avons des gestes tendres même quand personne ne nous observe. Est-ce seulement du zèle de sa part ou bien comme moi, je l'avoue, apprécie-t-il de plus en plus notre relation?

Au programme du club aujourd'hui, nous apprenons à ouvrir une serrure à l'aide de deux fines tiges de métal.

La démonstration est faite par Léna sur la serrure de l'armoire à matériel. Ensuite, nous nous entraînons sur des cadenas. Je ne me débrouille pas si mal, même si je trouve que je mets beaucoup plus de temps que certains. J'apprends que ce week-end des garçons, dont François, iront en repérage dans les immeubles qui bordent la place du marché. Ils doivent s'assurer que les toits-terrasses seront bien accessibles le moment voulu. J'insiste auprès de Léna pour que François passe aussi chez moi afin de m'enseigner vraiment à jouer aux échecs car je pressens que mon père va bientôt vouloir évaluer mes progrès. Elle y consent mais ajoute en souriant :

– Juste pour jouer aux échecs alors ?

En lui répondant « bien sûr », je me sens rougir. Je n'aime pas qu'on me sente vulnérable et je me mords la lèvre presque jusqu'au sang.

Nous jouons aux échecs durant près de trois heures. François ne peut s'empêcher de tourner la tête vers le miroir. De mon côté, je suis attentive aux bruits du parquet pour tenter de repérer les pas de Yolanda. Par prudence, m'a-t-il indiqué en début d'après-midi, nous nous embrasserons au moins après chaque partie. Nous nous y tenons avec application. Au moment de partir, François me félicite pour mes progrès puis me chuchote à l'oreille :

– Je crois que je suis en train de tomber amoureux de toi.

Un long silence suit. Il attend que je me lance aussi. Même si ce n'est pas une surprise, l'émotion m'envahit.

– Moi aussi, dis-je enfin.

– Il vaut mieux que les autres ne le sachent pas.

– J'ai l'impression que Léna s'en doute.

– Ne lui laissons pas penser que nous sommes sortis de notre mission. J'ai peur qu'ensuite ils nous séparent.

Je passe la totalité de l'heure de club assise en face de Léna. Nous jouons pendant une dizaine de minutes puis elle m'explique enfin ce qui nécessitait ce tête-à-tête :

– Comme tu t'en doutais, ton père est un personnage important de la sécurité du pays et à ce titre il détient des informations de premier ordre. Nous savons qu'il emporte durant le week-end une partie de ses dossiers chez vous pour préparer sa semaine.

– Vous m'avez recrutée pour ça, parce que je suis sa fille ?

– Ludmilla, des vies sont en jeu et tu peux nous aider. C'est ça qui compte.

– En espionnant mon père ?

– Tu as juré de faire passer la cause avant tes intérêts personnels. C'est le moment de montrer que tu as une parole. Dis-toi que tu as la chance d'être vraiment utile. Tu vas pouvoir faire bien davantage que ceux qui collent des affichettes sur les lampadaires ou amorcent les lanceurs de tracts. Écoute-moi, c'est du sérieux, là. On nous a parlé d'un transfert de prisonniers pour la nuit de dimanche à lundi. Nous avons besoin de connaître leur identité pour tenter d'organiser leur évasion. Si on ne les intercepte pas maintenant, ils les feront disparaître à jamais.

– Et qu'est-ce qu'ils ont fait, ces prisonniers?

– Tu n'as pas besoin de savoir. En tout cas, rien qui justifie qu'ils soient tués. Je reprends, ton père rapportera ses dossiers pour faire son choix. En fin d'après-midi, dimanche, son adjoint l'appellera pour qu'il lui communique l'identité des hommes qu'il aura désignés. Note les noms, crypte-les, fourre-les dans cet étui à cartouche d'encre. Ensuite, tu descends ta corbeille dans la poubelle extérieure et tu as fini ta mission. François m'a dit que tu disposais d'un moyen d'écouter les conversations qui se déroulaient dans le bureau de ton père.

– C'est exact.

– Alors, c'est bon?

– C'est bon.

– Tu vas rendre un grand service à la cause, Ludmilla.

Voilà. Je vais trahir mon père, trahir celui qui m'a toujours protégée, celui qui m'a toujours sincèrement aimée. Bien sûr, il m'a longtemps tenue éloignée des autres en me faisant croire qu'en dehors de notre petite famille rien d'intéressant n'existait. Aujourd'hui encore, il me fait espionner jusque dans ma chambre « pour mon bien ».

Mais ce n'est pas pour prendre une revanche sur lui que je vais le faire. Non, je vais le faire parce qu'il envoie à la mort des gens qui ne le méritent pas, parce qu'il est l'instrument d'un pouvoir injuste. Ces militants se battent pour ceux d'en bas qu'on condamne par égoïsme à survivre dans des conditions inhumaines. Je le fais pour Lucen et sa famille, et pour toutes les filles comme Martha à qui on vole leur vie

En définitive, je ne le fais pas contre mon père mais contre le pouvoir qu'il sert. J'aime toujours mon père mais je crois que j'ai raison contre lui.

Mon père travaille depuis plus d'une heure. J'ai laissé la porte de ma chambre ouverte pour entendre le téléphone qui sonne aussi sur le poste de l'entrée. Je suis aux aguets et ne parviens à rien faire d'autre. Impossible même de lire : je ne retiens pas la signification d'une phrase avant d'en commencer une autre. Yolanda est occupée dans la cuisine à préparer le repas du soir.

Le téléphone ! Je sais que mon père ne se précipite jamais pour décrocher. Je dispose donc d'une vingtaine de secondes pour gagner mon poste d'observation avant qu'une conversation ne s'engage. J'ai repéré durant la semaine un parcours au millimètre qui évite les lattes qui craquent. J'y suis. Allongée sur le tapis, je soulève dans un silence absolu le morceau de bois qui dissimule le trou.

– Bonsoir, Siremain, commence mon père. Vous avez de quoi noter, j'imagine. Pedroi, Demarc et Sirta. C'est bon pour vous? Je répète, Pedroi, Demarc et Sirta. Bonsoir et à demain.

Je fais le chemin inverse en essayant de contenir mon excitation. Installée à mon bureau, j'entreprends de coder chaque nom avec le livre. Quand je ne suis pas certaine de l'orthographe, j'ai pour consigne de rester phonétiquement juste. Mon message est prêt. Je le dissimule dans l'étui à cartouche et descends à la poubelle avec ma corbeille. Yolanda a dû entendre la porte s'ouvrir car, lorsque je reviens, elle paraît m'attendre.

– Il me semblait l'avoir vidée il y a deux jours à peine...

– En effet, mais aujourd'hui j'ai décidé de classer les notes que j'ai prises au lycée depuis le début de l'année.

– C'est bien d'être ordonnée.

Je retrouve Léna dans les toilettes. Nous sommes seules. Sa sœur fait le guet à l'extérieur. Son visage n'annonce rien de bon.

– Demarc, Pedroi et Sirta n'ont pas été libérés. Par contre les flics surveillaient les parages de la prison et un de nos groupes a été arrêté en possession d'explosifs et de détonateurs. Il n'y a eu aucun transfert dans aucun des cinq lieux de détention de la ville.

J'essaie de comprendre ce qu'elle est en train de m'expliquer. Mon corps est soudain envahi par des bouffées de chaleur, je parviens difficilement à articuler :

– Et toi, t'en penses quoi ?

– Je pense que ton père est au courant de tout et qu'il s'est servi de toi pour nous piéger.

CHAPITRE 43

Des bruits sourds, des cris, le plancher au-dessus qui craque. Suis-je dans un rêve ou le monde autour de moi se met-il à trembler? Je suis assis sur notre couche et j'entends distinctement les sirènes des secours qui se dirigent vers les quartiers situés plus haut. Tout ça est bien réel. Peut-être ma famille est-elle en danger? Je dois me lever et me rendre sur place. L'odeur dans la rue est la même qu'il y a quelques jours près du port, quand la milice enflammait un pâté de maisons pour l'exemple. Je pense à Katine et à mes parents qui ont sans doute besoin de moi. Tout le quartier est dehors. L'incendie est éteint mais deux matelas jetés sur le trottoir continuent de se consumer. Des gens sont regroupés autour de l'ambulance dont les feux clignotent. Je m'approche. Deux hommes chargent un corps enfermé dans un sac. Je sens l'odeur de ma sœur à quelques mètres. Je l'attire à l'écart pour lui parler :

– Qu'est-ce qui s'est passé ?

– Lucen, c'est toi ? Tu sens un peu, même beaucoup l'égout, mon frère. Il y avait une bombe placée devant chez Grégire. Josane est morte dans l'explosion.

– Et vous, vous n'avez rien ?

– Juste les deux vitres de la maison qui ont volé en éclats mais sans atteindre personne.

– Gerges n'était pas là ?

– Il était en patrouille avec son père, si j'ai bien compris. Ça va, Firmie ?

– Oui, on se débrouille. Salue les parents pour moi.

Gerges ne devrait pas tarder à arriver. Je ne sais pas s'il aura besoin de mon soutien. Son père sera là et je risque d'être de trop. Les miliciens écartent les badauds et tendent de la ficelle pour délimiter un périmètre à ne pas franchir. La façade a été entièrement arrachée. Je devine l'intérieur noirci de la maison de mon ami quand les gars s'y déplacent avec leur frontale. J'essaie de saisir leurs échanges. J'apprends qu'il y avait deux charges et qu'un détonateur n'a pas fonctionné. La description de l'engin me fait comprendre qu'il s'agit d'un modèle similaire à ceux dont j'ai enseigné la fabrication la veille, peut-être même est-ce l'un des détonateurs assemblés ce jour-là. Ils se réjouissent d'avoir trouvé de nombreuses empreintes exploitables sur l'engin défectueux.

– Nous n'aurons aucun mal à coincer ces salauds, cette fois-ci ! lance l'un d'eux, satisfait.

Je m'écarte du groupe pour réfléchir. J'ai touché à tous les détonateurs, ne serait-ce que lorsque j'ai distribué le matériel. La milice a mes empreintes dans ses fichiers. Ils pourront donc m'identifier sans problème. Il ne leur en faudra pas plus pour me condamner. Je redescends la côte et réveille Firmie afin de tout lui raconter. Je lui demande de se tenir prête à fuir. Je vais essayer de trouver une planque pour nous deux et je viendrai la chercher quand ce sera fait.

– Attends-toi à la visite de la milice. Ils vont être sur ma piste d'ici quelques heures.

– Tu vas où ?

– Voir Maurce. Si tu croises Gerges, dis-lui que j'aimerais lui parler en privé, que je peux tout lui expliquer. Mais je ne sais pas quand j'en aurai la possibilité, dis-lui... que je le trouverai.

– Reviens vite.

Je fonce chez mon copain qui travaille déjà au fond de son atelier. Je sens l'odeur des blattes souffleuses qui grillent. Il met plusieurs minutes à réagir. C'est à se demander s'il n'hésite pas à m'ouvrir.

– Maurce, c'est une question de vie ou de mort!

Il me tire à l'intérieur et referme derrière moi.

– Tu n'aurais pas dû venir ici, je suis tout le temps surveillé!

– Si ça peut te rassurer, je crois qu'en ce moment ils sont plutôt sur mon dos.

Je lui fais part de la situation. Il réfléchit un long moment et déclare :

– Reste là. Barricade-toi et ne réponds à personne. Je vais voir ce que je peux faire.

– Merci, Maurce.

Assis sur un tabouret au milieu du petit atelier, je prends ma tête dans mes mains et tente de faire le point. Moi, je suis à l'abri mais les miens vont bientôt être malmenés par ces brutes de la milice à cause de moi. Il est possible qu'ils chassent mes parents et les fassent assister à l'incendie de leur maison, c'est bien dans leurs méthodes. Je n'ose penser à ce qu'ils pourraient faire subir à ma Firmie. Je suis complètement impuissant. Je me mords le poignet jusqu'au sang. Les heures défilent et je m'assoupis à plusieurs reprises. Je me réveille par réflexe quand mes muscles se relâchent et que mon corps se trouve projeté vers l'avant. Maurce est revenu.

– Je t'ai trouvé une planque à louer juste sous le *no man's land*. C'est un quartier de rupins où la milice ne te cherchera pas. Sur place, il y a une personne qui pourra s'occuper de votre ravitaillement si vous hésitez à sortir. En 718.63, demande Dimitr de la part d'Ugène, il comprendra. Le seul problème, c'est que c'est très cher. Je suis passé chez Jea, voici tout ce qu'il peut te donner, Sionne et moi nous n'avons presque rien.

Il sort un sac et je retiens sa main.

– Je vous remercie mais j'ai de l'argent. Maurce, tu es vraiment un ami.

Il me tend l'adresse et je le serre dans mes bras. Je ne sais pas quand nous nous reverrons.

Firmie a été secouée et sa lèvre est coupée au niveau de la commissure droite. Elle essaye de me rassurer :

– Ils m'ont juste filé deux tartes. Comme j'ai l'habitude de prendre des coups, j'ai fait celle qui ne ressentait rien. Ils ont vite compris qu'il n'y avait rien à tirer de moi. J'ai quand même eu très peur pour notre futur bébé qu'ils me donnent des coups dans le ventre.

Firmie jette sur le drap qui recouvre le tas de laine tout ce qui pourrait nous servir, puis noue les extrémités pour former un baluchon. Nous quittons la cave vers quatorze heures. Même si elle se porte mieux, nous marchons doucement. Nous empruntons des petites ruelles désertes et faisons de nombreuses pauses dans des arrière-cours. Nous échappons ainsi à plusieurs patrouilles de la milice. Nous trouvons comme prévu le contact de Maurce à l'adresse indiquée. Un enfant nous conduit au dernier étage d'une grande maison dans une chambre plus vaste que l'atelier de mon père et disposant d'une pompe à eau au-dessus d'une large bassine. C'est le luxe. À peine arrivée, Firmie fait couler une trentaine de litres d'eau et se déshabille entièrement pour se laver.

– Je ne sais pas combien de temps cela va durer, dit-elle. Mais ici, on sera mieux que dans notre cave. Je vais enfin pouvoir faire trempette et sentir un peu le savon.

Je regarde par la fenêtre et déclare :

– Je pense même que certains jours, on doit voir à plus de vingt mètres de distance.

– Avec l'argent qu'on a, Lucen, on peut tenir combien de temps ici ?

– En faisant attention, je dirais cinq ou six mois.

– Tu voudras passer après moi ? Ça te ferait du bien, tu ne t'es pas vraiment lavé depuis ton escapade sur les hauteurs, je me trompe ?

– Je sais, je pue, ma sœur me l'a dit cette nuit. Je vais chercher à manger et repérer un peu mieux les lieux. Je me laverai en rentrant, rien que pour me glisser dans ces draps propres et doux.

Nous passons une soirée divine. J'ai acheté des pâtisseries et un plat chaud. Firmie participe à mon décrassage en me frottant le dos. Elle entreprend ensuite de laver nos affaires, à l'exception d'un change pour sortir « sales ». Nous déambulons dans la chambre enveloppés dans des draps arrangés comme des toges romaines. Nous sommes heureux. J'ai rapporté un journal. Ils annoncent la mort de la femme du chef de la milice et son enterrement pour le lendemain. Ils écrivent que la police en collaboration avec la milice tient une piste solide, mais sans apporter plus de précisions.

Avant de dormir, je confie à Firmie mon envie de rencontrer Gerges. Firmie grimace et affirme :

– Je ne crois pas que ce soit une bonne idée. Il est passé une heure après ses copains et il était bizarre, comme s'il avait changé.

– Il doit être bouleversé par la mort de sa mère, c'est quand même horrible ce qui lui arrive.

– Lucen, j'ai un mauvais pressentiment, n'y va pas.

– Si, j'irai, mais je te promets de revenir très vite.

Ce matin, l'ambiance est morose et Firmie me parle à peine. Ma sortie prévue pour l'après-midi la tracasse.

– Tu pourrais lui écrire et faire passer le mot par Snia, tente-t-elle quand elle me voit revêtir mes vêtements de pauvre.

– Arrête de t'inquiéter, je serai prudent.

Je longe la maison de mon ami où il n'y a plus que deux gardes en faction qui surveillent les ruines. Des planches ont été clouées pour masquer le trou. Je guette non loin des locaux de la milice la sortie de Gerges.

Le voici enfin. Il passe à une dizaine de mètres de moi. Je suis hors de portée du faisceau de sa lampe. J'attends un peu avant de le suivre et je fais bien parce que deux miliciens lui emboîtent le pas. Ce doit être un plan pour me capturer, sans doute à l'insu de mon ami. Ils montent vers 400 pour réceptionner une livraison. J'entends le bruit des cartons qu'on décharge. Je m'approche un peu. Ils ont allumé leur frontale et s'éclairent mutuellement. Ce n'est pas Gerges qui reste près de la charrette à bras pour surveiller la rue. Lui entre dans la maison et entrepose la marchandise. Un carton est éclairé brièvement, ce sont des produits médicaux, pourtant ce logement banal n'a rien d'un hôpital ni d'une infirmerie. Quand ils ont fini, ils discutent un peu avant de se séparer. Pendant un court moment, la rue est calme et je parviens à saisir la conversation. Gerges distribue des pilules aux autres, ce qui fait qu'ils s'expriment d'une manière un peu différente ensuite.

– Si les gens savaient qu'on a le droit à ça quand on est admis dans la milice, on aurait plus de volontaires.

– Y en aurait pas pour tout le monde...

– Avec ce qu'on prend dans la gueule toute la nuit, c'est normal qu'on ait une petite compensation. On le mérite et à quoi on ressemblerait si on se mettait à tousser quand on interroge les gars?

– Quand je pense, ajoute Gerges d'une voix soudain brisée, que ma mère aurait pu vivre encore bien longtemps...

– Allez, on rentre.

Je reste immobile pour ne pas attirer leurs lumières vers moi. Je dois me résigner à ne pas rencontrer Gerges directement car ils vont sans doute garder ce dispositif tout au long de la journée pour me piéger. Et ce sera pire au cimetière.

Je monte dans notre ancien repaire de gosses qui se trouve à proximité. J'ai du papier et un crayon dans ma poche. Je m'appuie sur un pan de mur écroulé qui offre une surface presque plate. Tout d'abord, je m'excuse d'avoir aidé à fabriquer l'engin qui a tué sa mère mais lui jure que je ne savais pas à qui il était destiné. J'explique ensuite à mon copain avec plein de détails ce qui a pu conduire les enquêteurs à me suspecter. Je ne sais pas si cela suffira à le convaincre mais ça le fera réfléchir aux mensonges de son père. Je termine en l'assurant de mon amitié et en évoquant la mort injuste de sa maman que je regrette profondément. Je me dirige ensuite vers la maison de Snia et dépose ma missive dans sa boîte aux lettres.

Je remonte vers notre nid douillet et me promets de ne plus nous exposer pendant au moins une semaine. Je marche sans chenillettes, comme un furtif. Je grimpe assez vite. Tout à coup, une main me tire fermement par le manteau. J'essaie de me dégager jusqu'à ce que je comprenne qu'il s'agit de ma mère. Elle me serre contre elle et pleure bruyamment. Entre ses sanglots, elle parvient à poser la question qui doit la hanter depuis la nuit dernière :

– Lucen, pourquoi? Pourquoi?

Elle n'en a peut-être pas conscience mais sa voix porte assez loin. J'ai juste le temps de lui souffler :

– Maman, chut ! S'il te plaît, tu ne dois pas croire ce qu'on te raconte. Bientôt, je t'expliquerai. Laisse-moi partir.

Je réussis difficilement à me détacher d'elle. Je fais quelques pas en tentant de reprendre ma respiration quand soudain une violente douleur me transperce le crâne. Pendant quelques secondes, je ne sais plus où je suis. On me porte sans ménagement et on me jette dans une charrette. Ma tête frappe le plancher de bois alors que le véhicule entame la descente. J'entends ma mère qui crie sur mon passage :

– Pardon, Lucen, pardon !

Je perds connaissance.

Du même auteur,
aux éditions Syros

C'était mon oncle !, coll. « Tempo », 2006

Jacquot et le grand-père indigne, coll. « Tempo », 2007

Méto, tome 1 : « La Maison », 2008

Prix des Collégiens du Doubs 2008
Prix Tam-Tam Je Bouquine 2008
Prix jeunesse de la ville d'Orly 2009
Prix Enfantaisie 2009 (Suisse)
Prix Ruralivres en Pas-de-Calais 2008/2009
Le Roseau d'or 2009 (44)
Prix Gragnotte 2009 de la ville de Narbonne
Prix Chasseurs d'histoires 2009 de la ville de Bagneux
Prix des Dévoreurs de livres 2010 (27)
Prix Frissons du Vercors 2010
Prix Bouqu'en Stock 2010 (académie de Rouen)
Prix des lecteurs ados de Concarneau et Quimperlé 2010
Prix Adolises Montélimar 2011

Méto, tome 2 : « L'Île », 2009

Méto, tome 3 : « Le Monde », 2010

Seuls dans la ville entre 9 h et 10 h 30, 2011

Prix littéraire des collégiens du Bessin Bocage 2012
Prix AdoLire 2012
Prix Latulu 2012 (Maine-et-Loire)
Prix Gragnotte 2012 (Narbonne)
Prix des collégiens d'Issoire 2012
Prix Passez la 5e 2012 (Val-d'Oise)

L'École est finie, « Mini Syros », 2012

Nox, tome 2 : « Ailleurs », 2013

L'auteur

Yves Grevet est né en 1961 à Paris. Il est marié et père de trois enfants. Il habite dans la banlieue est de Paris, où il enseigne en classe de CM2.

Il est l'auteur de romans ancrés dans la réalité sociale et historique. Les thèmes qui traversent ses ouvrages sont les liens familiaux, la solidarité, la résistance à l'oppression, l'apprentissage de la liberté et de l'autonomie.

Tout en restant fidèle à ses sujets de prédilection, il s'essaie à tous les genres : récits de vie, romans d'enquête ou de politique-fiction. *Nox* marque son retour au grand roman d'aventure, genre qu'il avait déjà exploré avec *Méto*, une uchronie en trois tomes. Il nous emmène cette fois-ci découvrir de bien sombres temps futurs.

Loi n° 49.956 du 16 juillet 1949
sur les publications destinées à la jeunesse,
modifiée par la loi n° 2011-525 du 17 mai 2011.

Mis en pages par DV Arts Graphiques à La Rochelle
N° d'éditeur : 10202356 – Dépôt légal : juillet 2013
Achevé d'imprimer en janvier 2014
CPI Bussière (18200, Saint-Amand-Montrond, France)
N° d'imprimeur : 2006273